Die Entführung der Alma Braun

AF189044

Über den Autor

René Falk wurde 1955 geboren. Er ist ein echter Rheinländer und lebt in Troisdorf, einem Nachbarort von Köln. Schon sehr früh zeigte sich seine Neigung zum Schreiben von Kurzgeschichten, vor allem im Bereich SF und Fantasy. Später richtete sich sein Interesse mehr auf das Genre Krimis & Thriller und bald begann er selbst Krimis zu schreiben. Und wenn es ihm mit seinen Geschichten gelingt, seinen Lesern die eine oder andere (ent)spannende Stunde zu verschaffen, hat er nichts falsch gemacht.

DIE ENTFÜHRUNG DER ALMA BRAUN

René Falk

Bibliografische Information der Deutschen Nationalbibliothek: Die Deutsche Nationalbibliothek verzeichnet diese Publikation in der Deutschen Nationalbibliografie; detaillierte bibliografische Daten sind im Internet über http://dnb.dnb.de abrufbar.

René Falk
DIE ENTFÜHRUNG DER ALMA BRAUN

Umschlaggestaltung: *MyCoverDesigner.com*
Text und Innenillustrationen: *René Falk*

Herstellung und Verlag:
BoD - Books on Demand, Norderstedt

ISBN: 978-3-7494-8561-1

Inhaltsverzeichnis

ÜBER DIESES BUCH

Bankdirektor Thomas Braun taucht völlig verstört vor der Wohnung seines Nachbarn Peter Donner auf und meldet die Entführung von Ehefrau Alma. Ein Lösegeld in beträchtlicher Höhe wird von Unbekannten gefordert, mit elektronisch verfremdeter Stimme telefonisch verkündet.

Donner, Leiter des Kriminalkommissariats 1 der Siegburger Kriminalpolizei, betraut unverzüglich die Hauptkommissare Denise Malowski und Tobias Heller mit der Angelegenheit. Die Frist bis zur Lösegeldübergabe ist äußerst knapp bemessen. Werden sie das Leben der Geisel retten können?

KAPITEL 1

08:42 Uhr

Die Verkehrsampel über der großen Kreuzung springt von Grün auf Gelb, dann auf Rot. Thomas Braun weiß, dass sich dies erst nach exakt dreißig Sekunden erneut ändern wird. Und er muss es wissen, fährt er doch seit über zwanzig Jahren auf dem Weg zu seiner Bank jeden Tag zur selben Zeit über diese Kreuzung. Tag ein, Tag aus. Zumindest an den Werktagen.

Für die paar Kilometer, die er dabei täglich zurückzulegen hat, ist die schicke Limousine in Silber metallic, die er sein Eigen nennt, zwar im Grunde ein wenig überdimensioniert. Aber als Direktor der Volksbank ist seiner Meinung nach schon ein gewisses Statussymbol angebracht.

Zwei Sekunden nach Beginn der Rotphase meldet das Smartphone in der Freisprecheinrichtung seines Audi A8 einen eingehenden Anruf. »Alma« steht in großen Lettern unter dem Profilbild, das auf dem Display erscheint. Das Gerät ist so eingestellt, dass ankommende Anrufe von dieser Telefonnummer automatisch angenommen werden.

Die künstlich verfremdete Stimme, die Augenblicke später aus dem Lautsprecher dröhnt, gehört jedoch offenbar nicht Alma Braun, sie klingt im Gegenteil eher verstörend nach Darth Vader, dumpf und unheilverkündend. Lautstark füllt die unheimliche Stimme den Fahrgastraum des Audi aus und erteilt völlig emotionslos detaillierte Anweisungen.

Später wird man feststellen, dass der höchst einseitige Monolog des Anrufers exakt sechsundzwanzig Sekunden dauerte. Anschließend wird die Verbindung von ihm abrupt beendet.

Nach zwei weiteren schier endlos erscheinenden Sekunden springt die Ampel auf Grün. Der Audi von Bankdirektor Thomas Braun aber bleibt mit ausgeschaltetem Motor am Straßenrand stehen.

***

09:56 Uhr

Eleonore Wichartz löst den Blick von ihrem Computermonitor mit den aktuellen Aktienkursen und schaut hinüber zur großen Wanduhr im Schalterraum. Sie hätte ihre Wissbegierde bezüglich der Uhrzeit durchaus auf mehrere andere Arten befriedigen können, etwa mit einem Blick auf die Armbanduhr oder über die Anzeige in der Taskleiste des Betriebssystems ihres Rechners.

Die fünf Meter entfernte Uhr im Schalterraum hängt aber aus ihrer Perspektive dermaßen günstig in Blickrichtung scheinbar direkt über dem Computerbildschirm, dass es ihr in den jetzt fast zehn Jahren als Kundenberaterin der Volksbank zur Gewohnheit wurde, sich auf diese Weise über die verstrichene Zeit zu informieren. Und schneller geht es auch.

Gleich 10:00 Uhr, stellt sie verwundert fest. *Die Zeit fliegt heute nur so dahin!* »Sag mal, Dagmar!«, ruft sie zum Schreibtisch einer Kollegin, zwei Meter neben ihrem eigenen Arbeitsplatz. »Ist der Boss immer noch nicht aufgetaucht? Ich benötige dringend einige Unterschriften zu Termingeschäften. Hat er zu dir etwas davon gesagt, dass er heute später kommt?«

Mit dem *Boss* ist Thomas Braun gemeint, der als Vorstandsvorsitzender der Volksbank zusätzlich den Posten des Bankdirektors bekleidet. Normalerweise sollte er seit einer knappen Stunde anwesend sein. Thomas Braun ist in all den Jahren noch niemals später als 09:00 Uhr zum Dienst erschienen.

Dagmar Kunze schaut ebenfalls auf die Uhr und schüttelt den Kopf. »Von einem Termin ist mir jetzt nichts bekannt«, bedauert sie. »Er wird sicher bald erscheinen, es kann ja immer mal was dazwischen kommen. Und er ist schließlich der Chef!«

Als ob einem das einen Freibrief geben würde, zur Arbeit erscheinen zu können, wann immer man gerade Lust dazu hat!, merkt Eleonore in Gedanken dazu an und widmet sich wieder ihren Charts. Ein ungutes Gefühl überkommt sie aber mit einem Mal und es fällt ihr plötzlich schwer, sich zu konzentrieren.

Da stimmt etwas nicht! Er war noch niemals unpünktlich. Da ist bestimmt was Schlimmes passiert!, denkt sie, aufs höchste beunruhigt. Immer wieder ertappt sie sich dabei, zum Telefonapparat auf ihrem Schreibtisch zu schielen. *Er ruft sicher jeden Augenblick an, um zu sagen, dass er im Stau steht, eine Panne hat, oder was immer einem auf der Straße an harmlosen Sachen passieren kann*, redet sie sich ein. Doch das Telefon bleibt stumm.

* * *

10:02 Uhr

»Irgendwie fehlt mir der Chef jetzt schon!«, äußert sich Hauptkommissarin Denise Malowski nach einem Blick auf die Uhr, während sie zu ungewohnter Zeit einen Schluck aus ihrer Kaffeetasse nimmt. Normalerweise steht bekanntermaßen täglich um Punkt 10:00 Uhr eine Dienstbesprechung der gesamten Mannschaft an, von Kommissariatsleiter Peter Donner höchstpersönlich angeordnet. Und dabei spielt es überhaupt keine Rolle, ob ein aktueller Fall zu besprechen ist oder nicht.

Aber Donner, von allen nur mit *Chef* angesprochen, ist eben nicht da, und das wird sich auch in den nächsten drei Wochen nicht ändern. Was ebenfalls einer mittleren Sensation gleichkommt, weil sich niemand in seinem Kommissariat daran erinnern kann, dass er jemals für mehr als ein paar Tage nicht im Dienst gewesen wäre. Von der Reha vor zwei Jahren einmal abgesehen. Urlaub ist für den Ersten Hauptkommissar nämlich allenfalls eine höchst hypothetische Angelegenheit.

»Entgegen seiner eigenen Einschätzung glaube ich fest daran, dass wir hier auch einmal ein paar Wochen ohne ihn auskommen werden, Denise«, gibt ihr Partner Tobias Heller in ruhigem Ton zurück. Der Hauptkommissar leitet in Abwesenheit Donners das Kommissariat, was jedoch so gut wie nie der Fall ist. »Außerdem ist es an der Zeit, dass er sich endlich einmal eine Auszeit gönnt. Nach der Herzattacke vor zwei Jahren versprach er seiner Frau hoch und heilig, kürzerzutreten. Und wir wissen alle, was aus diesem Vorsatz geworden ist, nicht wahr?«

»Ich glaube nicht, dass der Chef sich für unentbehrlich hält, Tobi!«, widerspricht Denise ihm. »Er ist eben mit Leib und Seele Polizist, und zu Hause fällt ihm die Decke auf den Kopf, wie er es einmal ausdrückte. Aber jetzt kommt er wohl nicht drumherum. Seine Frau hat ihm bekanntlich die virtuelle Pistole auf die Brust gesetzt und heimlich nachträglich eine Kreuzfahrt anlässlich ihrer Silberhochzeit im vergangenen Jahr gebucht. Da muss er jetzt durch!«, grinst sie schadenfroh.

»Ja, das war ein genialer Schachzug von Adelheid Donner«, lacht Tobias in der Vorstellung an das Gesicht des Vorgesetzten, welches dieser gemacht haben wird, als er von seiner Ehefrau vor vollendete Tatsachen gestellt wurde. »In den zwanzig Tagen auf dem Schiff kreuz und quer über das Mittelmeer kann er ihr nämlich nicht ausbüxen. Keine Chance!«

Denise wird durch das Klingeln des Telefons auf Tobias' Schreibtisch einer Antwort enthoben. »Wenn man vom Teufel spricht!«, kommentiert Heller es nach einem Blick auf das Display, wo die private Handynummer Donners angezeigt wird.

»Hallo, Chef!«, meldet er sich gut gelaunt. »Ich dachte, du wärst mit deiner Frau auf dem Weg zum Flughafen, wir haben … … Es ist etwas vorgefallen? ... ... Nur ein Verdacht? ... ... Okay, wir sind schon so gut wie unterwegs!« Kopfschüttelnd legt er den Hörer auf die Gabel und schaut seine Kollegin entgeistert an. »Wir sollen auf der Stelle zum Chef nach Hause kommen. Es sei möglicherweise etwas passiert, sagte er.«

»Wieso denn *möglicherweise*?«, bemerkt Denise stirnrunzelnd. »Das hört sich für mich verdächtig nach Ärger an, in welcher Form auch immer. Der Chef ist offenbar nicht einmal in der Lage, in Urlaub zu fliegen, ohne gleich ein Drama daraus zu machen! Los, lass uns fahren, über die Einzelheiten informierst du mich am besten unterwegs, so verlieren wir wenigstens keine Zeit.« Was sie von der Sache hält, ist ihrem Gesicht überdeutlich anzusehen. Mit einem bedauernden Blick zur erst halb geleerten Kaffeetasse erhebt sie sich von ihrem Platz.

* * *

Wenige Minuten zuvor

Peter Donner wühlt panisch in der oberen Ablage seines Kleiderschranks, den aufgeklappten Koffer hinter sich auf dem Bett wissend. Er ist nicht einmal zur Hälfte gefüllt. Jedes einzelne Hemd wird herausgenommen und wieder zurück an Ort und Stelle gelegt, obwohl es eigentlich in das Gepäck gehört. Kleidung ist nun einmal wichtig auf einem Schiff und drei Wochen sind eine lange Zeit. Jetzt sind die Schubladen im Fußbereich des Schrankes an der Reihe, aber auch dort ist das so dringend Gesuchte nicht zu finden.

»Heide?«, ruft er durch die offenstehende Schlafzimmertür nach nebenan, wo seine Frau Adelheid ebenfalls mit Kofferpacken beschäftigt ist. Die Eheleute haben nämlich getrennte Schlafzimmer, weil die Frau des Hauses steif und fest behauptet, ihr Mann würde unerträglich schnarchen. Was selbstverständlich vollkommen aus der Luft gegriffen ist!

Das mit der Kreuzfahrt ist sowieso wieder einmal so eine Schnapsidee, hadert er mit seinem Schicksal. *Drei Wochen auf einem Schiff! Niemand kann so lange überhaupt nichts machen*, stellt er in Gedanken kategorisch fest. Viel lieber würde er gemeinsam mit seinen Ermittlern knifflige Mordfälle lösen!

»Heide?«, ruft er noch einmal etwas lauter, weil keine sofortige Reaktion erfolgt, obwohl er sie deutlich vernehmbar hantieren hört. »Wo hast du meine graue Strickjacke hingetan? Ich kann sie nirgends finden!« *Und ich brauche meine Jacke unbedingt!*, fügt er in Gedanken hinzu.

Die aufeinander eingeschworene Bande von Individualisten in seinem Kommissariat fehlt ihm jetzt schon, was er aber niemals öffentlich zugeben würde. Das zentrale Element der Gruppe bilden dabei auf magische Weise die Hauptkommissare Denise Malowski und Tobias Heller, die seiner Meinung nach aber nur gemeinsam funktionieren. Verließen sie das Kommissariat, da ist der Erste Hauptkommissar sich sicher, zerfiele die in dieser Konstellation perfekte Einheit in ihre Einzelteile und der Rest wäre bestenfalls noch Durchschnitt. Die Gruppe stellt eben weitaus mehr dar als die Summe der einzelnen Mitglieder.

»Die alte Jacke habe ich in die Altkleidersammlung gegeben. Die hattest du schon, als wir uns kennenlernten und sie war total verschlissen«, holt ihn eine Stimme hinter ihm aus seinen Gedanken. Adelheid lehnt lässig am Türpfosten und schaut missbilligend auf den erst spärlich gefüllten Koffer. »Du könntest dich ruhig etwas beeilen, Peter. Der Flieger wartet ganz sicher nicht auf uns! Und außerdem: Hast du mal auf den Kalender geschaut? Nächste Woche ist Sommeranfang, eine *Strickjacke* wirst du bei dreißig Grad im Schatten garantiert nicht benötigen!«

»Du ... du hast meine Lieblingsjacke hergegeben?«, entfährt es ihrem Ehemann, bis unter die Haarwurzeln erbleichend. Den Rest ihrer Rede hat er schon gar nicht mehr mitbekommen. »Wie konntest du nur? Du weißt doch, wie sehr ich daran gehangen habe!«

Die Türklingel enthebt Adelheid Donner vorerst einer weiteren Rechtfertigung, weil ihr Ehemann das Kleidungsstück in seiner Hand wütend in den Koffer wirft und mit hochrotem Kopf das Zimmer verlässt, um dem unbekannten Besucher die Tür zu öffnen. *Na, der Urlaub fängt ja schon gut an!*, denkt er erbost auf dem Weg dorthin. Er öffnet die Haustür in der Erwartung, den Postboten zu sehen, aber davor steht nur sein Nachbar aus dem Haus nebenan. Jedoch ist dieser in einer Verfassung, die sämtliche Alarmglocken in dem erfahrenen Kriminalisten läuten lassen.

»Kommen Sie doch erst einmal herein, Herr Braun!«, fordert er den zitternden Mann auf. Seine Finger finden wie von selbst das Mobiltelefon in der

Hosentasche. Eine innere Stimme gebietet ihm, besser sofort Hilfe anzufordern, statt zu warten, bis Braun mit der Sprache herausrückt. Denn die Zeit ist, wie er mit einem schnellen Blick auf die Uhr feststellt, äußerst knapp geworden. In weniger als drei Stunden hebt ihr Flieger ab. Und abzuwarten, bis Thomas Braun ihm erklärt hat, was passiert ist, wäre unnötige Zeitverschwendung. Entschlossen wählt er aus den Kontakten die Nummer von Kriminalhauptkommissar Tobias Heller.

* * *

10:28 Uhr

»Ich kann es immer noch nicht glauben, dass wir zwei alles stehen und liegen gelassen haben, nur weil unser Chef überraschenden Besuch eines offenbar geistig verwirrten Nachbarn bekommen hat!«, schüttelt Denise Malowski den Kopf, als sie mit Tobias Heller das Grundstück der Familie Donner betritt.

»Damit meinst du sicher vor allem deinen nicht ausgetrunkenen Kaffee«, grinst Heller. »Was anderes hattest du nämlich nicht zu tun, als der Anruf kam. Ich vertraue dem Chef! Er hatte, wie er sagte, den Eindruck, es sei etwas Schlimmes passiert. Dann war es in Anbetracht der Lage völlig korrekt, uns auf Verdacht frühzeitig mit ins Boot zu nehmen. Er und seine Frau sitzen auf gepackten Koffern, er ist also selbst gar nicht in der Lage, sich gebührend damit auseinanderzusetzen!«

»Sofern es etwas gibt, womit sich zu befassen ist!«, gibt Malowski zu bedenken und betätigt die

Türklingel. »Wir werden es in wenigen Augenblicken wissen!«

* * *

›... *nicht wiederholen, hören Sie also genau zu! Wir haben Ihre Frau in unserer Gewalt! Zum Beweis rufe ich Sie von ihrem Handy aus an, es hat also keinen Zweck, diesen Anruf zurückzuverfolgen. Wenn Sie tun, was wir von Ihnen verlangen, wird ihrer Frau nichts geschehen! Fahren Sie jetzt unverzüglich zu Ihrem Haus zurück, dort finden Sie weitere Instruktionen sowie ein Wegwerfhandy, über das ab sofort unsere gesamte Kommunikation ablaufen wird. Schalten Sie NICHT die Polizei ein. Ich wiederhole: KEINE POLIZEI!*‹

»Ich ... ich habe eine App auf meinem Telefon, mit der ... mit der man Anrufe aufzeichnen kann«, erklärt Thomas Braun stockend. »Als ich ... als ich realisierte, was da abging, besaß ich noch die Geistesgegenwart, die ... die Aufnahme zu starten. Deswegen sind die ersten Sekunden nicht drauf.« Er reicht das Smartphone an Tobias Heller weiter und fährt sich mit beiden Händen durch die Haare. Er wirkt verzweifelt, was ja in Anbetracht der Umstände kein Wunder ist. Man erhält schließlich nicht jeden Tag die Nachricht von der Entführung der eigenen Ehefrau!

»Der Anruf kam laut Verlauf Ihres Handys um 08:42 Uhr«, rekapituliert Heller, nachdem er sich durch die Anrufliste auf Brauns Mobiltelefon gescrollt hat. »Jetzt ist es fast zwei Stunden später.

Was haben Sie während dieser ganzen Zeit gemacht, Herr Braun?«

»Ich ... ich stand mit meinem Auto an einer roten Ampel, als ich den Anruf erhielt. Zum Glück war gleich rechts neben mir ein Platz auf dem Seitenstreifen frei. Dort habe ich den Wagen abgestellt, weil ich so sehr gezittert habe, dass ich auf keinen Fall hätte fahren können!« Braun wischt sich fahrig über die Stirn. »Bitte ... Sie haben es selbst gehört: Ich darf die Polizei nicht einschalten! Zu meinem Nachbarn bin ich nur damit gegangen, weil ich so erschrocken war!«

»Wir können uns da nicht heraushalten, Herr Braun!«, lässt Donner sich jetzt vernehmen. »Als Strafverfolgungsbehörde sind wir in solchen Fällen *verpflichtet*, einzuschreiten. Das ist Gesetz. Ich versichere Ihnen aber, dass Sie bei meinen Leuten bestens aufgehoben sind. Sie werden Ihre Frau finden und aus den Händen der Kidnapper befreien!«

»Also gut«, gibt Thomas Braun zähneknirschend nach. »Aber ich muss darauf bestehen, dass ausschließlich Ihre Kommissare sich mit dem Fall beschäftigen! Kein LKA. Kein BKA. Keine Sondereinsatzkommandos. Und wir werden alles tun, was die Entführer verlangen! Ansonsten ziehe ich Sie persönlich zur Verantwortung, wenn meiner Frau durch Ihre Schuld ein Leid zugefügt wird!« Das Hinzuziehen von übergeordneten Behörden wie dem Landeskriminalamt liegt bei Entführungen ohne terroristischen Hintergrund weitgehend im Ermessen der lokalen Ermittlungsbehörden. Allerdings werden Donners Ermittler nicht um eine diesbezügliche Mitteilung an das LKA in Düsseldorf herumkommen.

Denise Malowski schaut fragend zu ihrem Vorgesetzten, der ihr mit einem angedeuteten Kopfnicken sein Einverständnis signalisiert. »Ganz wie Sie wünschen!«, gibt sie dem Mann daher kurz angebunden zur Antwort und zückt ihren Notizblock. »Zunächst beantworten Sie mir aber bitte einige Fragen! Wie lange standen Sie auf dem Seitenstreifen? Und was taten Sie anschließend? Denken Sie genau nach, jede noch so winzige Kleinigkeit könnte wichtig für uns sein!«

»Wie lange ich dort stand? Keine Ahnung, Frau Kommissarin. Viel mehr als zehn Minuten werden es aber wohl nicht gewesen sein, denke ich. Als ich mich wieder einigermaßen beruhigt hatte, bin ich auf dem direkten Weg zu mir nach Hause gefahren. Auf dem Küchentisch lag das Wegwerfhandy, von dem die Stimme am Telefon sprach. Und das hier!« Er reicht ein mehrfach zusammengefaltetes DIN-A4-Blatt an die Polizistin weiter. »Ich habe zuallererst das Haus nach meiner Frau abgesucht, weil ich das Ganze anfangs für einen grausamen Scherz hielt. Dann bin ich nach nebenan zu Herrn Donner gelaufen, weil ich vorhatte, ihn um Hilfe zu bitten.«

»Sie haben völlig korrekt gehandelt«, beruhigt Malowski den Mann. »Aber ab sofort übernehmen wir die Angelegenheit! Als erste Maßnahme werden unsere Spezialisten Ihr Haus auf den Kopf stellen, die Kidnapper haben eventuell Spuren hinterlassen. Hier steht, dass Ort und Zeitpunkt der Lösegeldübergabe noch bekannt gegeben werden«, liest sie von dem dicht bedruckten Blatt Papier ab, das sie in den vorsorglich behandschuhten Händen hält.

»Sie sollten sich vorab schon einmal Gedanken darüber machen, wie Sie schnellstmöglich das nicht näher bezifferte Lösegeld zusammenbekommen, von dem hier die Rede ist«, rät sie ihm. »Die Aufforderung zur Übergabe kann jederzeit erfolgen. Und dann benötigen wir Ihr Mobiltelefon, um den aufgezeichneten Anruf zu analysieren. Unsere Spezialisten werden vorhandene Hintergrundgeräusche herausfiltern, die uns dann hoffentlich auf die Spur der Entführer bringen.« Sie reicht das Blatt ihrem Partner, der es nach kurzer Begutachtung in einen Beweismittelbeutel eintütet.

Braun sieht Malowski mit großen Augen an. »Aber ... das Handy brauche ich doch noch! Was ist, wenn die Entführer sich wieder melden? Wenn es Ihnen nur um die Aufnahme geht ... die kann ich über Bluetooth auf Ihr eigenes Handy kopieren.«

»Dann geben Sie schon her!«, lenkt Malowski ein und holt das Diensthandy hervor, um es für die anstehende Datenübertragung vorzubereiten. »Gibt es sonst noch etwas, das wir wissen sollten?«

»Äh ... ja. Das Auto ...«, flüstert Braun fast unhörbar. »Das Auto meiner Frau ... es steht nicht mehr in der Garage!«

Ein verhaltenes Räuspern erklingt aus der Ecke, in der Donner sitzt. »Ich halte es für sicherer, wenn sämtliche Polizeiaktionen im und um das Haus meines Nachbarn herum von hier aus abgewickelt werden«, schlägt er vor. »Es besteht die Möglichkeit, dass die Entführer sein Haus observieren.

Forensiker, Ermittler und so weiter betreten daher am besten über mein Grundstück hinter dem Haus die Nachbarparzelle. Da es sich bei meinem Anwesen um ein Eckgrundstück handelt, könnt ihr über die Seitenstraße in den Garten, dann sieht euch hoffentlich niemand. Den Schlüssel für das Tor gebe ich euch nachher. Er passt ebenfalls auf die Haustür, falls es sich als notwendig erweist. Vom Garten gelangt ihr ohne Probleme zum Hintereingang des Nachbarhauses, es gibt keinen Zaun dazwischen. Zudem sind beide Grundstücke rundherum durch eine hohe und dichte Hecke gegen Sicht geschützt. Und jetzt entschuldigt mich, ich habe einen Koffer zu packen!«

»Ich rufe auf der Stelle unseren Lieblingsforensiker an!«, verkündet Tobias Heller und greift zu seinem Handy.

»Und Sie fahren jetzt zu Ihrer Bank!«, wendet Denise Malowski sich an Thomas Braun. »Das war kein Vorschlag!«, hebt sie gebieterisch die Hand, weil dieser den Mund sofort zu einem Protest öffnet. »Das Gebot der Stunde lautet, absolute Normalität in der Öffentlichkeit zu zeigen«, erklärt sie ihm daher. »Es darf vorerst niemand von der Entführung erfahren. Versuchen Sie, sich völlig ungezwungen zu verhalten, so als wäre alles in Ordnung. Wenn wir Glück haben, locken Sie einen möglichen Beobachter auf diese Weise hinter sich her und lenken ihn vom Geschehen hier vor Ort ab. Das würde uns womöglich einen kleinen Vorsprung verschaffen.«

»Ach, und noch etwas!«, ergreift Tobias Heller erneut das Wort, nachdem er das Gespräch mit dem Leiter der Forensik beendet und das Telefon wieder eingesteckt hat. »Das Wegwerfhandy, von dem die Rede war ... haben Sie das bei sich? Dann geben Sie es mir bitte«, fordert er Braun auf, als dieser heftig nickt und in die Tasche greift.

»Ich gehe davon aus, dass man ohnehin per SMS mit Ihnen kommunizieren wird«, erklärt er ihm, nachdem er das Handy in Empfang genommen hat. »Das ist für die Entführer sicherer als Anrufe, die sich zurückverfolgen lassen. Unsere Kriminaltechniker hätten aber die Möglichkeit, das Teil zu untersuchen, und was wir jetzt vor allem dringend benötigen, ist Zeit! Wir informieren Sie selbstverständlich sofort, wenn die Entführer sich in der Zwischenzeit melden. Außerdem werden wir das Telefon klonen, also ein exaktes Duplikat herstellen. So wissen wir immer über Nachrichten oder Anrufe Bescheid. Das Original erhalten Sie auf jeden Fall heute noch zurück. Vertrauen Sie uns, wir finden Ihre Frau!«

»Bitte, Herr Kommissar!«, fleht Braun ihn händeringend an. »Alma leidet an Asthma! Wenn sie durch die ganze Aufregung einen Anfall bekäme ...«

»Ihre Frau besitzt doch bestimmt einen Inhalator«, versucht Denise Malowski, den verzweifelten Mann zu beruhigen. »Wissen Sie, ob sie ihn bei sich trug, als sie den Kidnappern in die Hände fiel?«

»Sie hat ihn normalerweise immer griffbereit in der Tasche, und ich habe ihn bei meiner Suche vorhin auch nirgends herumliegen sehen. Ja, ich denke, sie hat ihn bei sich!«

11:47 Uhr

Der schwarze Audi aus dem Fuhrpark der Kriminalpolizei hält in einer Seitenstraße in der Nähe von Kommissariatsleiter Peter Donners Haus. Er selbst stieg bereits vor einer Viertelstunde mit seiner Frau Adelheid in ein Taxi, welches die Eheleute zum nahen Flughafen bringen wird. Viel Zeit ist nicht mehr, aber für den Check-in wird es hoffentlich gerade noch reichen.

Aus dem Auto steigen in aller Seelenruhe vier Personen: Jürgen Vogel, August Weise, Amara Jones und Kurt Holzem. Allesamt Mitarbeiter mit herausragenden Fähigkeiten in der Forensik unter Vogels Leitung. Sie tragen durchweg normale, unauffällige Straßenkleidung.

Die für die anstehende kriminaltechnische Untersuchung notwendigen Schutzanzüge werden sie erst im Sichtschutz des Gartenbereichs hinter dem Haus überstreifen, um kein unnötiges Aufsehen zu erregen. Niemand, der diese alltägliche Szene beobachtet, käme auf die Idee, dass sich hier ein Einsatz der Polizei anbahnt. Weder Streifenwagen noch uniformierte Polizisten sind zu sehen.

Jürgen Vogel klopft an das mannshohe, in einem hässlichen Grau gestrichene Gartentor, worauf Tobias Heller ihm von der anderen Seite aus öffnet. Stumm und im Gänsemarsch betreten die vier Spezialisten Donners Garten. Die für ihre Arbeit erforderlichen Gerätschaften führen sie in unauffälligen Tragetaschen mit sich.

Es ist für drei der vier Wissenschaftler nicht die erste verdeckte Aktion dieser Art, und die IT-Spezialistin Amara Jones, erst seit einem knappen halben Jahr bei der Truppe, wurde entsprechend instruiert. Jeder der Vier weiß daher, wie er sich in einer solchen Situation zu verhalten hat. Das Leben einer Geisel steht auf dem Spiel!

* * *

»Dieser Computer wurde heute Morgen das letzte Mal in Betrieb genommen«, informiert Jones die Kommissare, die ihr neugierig bei der Arbeit an Brauns Schreibtisch über die Schulter schauen. Die Informatikerin ist die Tochter von nigerianischen Einwanderern, was aber allein durch ihre dunkle Hautfarbe dokumentiert ist. Geboren und aufgewachsen ist sie in München, was wiederum ihren niedlichen bayrischen Akzent erklärt. »Und zwar war dies laut Ereignisprotokoll für eine Dauer von etwa vier Minuten, von 08:37 Uhr bis 08:41 Uhr. Danach wurde der Rechner ordnungsgemäß wieder heruntergefahren«, erklärt sie Denise und Tobias mit ihrer dunklen, rauchigen Stimme.

Vogels langjähriger Mitarbeiter Klaus Dreyer, den Amara Jones zum Jahresbeginn als IT-Spezialistin beerbte, erhielt im Herbst letzten Jahres überraschend ein äußerst lukratives Angebot für eine leitende Funktion in der Forensik des Landeskriminalamtes Düsseldorf und verließ die Truppe zum Jahresende. Seine Nachfolgerin ist selbst nach einem knappen halben Jahr immer noch ein ungewohnter Anblick für die Kommissare. Dass sie ihrem Vorgänger in Sachen Fachkompetenz in nichts nachsteht, stellte die junge Frau aber bereits mehrfach unter Beweis.

»Um 08:42 Uhr erhielt der Ehemann der entführten Frau einen anonymen Anruf. Er saß zu diesem Zeitpunkt am Steuer seines Autos und wurde aufgefordert, unverzüglich nach Hause zu fahren, wo weitere Instruktionen auf ihn warten würden«, gibt Tobias Heller bekannt und zeigt ihr das ihm von Thomas Braun überlassene Blatt Papier mitsamt Spurensicherungsbeutel.

»Das kommt hin«, nickt Jones. »Um 08:38 Uhr wurde eine Textdatei ausgedruckt. Sie befand sich auf einem USB-Stick und trug den sinnigen Namen ›Instruktionen.doc‹. Es ist daher zu vermuten, dass dieses Dokument auf dem hier von den Eindringlingen vorgefundenen Gerät ausgedruckt wurde. Ich werde später im Labor eine Vergleichsanalyse von Papier, Tinte, Schriftbild und so weiter vornehmen. Dann wissen wir Genaueres.«

»Ist der Rechner passwortgeschützt?«, erkundigt sich Denise Malowski. »Wir könnten es hier womöglich mit einem Insider zu tun haben!«

»Kein Passwort«, gibt Jones zurück. »Im heimischen Umfeld machen das viele so. Jedenfalls, sofern keine Geheimnisse zu hüten sind«, lächelt sie hintergründig.

»Trotzdem … Die Kidnapper hatten Kenntnis davon, dass sie hier das entsprechende Equipment vorfinden würden«, überlegt Tobias. »Entweder das, oder es gab einen ›Plan B‹, wie zum Beispiel aufgeklebte Zeitungsbuchstaben oder etwas Ähnliches! Es wurde aber bisher nichts dergleichen gefunden.«

»Was macht dich so sicher, dass es mehrere Entführer waren?«, fragt Denise ihn. »Es könnte sich doch ebenso um einen Einzeltäter handeln. Um eine Frau zu überwältigen, genügt ein kräftiger Mann. Und die Stimme am Telefon, auch wenn sie stark verfremdet war, gehört einem Mann, da bin ich mir sicher. Wir können zum gegenwärtigen Zeitpunkt nicht einmal ausschließen, dass Frau Braun ihn kannte.«

»Du vergisst, dass der Wagen der Frau ebenfalls fehlt, Denise! Den muss ja jemand gefahren haben, wenn es Frau Braun nicht selbst gewesen ist. Und dieser Fahrer ist schließlich irgendwie hierher gelangt, er hatte also zumindest *einen* Komplizen! Zudem benutzte der Anrufer den Plural, als er sagte: *Wir haben Ihre Frau in unserer Gewalt.*«

»Damit könntest du recht haben«, lenkt Denise ein. »Allerdings reden viele Menschen am Telefon in der Mehrzahl, um davon abzulenken, dass sie alleine sind.« Sie wendet sich an die IT-Spezialistin. »Danke Amara, das waren interessante Informationen! Es ist doch immer wieder verblüffend, was man alles an Spuren in einem Computer hinterlässt. Weißt du zufällig, wo wir deinen Chef finden?«

»Aber sicher doch!«, grinst Amara Jones sie an. »Ein Forensiker weiß fast alles, damit rangieren wir direkt hinter den Pathologen. Jürgen ist in der Garage. Es gibt einen Zugang von der Terrasse aus, da müsst ihr nicht das Garagentor aufmachen. Von wegen ›geheime Ermittlung‹«, zwinkert sie verschwörerisch und widmet sich wieder ihrer Arbeit an Brauns Laptop, der selbstverständlich zuvor von einem ihrer Kollegen gründlich auf Fingerabdrücke untersucht wurde.

***

Sie finden den Leiter der Forensik in der üblichen Pose, wenn es darum geht, Tatorte nach Körperflüssigkeiten und anderen menschlichen Hinterlassenschaften zu untersuchen: Auf den Knien rutschend, eine Sprühflasche Luminol in der einen, ein batteriebetriebenes UV-Licht in der anderen Hand, und den Blick konzentriert auf den Lichtkegel der Lampe gerichtet, die er behutsam kreisen lässt.

Platz hat Jürgen Vogel genügend dafür, denn die Garage, für zwei nebeneinanderstehende Fahrzeuge ausgelegt, ist bis auf mehrere Regale und eine gut bestückte Werkbank an der Rückwand leer. Auf dem Boden sind einige der bekannten gelben Nummerntafeln zur Kennzeichnung von Beweisstücken zu sehen. Die dazugehörigen Fundstücke liegen, in Beweismittelbeutel eingetütet, auf besagter Werkbank. Beim Eintreten Malowskis und Hellers richtet sich der 1,92 Meter große, hagere Mann umständlich auf, wobei er die Lampe mit einer beiläufigen Bewegung seines Daumens ausschaltet.

»Ich schätze, hier hat ein Kampf stattgefunden«, informiert er die Ermittler. »Oder zumindest eine Rangelei. Die Werkzeuge, die ich auf dem Boden verstreut vorfand, werden dabei von der Werkbank dort drüben heruntergefallen sein. Ihr könnt euch nachher die Fotos anschauen, die ich davon gemacht habe. Und bevor ihr fragt: Blut habe ich bisher keines gefunden. Auch nicht an den Werkzeugen.«

»Der oder die Kidnapper haben ihr Opfer entweder hier überwältigt, als sie in ihr Auto steigen wollte, oder sie taten es in der Wohnung und brachten sie anschließend in die Garage«, überlegt Tobias Heller. »Alma Braun wehrte sich, und dabei flogen die Werkzeuge durch die Luft. Ob sie einen der Entführer bei der Rangelei verletzt haben könnte? Ihn vielleicht gekratzt hat? Oder geschlagen?«

Die Frage war an niemanden speziell gerichtet, er bekommt aber dennoch eine Antwort darauf. Und zwar von Jürgen Vogel, der einen der Spurensicherungsbeutel hochhält. »Diese Haare hier habe ich auf dem Boden gefunden. Das Entführungsopfer könnte sie einem der Entführer ausgerissen haben. Es sind Haarwurzeln daran, perfekt für eine DNA-Analyse. Vergleichsproben für die notwendigen Ausschlüsse finden wir garantiert in ihrer Haarbürste und im Kamm ihres Mannes.«

»Die wir aber ohne seine Zustimmung nicht verwenden dürfen!«, bremst Denise Malowski den Eifer des Wissenschaftlers. »Bei der Frau ist das etwas anderes, sie ist das Opfer eines Gewaltverbrechens. Um eine gerichtsfeste Speichelprobe von Thomas Braun werden wir uns persönlich kümmern.«

* * *

»Alle Fakten sprechen also in der Tat für eine Entführung«, informiert Tobias Heller den Rest der Mannschaft über die Erkenntnisse des heutigen Tages, nachdem er einen kurzen Überblick über die Ergebnisse der Hausdurchsuchung gegeben hat. »Das Opfer heißt Alma Braun, ist achtundvierzig Jahre alt und verheiratet. Der Ehemann leitet eine Filiale der Volksbank in Troisdorf.«

Er heftet ein Foto der Entführten an die Magnettafel und schaut ernst in die Runde. »Es ist möglich, dass darin das Motiv für die Tat begründet ist«, fährt er fort. »Die Täter - wir sollten von mindestens zwei Personen ausgehen - haben ein Wegwerfhandy in der Wohnung zurückgelassen, über das die weitere Kommunikation abgewickelt werden soll.«

»Außerdem gab es ein offenbar auf dem hauseigenen Drucker der Brauns ausgedrucktes Blatt mit Instruktionen, die aber im Wesentlichen dasselbe beinhalten wie der Anruf, dessen Aufzeichnung ihr soeben gehört habt«, ergänzt Denise Malowski. »Eine explizite Forderung ist bisher nicht eingegangen, die Erpresser erwähnen aber in den schriftlichen Instruktionen ein Lösegeld, dessen Höhe man später noch mitteilen werde. Habt ihr Fragen oder Vorschläge dazu?«

Kommissarin Christina ›Chrissie‹ Ohlsen hebt die Hand. »Es muss sich dabei um eine gezielte und minutiös exakt geplante Aktion gehandelt haben«, gibt sie zu bedenken. »Das sieht mir verdächtig nach einem Insiderjob aus! Außerdem finde ich es reichlich merkwürdig, dass diese Leute eine Frau entführen und schriftlich auf ein Lösegeld hinweisen, aber die Modalitäten erst später bekannt geben.«

»Vielleicht haben die Kidnapper vor, Braun ›weichzukochen‹, um seine Kooperationsbereitschaft zu testen«, vermutet Tobias und wendet sich mit gezücktem Marker der Tafel zu. »Okay, halten wir zunächst für uns alle zur Übersicht die Eckpunkte fest! Die wichtigsten Angaben sind meines Erachtens diese:

→ *08:30 Uhr:* Thomas Braun verlässt das Haus und fährt mit dem Auto, einem Audi A8, zur Bank. Anwesend im Haus ist zu diesem Zeitpunkt seinen Angaben gemäß nur die Ehefrau.

→ *08:37 Uhr:* Der Rechner im heimischen Arbeitszimmer wird eingeschaltet.

→ *08:38 Uhr:* Eine Textdatei mit dem Namen ›Instruktionen.doc‹ wird auf dem Drucker ausgegeben. Laut Amara Jones war die Datei auf einem USB-Stick gespeichert. Es ist davon auszugehen, dass es sich hierbei um die von den Entführern zurückgelassene Liste mit den Anweisungen für den Ehemann handelt. Es waren ausschließlich Brauns Fingerabdrücke darauf zu finden, da er das Papier zum Lesen anfasste. Die Entführer werden also Handschuhe getragen haben.

→ *08:41 Uhr:* Der Rechner im heimischen Arbeitszimmer wird wieder heruntergefahren.

→ *08:42 Uhr:* Thomas Braun erhält einen Anruf vom Handy seiner Frau, als er gerade an einer roten

Ampel steht. Er ist zu diesem Zeitpunkt zwei Kilometer von zu Hause entfernt und am Telefon ist nicht seine Gattin, sondern einer der Kidnapper, der ihn über die Entführung der Ehefrau in Kenntnis setzt und ihn auffordert, unverzüglich heimzufahren und auf Anweisungen zu warten. Der Anrufer dürfte sich zu diesem Zeitpunkt nicht weiter als einhundert Meter vom Tatort entfernt aufgehalten haben, da ja erst eine Minute zuvor der Rechner heruntergefahren wurde.

→ *09:04 Uhr:* Thomas Braun kommt zu Hause an und findet das Heim verlassen vor, auf dem Küchentisch liegt das vom Anrufer erwähnte Textdokument sowie ein Wegwerfhandy. Einbruchsspuren sind laut KTU nicht vorhanden. Die Garage ist leer. Von Alma Braun und ihrem Auto, ein Honda Modell FR-V, fehlt seitdem jede Spur. Sie leidet nach Angaben ihres Ehemannes an Asthma, hat aber höchstwahrscheinlich ihren Inhalator dabei. Den Wagen habe ich zur Fahndung ausschreiben lassen.«

»Chrissie hat recht!«, meldet sich Oberkommissar Wolfgang Müller zu Wort, nachdem das letzte Wort an die Tafel geschrieben ist. »Das sieht schon sehr nach exakter Planung aus. Der gesamte Ablauf vom Verlassen des Hauses bis zur Rückkehr Brauns erstreckt sich demnach gerade einmal über vierunddreißig Minuten! Und die Tatsache, dass die Entführung nur kurze Zeit, nachdem er das Haus verlassen hatte, stattfand, lässt darauf schließen, dass er beim Wegfahren beobachtet wurde. Zudem hat die ganze Aktion offenbar kaum mehr als zehn Minuten in Anspruch genommen, was ebenfalls für eine ausgeklügelte Planung spricht! Wir sollten in der Nachbarschaft herumfragen, ob jemand am Tattag und den Tagen davor etwas Auffälliges gesehen hat.«

»Was ist mit dem Festnetzanschluss im Hause Braun?«, will sein Partner Horst Weiland wissen. »Zapfen wir ihn für den Fall an, dass die Kidnapper sich darüber melden?«

»Wir sind hier nicht in Hollywood, Horst«, lächelt der stellvertretende Kommissariatsleiter. »Für eine solche Maßnahme haben wir weder genügend Personal noch eine rechtliche Handhabe. Und Braun selbst verweigert jegliche polizeiliche Aktion in seinem Haus, weil er Repressalien seitens der Kidnapper fürchtet. Wir werden uns daher auf die uns bekannten Mobiltelefone konzentrieren: Das des Entführungsopfers, das ihres Ehemannes - wozu wir seine Einwilligung benötigen - und das Wegwerfhandy«, bestimmt Tobias Heller das weitere Vorgehen.

Er schaut alle der Reihe nach ungewohnt ernst an, bevor er die Aufgaben verteilt: »Wir sammeln alles an Daten darüber, die wir bekommen können. Anrufe, Bewegungsdaten und so weiter. Ihr wisst schon. Bis zum Zeitpunkt der Lösegeldübergabe sind uns leider die Hände gebunden, es sei denn, die Forensik hat bis dahin herausgefunden, wem die ausgerissenen Haare aus der Garage gehören. Denise und ich bringen Braun jetzt das von den Entführern zurückgelassene Handy vorbei, damit er gerüstet ist, wenn diese sich melden. Amara hat einen Klon davon gezogen, wir sind somit in der Lage, alle an ihn gerichtete Nachrichten oder

Anrufe mitzuverfolgen. Außerdem werden wir ihn um eine Speichelprobe für einen Abgleich mit den in seiner Garage sichergestellten Haaren bitten. Chrissie wird sich um die Handydaten kümmern und Horst und Wolfgang befragen die Anwohner der Straße, in der Braun wohnt. Um es mit den Worten des Chefs zu sagen: an die Arbeit, Leute!«

KAPITEL 2

Dienstag, 11. Juni

08:22 Uhr

Horst Weiland verlässt an der Seite seines Partners Wolfgang Müller das Grundstück der Familie Weber. Der Versuch, die Bewohner des Hauses nach ungewöhnlichen Begebenheiten zu befragen, war zu dieser frühen Stunde ebenso erfolglos wie gestern Nachmittag. Niemand öffnete auf ihr Läuten und die Jalousien sind zumindest auf der Straßenseite herabgelassen.

Lediglich drei Häuser stehen auf diesem Teilabschnitt der Straße, wobei das ihres Chefs und das nebenan gelegene Haus der Eheleute Braun die beiden anderen darstellen. Allein aus diesem Grund wäre die Aussage des unmittelbaren Nachbarn vielleicht von großem Wert, wenn schon der Nachbar auf der anderen Seite, nämlich Donner, nichts von der Entführung mitgekriegt hat.

»Ich weiß auch gar nicht, wie Tobias sich das mit der Anwohnerbefragung vorstellt«, mokiert sich Weiland. »Einerseits darf niemand von der gestrigen Entführung wissen und andererseits sollen wir nach auffälligen Beobachtungen hier in der Straße fragen.«

»Wir machen es wie gestern, Horst!«, erwidert Müller geduldig. »Wir sagen unser Sprüchlein auf, von wegen Ermittlungen zu einer Begebenheit hier in der Nähe ... bla, bla, bla ... und horchen die Leute vorsichtig aus, ob ihnen etwas Ungewöhnliches aufgefallen ist.«

»Na, gebracht hat es aber bisher nicht die Bohne, die sind alle viel zu weit vom Schuss. Dagegen wäre dieser Weber, der hier wohnt, geradezu prädestiniert, wenn schon der Chef nichts mitbekommen hat!«

»Der war mit Kofferpacken beschäftigt. Aber viel mehr würde mich die Überwachungskamera an Webers Garage interessieren, sie scheint auf die Straße zu zeigen. Falls es sich bei dem Teil nicht um eine Attrappe handelt, wären die Aufzeichnungen von gestern sicher höchst interessant für uns!«

Ihr Weg führt sie an der kurzen Häuserreihe entlang, auf der Suche nach anderen Spaziergängern, die für eine Befragung in Betracht kommen. Ganz so abwegig ist es aber nicht, hier auf Menschen zu treffen, da die Straße nur einseitig bebaut ist und es sich bei der unbebauten Seite um eine kleine, gepflegte Parkanlage handelt, die mit locker angeordneten Holzbänken zum Verweilen einlädt. Einzig die frühe Morgenstunde könnte für das Vorhaben der Ermittler womöglich ein kleines Problem darstellen. Aus langjähriger Erfahrung wissen sie aber, dass Rentner und Hundebesitzer geradezu versessen darauf sind, morgens in aller Frühe solche Orte aufzusuchen.

Auf einer der Parkbänke direkt dem Tatort gegenüber bemerken sie einen älteren Mann. »Sieh mal, auf der Bank dort vorn sitzt jemand!«, kommentiert Weiland es überflüssigerweise. »Ob der sich wohl öfter um diese Zeit hier ausruht?«

Müller schaut auf die Uhr: »Wenn Thomas Braun sich an unsere Vorgaben hält und seinen gewohnten Tagesablauf beibehält, wird er jeden Augenblick das Haus verlassen. Es wäre daher durchaus möglich, dass es sich bei dem Kerl um einen Aufpasser handelt.«

»Das müssen wir eben riskieren, Wolfgang«, schließt Weiland die kleine Diskussion ab und steuert zielstrebig die Bank an. Sein Partner aber bleibt noch stehen, holt sein Handy hervor und macht ein Foto von dem Mann auf der Bank, wobei er so tut, als checke er irgendwelche Nachrichten. »Für alle Fälle!«, kommentiert er seine Handlung und schließt eilig zu dem Kollegen auf.

* * *

08:23 Uhr

Chrissie Ohlsen breitet zufrieden die drei Funkzellenauswertungen und Einzelverbindungsnachweise auf dem Tisch aus, die sie nach der gestrigen Fallbesprechung noch telefonisch anforderte und die vor wenigen Minuten per Fax im Sekretariat eingingen. Die Handys der Eheleute Braun stellten dabei das geringste Hindernis dar, da beide beim gleichen Provider angemeldet sind.

Wesentlich mehr Hirnschmalz verlangte der Kommissarin das Wegwerfhandy ab, aber nach intensivem Nachdenken war auch das schnell geklärt. Prepaid-Karten für Handys werden nämlich nur über wenige große Mobilfunknetze verwaltet und die Nummer ist ja im Handy gespeichert. In diesem Fall handelt es sich wie erwartet um einen Anschluss im Netz von *Vodafone*, einem der größten Mobilfunkbetreiber.

Die zuständigen Mitarbeiter beider Firmen folgten dabei widerspruchslos den Argumenten der Kommissarin und versprachen, zumindest die Funkzellen im näheren Umkreis um die Wohnung der Eheleute Braun unverzüglich abzufragen und die Ergebnisse schnellstmöglich zur Verfügung zu stellen. Zum besseren Verständnis der Angaben heftete Ohlsen eine Straßenkarte an die Wand hinter ihrem Schreibtisch, auf der sie die Standorte der Funkzellen im näheren Umkreis des Tatortes eintrug und mithilfe eines Zirkels die jeweilige Reichweite markierte. Diese Informationen sind öffentlich zugänglich und können in der EMF-Datenbank bei der Bundesnetzagentur über das Internet abgefragt werden. Auffällig sind nach erster Einsichtnahme der Daten und deren Abgleich mit dieser Karte gleich mehrere Dinge.

Zum einen wurde das Wegwerfhandy offenbar erstmalig dort in Betrieb genommen, wo Thomas Braun es nach seiner Rückkehr vorfand. Eine Vorgeschichte gibt es zumindest in den hier aufgelisteten Funkzellen nicht. So weit, so gut.

Die nächste Besonderheit besteht im Signalpegel des Handys von Alma Braun, mit dem einer der Entführer gestern um 08:42 Uhr ihren Ehemann anrief. Das besagte Handy wurde offenbar erst

Sekunden zuvor eingeschaltet und dürfte sich zu diesem Zeitpunkt gerade noch im Bereich des für das Haus der Brauns zuständigen Sendemastes befunden haben. Also eher fünfhundert Meter davon entfernt als hundert, wie Tobias aufgrund der Tatsache mutmaßte, dass die Datei mit den Anweisungen eine Minute zuvor ausgedruckt wurde. Genaueres wird nur durch eine Triangulation mit den benachbarten Funkzellen herauszufinden sein.

Anschließend verschwand das Handy aus der Peilung, weil es vermutlich sofort nach dem Anruf ausgeschaltet wurde. Da es im Stadtverkehr so gut wie ausgeschlossen ist, fünfhundert Meter in nur einer einzigen Minute zurückzulegen, ist dies für die Kommissarin ein Indiz für zwei Tatsachen: Die Entführer waren mindestens zu zweit und derjenige, der den Anruf tätigte, fuhr schon los, während sein Kumpan die Drecksarbeit erledigte. Ohlsen macht sich in Gedanken eine Notiz dazu.

Die letzte Auffälligkeit besteht im Verhalten von Thomas Brauns Handy. Es war um 08:30 Uhr in derselben Funkzelle angemeldet wie später das seiner Frau, was für sich genommen ja nicht verwunderlich ist, da er dort wohnt und um diese Uhrzeit wie üblich den Weg zur Bank antrat. Zwei Minuten später aber, dem Signalpegel gemäß ebenfalls an der Grenze des für ihn zuständigen Sendemastes, verschwand das Handy aus der Peilung und tauchte zunächst auch nicht in der daran anschließenden Funkzelle auf.

Erst an der Ampel, wo ihn der Anruf der Entführer erreichte, war Brauns Handy wieder für die Peilung sichtbar, gute zwei Kilometer von zu Hause entfernt. Um 08:52 Uhr, etwa zehn Minuten nach dem Anruf, setzte sich das Handy erneut in Bewegung. Thomas Braun fuhr, nachdem er den ersten Schock überwunden hatte, wie von den Entführern verlangt, nach Hause.

Im Großen und Ganzen decken sich alle Angaben also mit Brauns Geschichte. Der zehnminütige Signalausfall lässt sich leicht mit einem Funkloch erklären, wie es in Ballungsgebieten immer mal vorkommt, insbesondere, wenn man im Auto auf viel befahrenen Straßen unterwegs ist. Christina Ohlsen macht gedanklich einen Haken daran und beginnt damit, die erarbeiteten Fakten in einem Bericht niederzuschreiben. Geeignet, den derzeitigen Aufenthaltsort der entführten Alma Braun zu ermitteln, sind sie aber nicht.

* * *

08:24 Uhr

Die Bank steht im rechten Winkel zur Allee, sodass man den Kopf nach links wenden muss, will man die Häuserzeile im Blick behalten. Was der einsame Mann, zu dem Müller und Weiland sich jetzt gesellen, aber zumindest im Augenblick nicht tut. Sein Interesse ist offenbar auf eine Szene in der entgegengesetzten Richtung gerichtet, wo sich zwei putzig aussehende Eichhörnchen auf einem Baum keckernd zu unterhalten scheinen. Die Kommissare nehmen in stummer Eintracht links und rechts neben ihm Platz, wobei Weiland seinen Dienstausweis schon zur Hand genommen hat und ihn dem Mann vor das Gesicht hält.

»Mein Name ist Weiland«, informiert er seinen Sitznachbarn, der sich ihm jetzt interessiert zuwendet. Ein Mann in den späten Sechzigern, stark angegrautes volles Haar. Sympathische Erscheinung. »Rechts neben Ihnen sitzt mein Kollege Müller. Wir sind von der Kriminalpolizei und untersuchen einen ... äh ... Vorfall, der sich gestern am frühen Morgen etwa zur gleichen Zeit wie jetzt ganz hier in der Nähe zugetragen hat«, fährt er fort. »Und wir würden gerne einige Fragen dazu stellen, wenn es Ihnen nichts ausmacht, Herr ...?«

»Weber«, folgt der Angesprochene der stummen Aufforderung, sich vorzustellen. »Ferdinand Weber. Nur zu, fragen Sie! Ich habe jede Menge Zeit. Um welchen Vorfall handelt es sich denn? Ich habe nichts Ungewöhnliches gehört oder gesehen.«

* * *

08:26 Uhr

Tobias Heller überreicht Denise Malowski einen braunen DIN-A4-Umschlag, den er auf dem Weg zum Büro von der Poststelle abgeholt hat. Absender ist das humangenetische Institut der Universität Bonn, welches noch gestern Nachmittag mit der Analyse der in Brauns Garage sichergestellten DNA betraut wurde, wobei sowohl die Haare und sämtliche Vergleichsproben als auch das jetzt vorliegende vorläufige Ergebnis per Eilboten überbracht wurden.

Solche Analysen dauern zwar normalerweise infolge der ständigen Überlastung dieser Einrichtung meist mehrere Tage, jedoch werden Aufträge, von deren Erfüllung Menschenleben abhängen können, immer schnellstmöglich ausgeführt. Im vorliegenden Fall führt diese DNA mit etwas Glück zu einem der Entführer.

»Ich habe schon mal hineingeschaut«, informiert er die Kollegin, während diese neugierig den Umschlag öffnet. »Die Haare stammen definitiv weder von Alma Braun noch von ihrem Ehemann. Männliche DNA. Wir sind also weiterhin im Spiel, Denise! Jetzt benötigen wir dringend einen Abgleich mit der Datenbank beim BKA, die hoffentlich einen Namen dazu ausspuckt. Könntest du das bitte veranlassen? Du hast ja von uns beiden die besseren Beziehungen zum Bundeskriminalamt.«

Gemeint ist Kriminalhauptkommissarin Bettina Kowalski beim BKA, die einzige Schwester Denises. Die eineiigen Zwillinge wurden als Kleinkinder getrennt und hatten über drei Jahrzehnte keinerlei Kenntnis voneinander, bis sie sich vor drei Jahren unter höchst dramatischen Umständen wiederfanden. »Schönen Gruß an Bettina bei der Gelegenheit!«, fügt er beschwingt hinzu.

Ein Summen auf ihrem Schreibtisch lässt Denise wie elektrisiert zusammenfahren, wobei der Umschlag ihrer Hand entgleitet und neben dem Tisch zu Boden segelt. Das Geräusch entstammt dem geklonten Handy und der Ton signalisiert eine hereinkommende Kurznachricht! Eine SMS von den Entführern, die von allen hier im Kriminalkommissariat seit gestern förmlich herbeigesehnt wird, weshalb immer einer der Kommissare das Handy ständig mit sich führt.

Stumm und mit ernster Miene reicht sie das Telefon über den Tisch hinweg an ihren Partner weiter, nachdem sie die wenigen Zeilen gelesen hat. Tobias wirft ebenfalls einen Blick auf die Nachricht und hebt die Augenbrauen. Dann greift er zum Telefon.

»Wen rufst du an?«

»Horst und Wolfgang sind doch momentan draußen vor Brauns Anwesen«, erklärt er Denise, die bestätigend mit dem Kopf nickt. »Ich werde ihnen eine andere Aufgabe geben. Braun wird sicher jeden Augenblick das Haus verlassen und zur Bank fahren. Vor allem, wenn er die SMS liest, die er ja ebenfalls soeben bekommen hat. Das passt dann ja. Die beiden sollen sich, wo sie schon mal dort sind, unauffällig an ihn dran hängen. Und wir drei hier im Kommissariat bereiten uns besser schon mal auf einen bevorstehenden Einsatz vor. Der Tanz beginnt!«

* * *

08:29 Uhr

»Weber?«, fällt Wolfgang Müller dem Mann ins Wort und lässt dessen Frage zunächst unbeantwortet. »Wohnen Sie dort drüben im ersten Haus? Wir hatten schon an Ihrer Tür geklingelt. Halten Sie sich oft hier draußen auf?«

»Seit meine ... meine Frau nicht mehr ist, wird es mir im Haus tagsüber einfach zu eng«, gesteht

Ferdinand Weber ihnen leise. »Ich muss dann einfach mal raus. Und um diese Jahreszeit ist es früh morgens hier im Park am schönsten. Bevor die Stadt erwacht und man auch hier nicht mehr einsam sein kann.«

In diesem Augenblick schiebt sich ein Silber metallicfarbener Audi A8 aus der Grundstückseinfahrt des Hauses mit der Nummer 2 links von ihnen. Weber schaut kurz auf seine Armbanduhr. »08:30 Uhr, pünktlich wie immer!«, kommentiert er das Ereignis, ohne jemanden speziell anzusprechen. Aber die Kommissare sind aufmerksame Zuhörer.

»Gestern auch?«, erkundigt sich Wolfgang Müller im Plauderton. »Das ist doch Ihr Nachbar Thomas Braun. Habe ich recht? Den wollten wir eigentlich als Nächstes aufsuchen. Schade, jetzt ist er weg!«

»Nach dem können Sie getrost die Uhr stellen«, nickt Weber ihm zu. »Punkt 08:30 Uhr geht es jeden Tag Montag bis Freitag ab zur Volksbank. Da ist er der Direktor von. Zurück kommt er dann um 18:00 Uhr. Nur gestern nicht, da war alles irgendwie etwas durcheinander! Kurz nach 09:00 Uhr war er plötzlich wieder da. Wirkte reichlich durch den Wind, wenn Sie mich fragen.« Weilands Handy vibriert in dessen Hosentasche, Müller achtet nicht weiter darauf.

»Ach! Und dazwischen?«, fragt er den Mann und kann nur mühsam seine Anspannung verbergen. Sollten sie in Ferdinand Weber einen Augenzeugen für die Entführung gefunden haben? »Haben Sie zwischen dem Wegfahren Ihres Nachbarn und dessen Nachhausekommen etwas gesehen, das ebenfalls außerhalb der Norm liegt?«, präzisiert er seine Frage in bemüht neutralem Tonfall.

»Dazwischen?«, wiederholt Weber irritiert. »Was soll denn da gewesen sein? Ich habe aber auch nicht weiter auf die Straße geachtet«, gesteht er einem enttäuschten Wolfgang Müller. »Da war gerade eine besonders spannende Stelle in meinem Krimi«, erklärt er ihm und hält sein Lesegerät hoch.

»Es geht los, Wolfgang!«, fällt Weiland ihnen in die Parade und steckt sein Handy wieder ein. »Das war Tobias, die *du-weißt-schon-wer* haben sich soeben gemeldet. Wir sollen uns unbedingt *sofort* an Braun hängen. Alphaorder!«

Müller springt mit einer Behändigkeit auf, die man seiner massigen Erscheinung niemals zutrauen würde, und schließt sich widerspruchslos dem davoneilenden Freund an. Eile ist geboten, will man das zu verfolgende Auto nicht aus den Augen verlieren. Er nimmt sich aber einen Augenblick Zeit für den verständnislos dreinblickenden Mann auf der Bank und ruft ihm zu: »Löschen Sie auf keinen Fall die Aufnahmen der Kamera in Ihrer Einfahrt! Wir melden uns wieder bei Ihnen!«

* * *

08:52 Uhr

›*Heben Sie bis spätestens heute Mittag 12:00 Uhr 250.000 Euro von Ihrem Konto ab. Die Hälfte in Hundertern, der Rest zu gleichen Teilen als Fünfziger und Zwanziger. Warten Sie auf weitere Anweisungen.*‹

Tobias Heller legt nach der Verlesung der vor wenigen Minuten eingegangenen SMS eine Atempause ein. Anwesend sind im Besprechungsraum außer ihm und Denise Malowski die IT-Spezialistin Amara Jones sowie Kommissarin Christina Ohlsen.

»Die Kurznachricht ging ohne Absendernummer ein«, fährt er nach einigen Sekunden fort. »Daher ist die Frage angebracht, ob man dennoch den Absender, oder besser gesagt seinen Standort ermitteln kann?«, wendet er sich an die Forensikerin.

Amara Jones schüttelt den Kopf. »Nein, das geht nicht«, antwortet sie dann entschieden. »Auf einem Handy lassen sich SMS normalerweise ohnehin nicht anonym versenden. Das ist zumindest im europäischen Raum nicht erlaubt und wird daher vom Betriebssystem nicht unterstützt. Der Absender hat demnach im vorliegenden Fall eine spezielle App benutzt oder einen der Online-Dienste im Internet in Anspruch genommen, die das anbieten. In beiden Fällen ist der eigentliche Absender ein nicht nachverfolgbarer Provider.«

»Schade, da kann man nichts machen«, bedauert Heller. »Was wir aber dennoch aus der Nachricht herauslesen können, ist zweierlei. Erstens: Die Entführer gehen äußerst professionell vor, was die Verschleierung ihrer Identität angeht. Ich bin wirklich gespannt, wie sie die Übergabe abwickeln. Das ist bekanntlich der heikelste Moment bei einer Entführung, da die Erpresser notgedrungen in Erscheinung treten müssen, in welcher Form auch immer. Und damit kommen wir zu Punkt zwei: Die knapp bemessene Zeit, die sie Braun geben, das Geld zu beschaffen, weist darauf hin, dass die Übergabe heute noch stattfinden wird, sonst hätte dies meines Erachtens keinen Sinn. Und ich wette, dass es nicht später als 14:00 Uhr sein wird! Wir haben demnach von jetzt an maximal fünf Stunden zur Verfügung, darauf angemessen zu reagieren. Irgendwelche Vorschläge dazu? Denise? Chrissie?«

Tobias Heller schaut die Anwesenden der Reihe nach an. Ihre angespannten Mienen verraten ihm, dass sie nicht vorhaben, Verantwortung zu übernehmen, sondern auf Anweisungen von ihm, dem derzeitigen Kommissariatsleiter, warten.

»Okay«, fährt er schließlich fort, da niemand sich zu Wort meldet. »Wir gehen folgendermaßen vor: Wolfgang und Horst haben sich auf meine Anweisung hin an Thomas Braun gehängt, der vor einer knappen halben Stunde das Haus verlassen hat, und zwar unmittelbar nach Erhalt er SMS, die ich euch vorhin vorgelesen habe. Sie werden ihn von jetzt an bis zur Übergabe des Lösegeldes nicht mehr aus den Augen lassen. Braun habe ich darüber aber erst einmal nicht in Kenntnis gesetzt, damit er sich für etwaige Beobachter ungezwungen verhält. Die geforderte Summe lässt zwar eher auf eine kleine Gruppe schließen, sodass eine ständige Observierung einigermaßen unwahrscheinlich ist, aber wir gehen diesbezüglich lieber auf Nummer sicher.«

»Und was machen wir in der Zwischenzeit?«, unterbricht Christina Ohlsen ihn vorlaut.

»Unser Hauptproblem ist, dass wir nicht in der Lage sind, von uns aus mit den Kidnappern Kontakt aufzunehmen. Falls Braun es nicht schafft, das Geld rechtzeitig zu beschaffen - was aufgrund der zeitlichen Vorgabe durchaus möglich ist - sind uns die Hände gebunden. Ich denke aber, dass dies beabsichtigt ist, um uns keinen Handlungsspielraum zu lassen. Ich hoffe daher darauf, dass die Entführer, falls dies passiert, die Geisel nicht gleich töten und sich erneut mit uns, beziehungsweise Thomas Braun in Verbindung setzen.«

Tobias Heller schaut die Kolleginnen ernst an, bevor er ihnen seinen Plan erläutert: »In derselben Sekunde, in der die Entführer Zeit und Ort der Übergabe nennen, müssen wir unverzüglich und schnellstmöglich reagieren. Denn einerseits wird dies extrem kurz vorher passieren und andererseits wissen wir nicht, wo das sein wird. Es sind zwei gegensätzliche Szenarien denkbar: Entweder handelt es sich um eine weit einsehbare freie Fläche, wo nicht eingeladene Gäste sofort entlarvt werden, oder es ist im Gegenteil ein großes Getümmel, in dessen Unüberschaubarkeit die Entführer ungesehen verschwinden können. Ich denke da an die Fußgängerzone in Troisdorf. Da gibt es haufenweise Möglichkeiten, unerkannt aufzutauchen und wieder zu verschwinden.«

»Und wie willst du das verhindern?«, will Denise Malowski wissen. »Wenn die das so machen, wie du sagst, haben wir doch kaum eine reelle Chance, einzugreifen!«

»Nicht, wenn wir hier sitzen und abwarten, was geschieht!«, gibt Tobias Heller ihr recht. »Wir werden uns daher ebenfalls - für alle unsichtbar - schon jetzt in der Nähe von Thomas Braun aufhalten. Horst und Wolfgang halten uns ständig über seinen Aufenthaltsort auf dem Laufenden. Sobald er die Mitteilung über Zeitpunkt und Ort der Lösegeldübergabe erhält, begeben wir uns schnellstens dorthin, die Nachricht darüber bekommen wir ja über das geklonte Handy ebenfalls. Wir versuchen natürlich, möglichst zuerst vor Ort zu sein. Das weitere Vorgehen richtet sich dann nach den Gegebenheiten. Wird Alma Braun im Gegenzug zur Lösegeldübergabe freigelassen, sorgen wir vordringlich für ihre Sicherheit und versuchen gleichzeitig, die Entführer zu verfolgen. Gibt es keinen Austausch, halten wir uns zurück und richten unser Hauptaugenmerk stattdessen auf eine mögliche Identifikation der Kidnapper, falls sie sichtbar in Erscheinung treten. Heimlich angefertigte Fotos wären zum Beispiel eine Möglichkeit. Eine Verfolgung ist dann aber keine Option, um das Leben der Geisel nicht zu gefährden! Noch Fragen?«

»Haben sich die Entführer eigentlich Herrn Braun gegenüber ›legitimiert‹?«, grübelt Chrissie Ohlsen. »Ich meine, eine SMS mit einer Lösegeldforderung kann doch jeder verschicken, oder? Und ist es in solchen Fällen nicht normalerweise üblich, dem Ehemann ein Lebenszeichen von der entführten Frau zukommen zu lassen?«

»Du vergisst, dass derjenige, der die SMS verschickte, die Nummer des Wegwerfhandys kannte«, erinnert Tobias Heller die Kommissarin. »Und Braun bekam ja den Anruf mit der Mitteilung über die Entführung vom Handy der Ehefrau. Nicht zu vergessen die schriftlichen Instruktionen auf dem Küchentisch und die Kampfspuren in der

Garage! Also, *mir* würde das als Legitimation reichen! Hat sonst noch jemand Vorschläge zum bevorstehenden Einsatz? Denise?«

»Was ist mit Straßensperren?«, schlägt Malowski spontan vor.

»Das entscheiden wir vor Ort, alles richtet sich wie gesagt nach den örtlichen Rahmenbedingungen. Ich werde daher vorsorglich ein paar Streifenwagen auf Abruf abstellen, die im Fall der Fälle die Fluchtwege blockieren. Sie erfahren ihren Einsatzort aber aufgrund der Umstände erst in letzter Minute und müssen sich zudem so postieren, dass sie bis zuletzt unsichtbar bleiben. Aus diesem Grund fahren wir drei auch mit unseren Privatfahrzeugen, das fällt weniger auf, als drei schwarze Audi aus dem Fahrzeugpool, die jeder gleich als behördliche Fahrzeuge identifiziert.«

»Hoffentlich springt dein Hobel an, wenn es darauf ankommt«, kann Denise es sich nicht verkneifen. Ist es doch unter den Kollegen allgemein bekannt, dass Tobias' über dreißig Jahre alte BMW nicht gerade ein Ausbund an Zuverlässigkeit ist.

»Diesbezüglich kann ich dich beruhigen«, grinst ihr Partner. »Ich habe nämlich vor, das Auto meiner Frau nehmen. Ich muss sie nur irgendwie davon abhalten, mitzukommen.« Kriminalhauptkommissarin Melanie Heller, Leiterin des Kriminalkommissariats 2 und Tobias' Ehefrau, ist allgemein dafür bekannt, bei solchen Aktionen gerne mitzumischen, sofern sie Kenntnis davon erhält.

»Haben wir noch Zeit, uns über die neuesten Erkenntnisse auszutauschen?«, will Ohlsen wissen,

bevor es hier im Besprechungsraum zu Auflösungs-
erscheinungen kommt. »Dann würde ich gerne
über die Handyauswertungen sprechen, die ich
angefordert habe.«

»Nur zu!«, ermuntert Heller sie. »Ein paar Minuten sind sicher noch drin. Ich wusste ja nicht, dass
die Daten schon vorliegen!«

»Geht auch ganz schnell«, verspricht die Kommissarin und gibt eine Zusammenfassung ihrer
Recherchen bezüglich der Bewegungsdaten der drei
beteiligten Handys ab. »Wie ihr seht, passt alles
perfekt zusammen und entspricht vollständig den
Erkenntnissen, die wir aus Brauns Computer
gewonnen haben sowie seiner eigenen Aussage einschließlich dem von ihm mitgeschnittenen Telefonat mit den Entführern«, schließt sie ihre Ausführungen ab.

»Danke, Chrissie. Dann haken wir das ab, weiter-
helfen wird es uns ohnehin nicht. Was sagt die
Expertin zum zehnminütigen Signalausfall von
Thomas Brauns Handy?«, erkundigt sich Tobias
Heller vorsichtshalber bei Amara Jones, die dem
vorangegangenen Wortwechsel stumm gefolgt ist.

»Funkzellen sind nicht in der Lage, eine unbe-
grenzte Anzahl von Teilnehmern zu verwalten«,
erklärt die IT-Spezialistin den Kommissaren zur
Einleitung. »Die Zahl gleichzeitiger Verbindungen
liegt im Gegenteil in einem niedrigen dreistelligen
Bereich. In einem vollbesetzten Fußballstadion
zum Beispiel wäre niemand in der Lage, zu telefonieren. Im vorliegenden Fall ist es wahrscheinlich
so gewesen, dass besagtes Mobiltelefon, nachdem

es den Einzugsbereich einer Funkzelle verlassen hatte, sich nicht sofort in die nächste eingebucht hat, weil diese temporär überlastet war.«

Sie macht eine kleine Pause, bevor sie fortfährt: »Ich hätte aber einen Vorschlag zu dem anderen Handy, dem Telefon der Entführten. Solange es ausgeschaltet ist, kann man es ja nicht orten. Wenn wir aber eine sogenannte stille SMS versenden, erhalten wir automatisch vom Provider eine Mitteilung mit allen Daten einschließlich des Standortes, sobald das Mobiltelefon eingeschaltet wird und die SMS herunterlädt. Der aktuelle Benutzer des Handys bekommt davon nichts mit.«

»Das ist ein ausgezeichneter Vorschlag!«, lobt Heller sie. »Ich werde umgehend einen Beschluss erwirken, eine solche stille SMS an Alma Brauns Handy senden zu dürfen, für den Fall, dass die Kidnapper es noch in ihrem Besitz haben. Mehr können wir momentan nicht tun. Hattest du schon Zeit für eine Analyse der Sprachaufnahme des Erpresseranrufs?«

»Da bin ich dabei«, gesteht Jones. »Ich werde noch den einen oder anderen Filter ausprobieren. Wenn du mit einem Teilergebnis zufrieden bist: Allem Anschein nach wurde der Anruf im Freien auf einer wenig frequentierten Straße oder in der Nähe einer solchen getätigt. Außer den Motorgeräuschen einiger vorbeifahrender PKW ist mir bisher nichts weiter aufgefallen. Zudem sind die Töne ja ohnehin stark verfremdet, es ist mir bislang auch nicht gelungen, die zweifellos vorgenommene Manipulation zu neutralisieren. Dafür habe ich aber die Analyse des ausgedruckten Textes fertig.

Vergleiche von Papier, Tinte und Schriftbild haben eindeutig ergeben, dass der Ausdruck auf dem Drucker in Brauns heimischem Arbeitszimmer gemacht wurde.«

»Okay, dann haben wir diesbezüglich wenigstens Gewissheit. Bleib aber bitte an der Sprachaufnahme dran, mich interessieren vor allem Geräusche, die auf die Person des Anrufers hinweisen können. Irgendwas. Wenn es darauf ist, wirst du es erkennen. Hast du schon mit deiner Schwester gesprochen?«, wendet Tobias Heller sich jetzt an Denise Malowski.

»Habe ich. Die DNA aus der Garage der Brauns ist nicht in der *INPOL* Datenbank beim Bundeskriminalamt gespeichert. Wir haben also auch hier nichts in der Hand, das uns zu den Tätern führt.«

»Okay, dann machen wir uns jetzt unverzüglich auf den Weg nach Troisdorf. Es könnte für uns alle ein sehr langer Tag werden. Hoffen wir auf ein gutes Ende!«

* * *

10:05 Uhr

»Jetzt ist der schon eine geschlagene Stunde dort drin«, stellt Wolfgang Müller mit einem Blick auf die Uhr fest. »Viel Zeit ist aber nicht mehr für die Einhaltung der ersten Forderung der Kidnapper! Um 12:00 Uhr soll das Geld bekanntlich zur Verfügung stehen. Da muss Braun, wenn er alle Sinne beisammen hat, doch damit rechnen, dass die sich kurz darauf wieder bei ihm melden! Und eine Viertelmillion ist auch nicht eben mal nebenbei vom

Tagesgeldkonto abzuheben, mal davon abgesehen, dass das ein reichlich großes Paket ist, so wie die Entführer es gestückelt haben wollen!«

»Wie du ganz richtig bemerktest, ist Braun in einer Bank, Wolfgang. Es ist zwar *seine* Bank, aber wer sagt uns denn, dass er nicht *dort* den geforderten Betrag besorgt? Das wäre doch naheliegend! Und als Vorstandsvorsitzender und Bankdirektor dürfte die Summe im Bereich eines Jahresgehalts liegen, denke ich.«

»Die anderen sind jetzt auch hier irgendwo in der Nähe«, wechselt Müller das Thema. »Hast du schon einen von denen gesehen?«

»Die werden in den Seitenstraßen herumlungern«, vermutet Weiland. »Wir wollen ja nur zeitlich keinen Nachteil gegenüber Braun zu haben, wenn es darum geht, den Ort der Geldübergabe möglichst vor ihm zu erreichen. Wenn *wir* unsere eigenen Leute nicht sehen, gilt das für andere erst recht. Entspann dich, es ist noch genügend Zeit bis heute Mittag!«

Wolfgang Müller und Horst Weiland konnten Thomas Braun problemlos folgen, als dieser vorhin das Haus verließ, und blieben in einem ausreichenden Sicherheitsabstand hinter ihm, bis er in die zur Volksbank gehörende Tiefgarage fuhr. Seither sitzen die Kommissare mehr oder weniger angespannt in ihrem Wagen auf einem Parkstreifen direkt gegenüber und observieren die nähere Umgebung der Bank. Sie sind bereit, sofort zu reagieren, falls Braun sich mit oder ohne sein Auto vor dem Gebäude blicken lässt.

»Sieh doch, wer da mit einem Köfferchen aus der Bank spaziert!«, ruft Weiland plötzlich aus und deutet auf die andere Straßenseite. Aus der Volksbank tritt in der Tat soeben Braun auf die Straße. In der rechten Hand hält er einen jener kleinen Aluminiumkoffer, die in diversen Fernsehkrimis ebenfalls für solche Gelegenheiten Verwendung finden. Thomas Braun schaut sich nervös um, bevor er sich zögernd in Bewegung setzt.

»10:09 Uhr«, stellt Weiland fest. »Scheint so, dass er tatsächlich zu einer anderen Bank unterwegs ist. Der hat ja Nerven, sich so lange Zeit zu lassen!«

»Los, gehen wir ihm hinterher!«

»Warte noch, ich glaube, der will nur nach nebenan zur Konkurrenz«, hält Weiland seinen Partner zurück, der schon die Beifahrertür geöffnet hat. In der Tat betritt Thomas Braun in diesem Augenblick die Commerzbank zwei Häuser weiter. Weiland greift zum Handy, um ihren Einsatzleiter Tobias Heller darüber zu informieren.

* * *

11:42 Uhr

»Verdammt, was macht der Kerl denn bloß so lange in der Bank?«, murmelt Tobias Heller im Honda seiner Frau leise vor sich hin. Die Worte sind an sich selbst gerichtet, da er alleine im Auto sitzt. Melanie ist nicht, wie von ihm befürchtet, mitgekommen, da sie mitten in der Aufklärung eines Falles von Internetkriminalität steckt.

Der Wagen ist in einer Seitenstraße etwa hundert Meter von den beiden Geldinstituten entfernt abgestellt. Sehen kann Heller von hier aus nicht, was dort geschieht, diesbezüglich muss er sich auf die Fähigkeiten der Kollegen Müller und Weiland verlassen. Die aber haben sich seit der Meldung, dass Braun die Commerzbank vor mehr als anderthalb Stunden betrat, nicht wieder gemeldet. Er befindet sich demnach immer noch dort und die Entführer können jeden Augenblick den Ort für die Übergabe durchgeben!

Gleich Mittag!, denkt Heller mit sorgenvoll gefurchter Stirn und trommelt nervös mit den Fingern auf dem Lenkrad herum. *Wenn das mal gut ausgeht!*

Langsam aber sicher beschleicht ihn das Gefühl, es sei ein großer Fehler gewesen, der Forderung Brauns, ohne Sondereinheit zu operieren, nachzugeben. Sofern keine überregionalen Interessen tangiert werden, ist dies aber auch nicht zwingend vorgeschrieben, was Thomas Braun offenbar zu wissen scheint.

Das Summen des auf lautlos gestellten Diensthandys lässt ihn aus seinen Überlegungen aufschrecken. Im Display erscheint die Nummer von Weilands Mobiltelefon. *Na endlich!,* atmet er innerlich auf und nimmt das Gespräch erwartungsvoll entgegen.

* * *

»Sag das noch einmal, Horst!«, unterbricht Heller den Kollegen Weiland aufgebracht, dessen Stimme aus der Freisprecheinrichtung seines Telefons schallt. »Die Frist für die Beschaffung des Lösegeldes läuft in zwei Minuten ab! Die Entführer können sich jeden Augenblick wegen der Übergabe melden und Braun tut was? Sitzt immer noch seelenruhig in der Bank?«

»*Ob er das in aller Ruhe macht, weiß ich nicht, Tobias. Auf jeden Fall ist er nicht wieder aufgetaucht, nachdem er vor jetzt beinahe zwei Stunden mit einem Geldkoffer hineinging. Keine Ahnung, was der dort drin so lange ... Warte mal kurz!*«, unterbricht Weiland sich und tuschelt einige Sekunden leise mit Müller. »*Da ist gerade ein Geldtransporter vorgefahren!*«, wendet er sich dann wieder an Heller.

»Hm. Die Tresore in den Geldinstituten sind in der Regel mit einem Zeitschloss gesichert«, überlegt der Hauptkommissar. »Das könnte der Grund dafür sein, dass Braun so lange warten musste. Oder aber man hatte eine solch hohe Summe gar nicht vorrätig und forderte kurzfristig Nachschub an. Wie auch immer, das wird verdammt knapp!«

Bevor Horst Weiland am anderen Ende der Verbindung eine Stellungnahme dazu abgeben kann, geschehen zwei Dinge exakt gleichzeitig: Die Digitaluhr im Armaturenbrett springt auf 12:00 Uhr und das geklonte Handy, von Heller auf der Ablage deponiert, gibt ein leises ›*Pling*‹ von sich. Eine neue Nachricht der Entführer!

»Einen Moment, Horst!«, vertröstet Heller den Gesprächspartner und nimmt das Mobiltelefon zur Hand. »Scheiße!«, entfährt es ihm unbeherrscht, nachdem er einen Blick darauf geworfen hat. »Bleib dran, ich nehme schnell Denise und Chrissie mit in eine Konferenzschaltung, wir haben keine Zeit mehr zu verlieren!«

* * *

12:02 Uhr

›*Folgen Sie der B8 bis Siegburg. Biegen Sie dort auf die B56 ein. Fahren Sie Richtung Talsperre. Nach 4 km erreichen Sie die Einmündung Zeithstraße und nach weiteren 500 Metern eine große Waldlichtung auf der linken Seite. Stellen Sie dort den Koffer mit dem Lösegeld um exakt 12:30 Uhr im geografischen Mittelpunkt der freien Fläche ab und entfernen sich danach unverzüglich. Die Zeit ist genauestens einzuhalten. Keine Minute früher, keine Minute später. Warten Sie auf weitere Anweisungen.*‹

Atemlose Stille herrscht in der Konferenzschaltung, nachdem Tobias Heller den Wortlaut der soeben eingegangenen Nachricht verlesen hat.

»Denise, Chrissie: Ihr fahrt sofort los!«, instruiert er die Kolleginnen, die ihre Autos unweit von ihm in anderen Seitenstraßen geparkt haben. »Ihr wisst, wo das ist: Der bezeichnete Platz ist etwa zehn Kilometer von hier entfernt, es ist dieselbe Lichtung, auf der wir im letzten Jahr die Kleidung der getöteten Prostituierten fanden. Benutzt das mobile Blaulicht, dann können wir es in einer Viertelstunde schaffen! Ich selbst fahre ebenfalls sofort los. Alles Weitere besprechen wir unterwegs, die Verbindung lassen wir bestehen! Horst und Wolfgang: Ihr bleibt an Braun dran und folgt ihm unauffällig. Los geht's!«

Nach einem Blick über die Schulter fädelt er sich zügig in den Verkehr ein, nachdem er das vorsorglich mitgenommene Blaulicht auf dem Fahrzeugdach angebracht hat. Eile ist geboten, denn Tobias Heller ist fest entschlossen, vor den Kidnappern vor Ort zu sein. Oder zumindest vor Thomas Braun, was aber in Anbetracht der Umstände kein Problem sein dürfte. Dass dieser das äußerst knappe Zeitfenster für die Übergabe verpassen wird, ist allerdings mehr als wahrscheinlich!

* * *

12:14 Uhr

»Wir sind in zwei Minuten da«, erinnert Tobias seine Kolleginnen, die seit geraumer Zeit vor ihm auf der B56 fahren, über die immer noch bestehende Konferenzschaltung. »Wir machen es wie besprochen und stellen die Autos auf der Zeithstraße ab, wo sie nicht weiter auffallen dürften. Die fünfhundert Meter bis zur Lichtung laufen wir durch den Wald, wo uns hoffentlich niemand sieht. Das wird nicht länger als zwei oder drei Minuten in Anspruch nehmen. Dort legen wir uns dann zwischen den Büschen auf die Lauer.«

»Braun kommt soeben aus der Bank und eilt zu seinem Auto!«, meldet Horst Weiland. *»Er wird sich*

also jetzt gleich in Bewegung setzen. Wir bleiben dran!«

»Das wird verdammt eng!«, schimpft Denise Malowski. »Was ist mit den Streifenwagen, Tobi?«

»Sind unterwegs. Einer kommt aus Richtung Seelscheid und wird sich einen Kilometer von der Stelle entfernt postieren. Der andere dürfte jeden Augenblick hinter uns auftauchen. Da die B56 von der Zeithstraße an keine Möglichkeit mehr zum Abbiegen aufweist, sitzen die Entführer in der Falle!«

»Wollen wir es hoffen!«, ertönt die Stimme Christina Ohlsens aus dem Lautsprecher. »Mir gibt aber die Wahl der Lokalität zu denken, Tobias. Die werden nicht so dämlich sein, sich selbst eine Falle zu stellen. Ich fürchte, die machen es genau wie wir und kommen durch den Wald von hinten an die Lichtung. Verschwinden können Sie dann auf dieselbe Weise und wir haben das Nachsehen!«

»Warten wir es ab!«, beendet Tobias Heller die Diskussion und bereitet sich mental auf die kommenden Minuten vor. Er spürt förmlich das Adrenalin durch seine Adern schießen. Sein Jagdinstinkt ist geweckt!

* * *

12:41 Uhr

Die etwa hundert Quadratmeter große Waldlichtung liegt im Schatten der umliegenden Bäume vor den drei im Unterholz verborgenen Polizisten. Gänzlich frei von Bewuchs ist der Platz allerdings nicht, im Gegenteil verhindern unregelmäßig verteilte Büsche, die sich wie kleine Inseln aus dem Moosteppich erheben, eine Verwendung als Rastplatz. Entsprechend ruhig und friedlich ist es hier abseits der Wohnbebauung, vom ewigen Gesang der Vögel einmal abgesehen.

All das täuscht die Kommissare aber nicht über den Zweck ihres Hierseins hinweg, außerdem kann die Stimmung von einem auf den anderen Augenblick umschlagen und in einem Drama enden. Aufmerksam scannen Heller, Malowski und Ohlsen, seit zwanzig Minuten nebeneinander auf dem zum Glück trockenen Waldboden liegend, den der Straße gegenüberliegenden Waldrand zu ihrer Linken. Dort vermuten sie mit einiger Berechtigung die Entführer, ebenso im Dickicht verborgen wie die Kommissare selbst.

Zu sehen ist aber nichts. Tobias Heller schaut zum wiederholten Male nervös auf die Uhr. *Schon mehr als zehn Minuten über die Zeit!*, denkt er besorgt im Hinblick auf die strikten Anweisungen der Kidnapper. *Wo bleibt der Kerl bloß?*

Soeben will er über das Headset seines Handys eine geflüsterte Anfrage an Horst Weiland richten, mit dessen Mobiltelefon immer noch eine Verbindung besteht, als der schmerzlich erwartete Thomas Braun, einen Aluminiumkoffer hektisch schwenkend, im Laufschritt die Bühne betritt und den Koffer in der Mitte der freien Fläche abstellt.

Nach einigen nervösen Blicken zieht Braun sich, rückwärts gehend und den Waldrand nicht aus den Augen lassend, zurück. Jetzt heißt es abzuwarten, bis sich einer der Erpresser aus dem Dickicht herauswagt, um die Beute in Empfang zu nehmen. Die Nerven der drei Kommissare sind zum Zerreißen gespannt. Wird Thomas Braun seine Frau Alma in wenigen Minuten in die Arme schließen?

* * *

13:04 Uhr

›Sie haben sich nicht an unsere Abmachung gehalten. Unser Deal ist geplatzt. Sie sind selbst schuld an dem, was jetzt geschieht.‹

Drei kurze Sätze, vor einer Viertelstunde als SMS auf dem von den Entführern gestellten Wegwerfhandy eingegangen, machten die Hoffnung auf ein gutes Ende mit einem Schlag zunichte.

Mutlos stehen die fünf Ermittler mit Thomas Braun auf der Lichtung, nachdem man zunächst sicherheitshalber noch eine Weile in der Deckung verbracht hatte, bevor Tobias die Aktion endgültig für gescheitert erklärte und sich aus dem gemeinsamen Versteck erhob, gefolgt von Denise und Chrissie.

Während Horst Weiland und Wolfgang Müller sich um den am Boden zerstörten Thomas Braun kümmern und Chrissie Ohlsen sich am Rande der Lichtung umschaut, gehen Tobias Heller und Denise Malowski zu dem Aluminiumkoffer, der immer noch aufrecht exakt in der Mitte der Waldlichtung steht. Heller legt ihn flach auf den Boden, um ihn zu öffnen. Er ist bis zum Rand vollgepackt mit Geldscheinen. Hunderter, Fünfziger und Zwanziger, wie von den Entführern gefordert.

»So sieht also eine Viertelmillion in kleinen Scheinen aus«, hört er hinter sich die Stimme seiner Partnerin, die ihm dabei über die Schulter schaut. Er schließt den Koffer sorgfältig und legt grüblerisch die Stirn in Falten, eine Eigenart, die Denise an ihm nur allzu gut kennt. »Was geht dir durch den Kopf?«, fragt sie ihn daher neugierig.

»Der Geldkoffer!«, brummt er abwesend. »Woher wussten die Kidnapper, dass das Geld in einem Koffer sein würde? Weder in der Nachricht von gestern noch in den schriftlichen Instruktionen war die Rede davon! Und jetzt schau dir die SMS von heute Mittag an!« Er reicht ihr das Handy mit der Nachricht von 12:00 Uhr auf dem Display. »Siehst du? Da ist explizit die Rede von einem Koffer!«

»Du hast recht«, gibt Malowski zu und reicht ihm das Telefon zurück. »Aber das wird sicher ein Zufall sein, denke ich. Wie gehen wir jetzt weiter vor? Hier scheint ja niemand mehr außer uns zu sein. Die Kidnapper sind längst über alle Berge, sofern sie überhaupt hier waren!«

Heller spitzt die Ohren. »Du meinst, das heute war nur eine Scharade? Ein Test? Aber wozu?« Er greift zu seinem Diensthandy. »Ich rufe die Spurensicherung. Falls sich hier und heute jemand herumgetrieben hat, werden Vogels Leute es herausfinden!«

»Ich hab was gefunden!«, ruft Ohlsen in diesem Augenblick. Sie steht am Waldrand neben einem großen Busch und hält etwas Schwarzes hoch, das sie in Ermangelung von Handschuhen auf einen kleinen Ast gespießt hat.

Schnell eilen Heller und Malowski zu ihr. Im Näherkommen erkennen sie sofort, um was es sich dabei handelt: Es ist eine Skimaske!

Kapitel 3

Mittwoch, 12. Juni

10:05 Uhr

›*Sie bekommen eine letzte Chance. Halten Sie das Geld bereit. Bleiben Sie zu Hause. Warten Sie auf weitere Anweisungen.*‹

Diese Mitteilung der Kidnapper erhielten sie vor zwei Stunden. Auf dem Tisch liegt neben dem dazugehörigen Handy der silberfarbene Aluminiumkoffer mit dem Lösegeld, welches die Erpresserbande gestern auf der Waldlichtung verschmähte und stattdessen das Weite suchte, bevor die komplett angerückte Mannschaft des Kriminalkommissariats 1 auch nur den Hauch einer Chance bekam, ihrer habhaft zu werden.

Der einzige Beleg für die Anwesenheit von mindestens einem der Entführer war die von Christina Ohlsen im Gebüsch gefundene Skimaske. Sie befindet sich zur Stunde in der Forensik, wo Vogels Mitarbeiter mit Hochdruck nach Hautpartikeln, Haaren und anderen Trägern von DNA auf der Innenseite der Sturmhaube suchen. Weitere Hinterlassenschaften der Täter, etwa in Form abgeknickter Äste oder von Schuhabdrücken waren im Umfeld des Fundes nämlich trotz intensiver Suche nicht zu finden. Fast scheint es, man habe es mit einem

Phantom zu tun, aber Geister benutzen keine Sturmhauben.

»Irgendwie stört mich diese Skimaske gewaltig!«, äußert sich Denise Malowski kritisch zu dem Fund. »Warum wurde sie zurückgelassen? Jeder weiß doch heutzutage, was eine DNA ist!«

Die Ermittler des KK 1 halten ihre Fallbesprechung heute am großen Wohnzimmertisch in der Wohnung ihres abwesenden Vorgesetzten Donner ab. Tobias Heller hielt es nach den gestrigen Ereignissen für angebracht, ihre Einsatzzentrale vorübergehend in die unmittelbare Nähe zu Thomas Brauns derzeitigem Aufenthalt zu verlegen. Einen Hausschlüssel hatte der Chef ihnen ja in weiser Voraussicht vor seiner Abreise überlassen. Grund für die Entscheidung Hellers war die heute Morgen eingegangene Aufforderung der Entführer an Braun, das Haus bis auf Weiteres nicht zu verlassen. Im Falle einer erneuten Lösegeldübergabe ist man so wenigstens ständig in seiner unmittelbaren Nähe.

»Sie hatte sich im Geäst des dornigen Busches verhakt, in dem ich sie fand«, antwortet Chrissie Ohlsen. »Etwa einen halben Meter über dem Boden. Ich denke, dass dort einer der Männer auf der Lauer lag und beim Rückzug mit dem Kopf hängenblieb. Für die Bergung der Maske blieb dann unter Umständen keine Zeit, weil man uns gesehen hat. Der Vorwurf der Entführer, Braun habe sich nicht an die Abmachung gehalten, bezog sich vielleicht gar nicht auf seine Unpünktlichkeit, sondern auf uns!«

»Das wäre natürlich möglich, Chrissie. Trotzdem stört mich etwas daran«, schüttelt Heller den Kopf. »Die Kerle verhalten sich ansonsten absolut professionell. Und dann begeht einer von ihnen einen solchen Fehler? Ich weiß nicht!«

»Vielleicht sind die ja zu dritt und wir hatten es bislang nur mit den beiden anderen zu tun«, vermutet Wolfgang Müller. »In jeder Gruppe gibt es bekanntlich einen Trottel. Außer bei uns natürlich!«, fügt er grinsend hinzu.

»Uns bleibt wohl keine andere Wahl, als auf das Ergebnis der KTU zu warten«, beendet Heller die Diskussion. »Gibt es sonst neue Erkenntnisse, die uns auf die Spur der Täter führen? Was ist mit dieser Überwachungskamera am Nachbarhaus?«

»Da ist nichts drauf, Tobias.« Horst Weiland klappt das mitgebrachte Notebook auf und zieht einen USB-Stick aus der Tasche. »Wir haben die Aufnahmen gestern Nachmittag nach unserem Einsatz bei Weber abgeholt. Seine Kamera ist entweder nicht infrarottauglich oder nicht entsprechend eingestellt. Jedenfalls ist erst etwas zu sehen, nachdem die Sonne aufgegangen war. Und dann auch nicht besonders viel, seht selbst!« Mit einem Tastendruck startet er die auf dem Stick gespeicherte Aufnahme vom Tattag.

»Das Bild wird ab etwa 06:00 Uhr genügend scharf, dass etwas zu erkennen ist«, erläutert Weiland. »Da passiert aber noch nichts, ich stelle deshalb auf schnellen Vorlauf. Hier!«, macht er die Kollegen auf das erste nennenswerte Ereignis aufmerksam und schaltet wieder auf normale

Geschwindigkeit. Der Zeitstempel der Aufnahme lautet *08:29:57*. Ein Silber metallicfarbener Audi A8 schiebt sich von rechts ins Bild und fährt innerhalb von Sekunden links wieder hinaus. Am Steuer sitzt unverkennbar Thomas Braun.

»08:30 Uhr. Da fuhr unser Mann zur Arbeit«, kommentiert Tobias Heller das Ereignis. »Dann müssten doch eigentlich jeden Moment die Entführer auf der Bildfläche erscheinen!«

»Was aber nicht der Fall ist«, widerspricht Weiland und lässt die Aufnahme einige Minuten lang wieder schneller laufen. »Seht her: Um 09:04 Uhr erscheint der Audi erneut, nur dass er dieses Mal von links kommt und nach rechts das Bild verlässt. Keine Spur von irgendwelchen Entführern in der Zeit dazwischen!«

»Das war's? Mehr ist da nicht drauf?« Denise Malowski ist enttäuscht. »Dann sind die Kidnapper von der anderen Seite gekommen, am Haus des Chefs vorbei. Und der hat nicht aus dem Fenster geschaut, weil er mit Kofferpacken beschäftigt war. So ein Mist!«

»Das kannst du laut sagen!« Heller nimmt seinen Platz wieder ein und greift nach einer kleinen schwarzen Pappschachtel, die vor ihm auf dem Tisch liegt. Er entnimmt ihr ein winziges Gerät, kaum größer als eine Zwei-Euro-Münze, und zeigt es den Kollegen. »Kommen wir daher zurück zu unseren beiden Hauptanliegen, nämlich die Rettung von Alma Braun und die Festnahme ihrer Entführer.«

»Was ist das da in deiner Hand?«, erkundigt sich Chrissie sofort neugierig. »Ein Sender?«

»Fast. Es ist ein GPS-Transponder aus der Hexenküche der KTU. Amara hat mir das Teil besorgt und es ist der Grund dafür, dass der Geldkoffer hier bei uns auf dem Tisch liegt, statt nebenan bei Braun. Ich möchte den Einsatz des Gerätes aber nicht alleine entscheiden und hole deshalb hiermit eure Zustimmung ein!«

»Wie funktioniert das Teil?«, will Denise Malowski wissen.

»Das Besondere daran ist, dass sich der Sender darauf programmieren lässt, erst nach einer vorgegebenen Zeit aktiv zu werden. Auf diese Weise wird man ihn bei der Übergabe mit eventuell eingesetzten Spürgeräten nicht finden. Später aber, sobald die Kidnapper in ihrem Versteck sind und Alma Braun hoffentlich freigelassen haben, bekommen wir ein Signal, welches dann bis zur Erschöpfung der Batterie ungefähr einen Monat lang kontinuierlich ausgestrahlt wird. Was sagt ihr?«

»Ich finde es eine gute Sache«, meint Wolfgang Müller und hebt die Hand. »Bin dabei!«

»Ich auch!«, schließt sich Horst Weiland an. Denise Malowski und Chrissie Ohlsen bekunden ebenfalls ihre Zustimmung, indem sie wortlos die Hände heben.

»Dann sind wir uns also einig!«, freut sich Tobias, streift Latexhandschuhe über und macht sich an dem Geldkoffer zu schaffen. »Nach der gestrigen Schlappe hätte ich nicht übel Lust, gegen den

Willen Brauns für die nächste Lösegeldübergabe ein SEK anzufordern!«, brummt er dabei missmutig vor sich hin.

Mit nur wenigen Handgriffen platziert Tobias den Transponder unter dem Innenfutter des Koffers, nachdem er eine Einschaltzeit für vierundzwanzig Stunden später eingestellt hat. Dass er dazu sämtliche Geldbündel vorübergehend herausnehmen muss, hält ihn nur wenige Augenblicke auf.

Kaum ist er mit seiner Arbeit fertig, signalisiert das Handy vor ihm auf dem Tisch eine eingehende Textnachricht! Mit einem Blick auf das Display legt Tobias hektisch das Geld zurück in den Koffer und schließt sorgfältig den Deckel.

* * *

11:00 Uhr

›Begeben Sie sich umgehend in die Fußgängerzone. Am Haupteingang der Galerie Troisdorf setzen Sie sich in den Außenbereich des Cafés direkt neben dem Kugelbrunnen. Stellen Sie den Geldkoffer gut sichtbar auf einem freien Stuhl ab. Warten Sie auf weitere Anweisungen.‹

»Das ist ja dreist!«, entfährt es Denise Malowski, nachdem Tobias Heller die in der jüngsten Textnachricht erwähnte Lokalität in aller Eile auf Weilands Notebook in *Google Maps* aufrief. Es ist zwar auch dieses Mal Eile geboten, aber Vorbereitung ist eben alles und die kleine Verzögerung hoffentlich verschmerzbar.

»Das ist es in der Tat«, stimmt Tobias seiner Partnerin zu. Er ist in dieser Stadt aufgewachsen und kennt sich daher sehr gut dort aus. »Die Polizeiwache ist nicht mal hundert Meter entfernt, und das gibt mir zu denken. Die haben irgendeine Schweinerei vor, das sage ich euch! Aber in dem dort zur Mittagszeit üblichen Andrang verbietet sich Schusswaffengebrauch natürlich von selbst. Wir müssen also äußerst behutsam vorgehen.«

»Wenn ich das richtig sehe, befindet sich direkt an diesem Brunnen ein Zugang zu einer Tiefgarage«, vermutet Wolfgang Müller und tippt an der bezeichneten Stelle auf den Bildschirm. »Das wäre ideal, um nach der Geldübergabe unerkannt zu verschwinden. Da gibt es doch garantiert noch weitere Ausgänge!«

»Das ist korrekt. Fünf insgesamt, wenn man die Ausfahrt mitrechnet, die übrigens direkt der Polizeiwache gegenüber liegt. Du hast vermutlich recht mit der Tiefgarage, sie ist ziemlich weitläufig und verwinkelt und demzufolge ideal für eine solche Operation. Aber da wir zu fünft sind, haben wir eine optimale Möglichkeit, dem entgegenzuwirken: Sobald wir dort angekommen sind, verteilen wir uns strategisch auf alle Tiefgaragenzugänge. Chrissie, dich hat Braun bisher nur einmal kurz auf der Waldlichtung gesehen, daher fällt es am wenigsten auf, wenn du dich ebenfalls draußen vor dem Café aufhältst. Von dort hast du sowohl die Treppe zur Tiefgarage als auch Braun selbst im Fokus.«

Tobias Heller heftet den Blick auf Denise Malowski: »Du bewachst die Treppe am Fischerplatz, auf der anderen Seite der *Galerie*. Sie liegt gleich neben dem Ausgang des Einkaufscenters, den du somit ebenfalls leicht im Auge behalten kannst. Vermutlich wird man Braun auffordern, den Koffer am Fuße der Treppe irgendwo in der Garage abzustellen. Ich denke, die Kidnapper haben höchstwahrscheinlich vor, unerkannt aus einem der anderen vier Ausgänge zu verschwinden. Zu Fuß oder mit dem Auto.«

Seine Augen wandern weiter zu Wolfgang Müller und Horst Weiland. »Ihr zwei bringt jetzt Braun den Koffer und folgt uns dann zur *Galerie*. Auf den beiden langen Seiten des Einkaufscenters ist ebenfalls je ein Zugang zur Garage, die bewacht ihr! Vor der Tiefgaragenausfahrt an der Wilhelmstraße werde ich mich postieren. Die Ausfahrt ist videoüberwacht, sodass wir uns verdächtig erscheinende Fahrzeuge später vornehmen können. Alles Weitere entscheiden wir vor Ort nach den Gegebenheiten, daher bleiben wir ab sofort über eine Konferenzschaltung in ständiger Verbindung. Benutzt eure Headsets, das fällt in dem dort zu erwartenden Getümmel überhaupt nicht auf, weil das heutzutage jeder macht. Wir werden nämlich niemals weiter als ein paar Dutzend Schritte voneinander entfernt sein, sodass im Fall der Fälle Hilfe innerhalb von Sekunden zur Stelle ist.«

Tobias fasst spontan einen Entschluss und greift zum Telefon. »Fahrt schon mal los, ich erledige nur schnell einen kleinen Anruf und komme in zwei Minuten nach. Wir haben keine Zeit mehr zu verlieren!«

11:24 Uhr

Die Fahrt hierher hatte nicht einmal zehn Minuten gedauert. Denise Malowski sitzt entspannt, ganz die rastende Shopperin mimend, auf einer der Holzbänke auf dem Fischerplatz. Die Ohrstöpsel des Headsets im Ohr, ist sie von hier aus in der Lage, sowohl den Ausgang des Shoppingcenters als auch das Glashäuschen, in dem die Treppe zur Tiefgarage untergebracht ist, bequem im Auge zu behalten.

Fehlt eigentlich nur noch ein großer, dampfender Becher Kaffee, denkt sie sehnsüchtig, da ihr Koffeinkonsum in der Hektik der vergangenen Tage sträflich vernachlässigt wurde. Aber der lukrative Beobachtungsposten beim Café wurde ja an Christina Ohlsen vergeben. »Wie sieht es bei dir aus, Chrissie?«, fragt sie im Plauderton bei der Kollegin am Brennpunkt des Geschehens nach.

»*Braun ist gerade angerückt*«, tönt die im Grunde gar nicht so recht zur zierlichen Gestalt der Kommissarin passende kräftige Stimme aus dem Ohrhörer. »*Er hat sich eben einen Cappuccino bestellt und schaut die ganze Zeit nervös in der Gegend herum. Gibt es schon was von den Entführern?*«

Denise, die auch das Klonhandy mit sich führt, verneint. »Negativ. Die scheinen sich heute ungewöhnlich viel Zeit zu lassen, wenn man bedenkt, was für einen Zirkus die gestern dort oben im Wald veranstaltet haben. Da war ihnen offenbar jede Sekunde wichtig!«

»*Das gefällt mir nicht!*«, lässt sich jetzt Tobias Heller vernehmen, der seinen Posten an der Tiefgaragenausfahrt ebenfalls schon eingenommen hat. »*Die haben gestern garantiert nur ausgetestet, was wir drauf haben. Und heute haben sie wieder eine Verlade mit uns vor, das spüre ich. Haltet ja die Augen offen!*«

»*Es geht los!*«, meldet Chrissie Ohlsen aufgeregt. »*Braun nimmt seinen Koffer und trabt in Richtung Treppe ... Jetzt öffnet er die Tür zum Glashäuschen ... Er schaut sich hektisch um und geht zur Tiefgarage hinunter! Ist denn auf deinem Handy immer noch keine SMS angekommen, Denise?*«

Malowski schaut panisch auf das Display des Klonhandys, das griffbereit neben ihr auf der Bank liegt. Nichts! Ihr Atem beschleunigt sich. Das wäre, gelinde gesagt, eine mittlere Katastrophe, wenn die Technik ausgerechnet jetzt versagen würde!

»Nein, nichts!«, meldet sie hektisch und überlegt, ob sie Tobias vorschlagen soll, jemand hinter Braun herzuschicken. Aber dann bliebe mindestens ein Ausgang unbewacht!

Plötzlich zerreißt ein leises ›*Pling*‹ die atemlose Stille. Denise atmet tief ein, ihr wird erst jetzt bewusst, die Luft angehalten zu haben. »Entwarnung!«, gibt sie hastig bekannt und liest in aller gebotenen Eile den Wortlaut der eingegangenen Textnachricht vor.

* * *

>*Stellen Sie den Geldkoffer unten in der Parkgarage hinter der Stahltür links der Treppe ab, sie ist offen. Nehmen Sie Ihren vorherigen Platz am Café wieder ein. Wenn Ihnen etwas an Ihrer Frau liegt, betreten Sie die Parkgarage auf keinen Fall vor 11:45 Uhr erneut. Sie finden Ihre Frau dann an derselben Stelle, an der Sie zuvor das Geld deponierten.*<

Atemlose Stille herrscht für mehrere Sekunden in der Leitung, als allen Kommissaren schlagartig die Konsequenz klar wird, die sich aus der Mitteilung der Kidnapper ergibt: Alma Braun ist in genau diesem Augenblick, nur wenige Meter entfernt, unter ihnen in der Parkgarage. Und zwar zusammen mit ihren Entführern!

»*Okay, Planänderung!*«, bellt die Stimme ihres derzeitigen Teamchefs in den Ohrhörern der Kommissare. »*Chrissie: Du sagst sofort Bescheid, sobald Braun wieder auf der Bildfläche erscheint!*«

»*Ist soeben passiert, Chef!*«, unterbricht Christina Ohlsen ihn sofort.

»*Gut! Ich lasse umgehend die Ausfahrt dichtmachen, da kommt keine Maus mehr raus! Ihr vier sorgt dafür, dass niemand - ich wiederhole: NIEMAND - die Tiefgarage über die Treppen verlässt, ohne sich ordnungsgemäß ausgewiesen zu haben. Ich habe vorhin telefonisch ein SEK angefordert, es wartet an der Polizeiwache hinter mir auf den Einsatz. Es wird sich umgehend in Marsch setzen und uns unterstützen. Dieses Mal entkommen uns die Kidnapper nicht!*«

Denise Malowski, nur wenige Dutzend Meter entfernt, nickt wissend dazu und nimmt die befohlene Position auf der Treppe ein. *Hab ich's mir doch gedacht!*, denkt sie und zieht ihre Waffe. Wobei ihr vollkommen klar ist, dass das weitläufige Gelände der unterirdischen Parkgarage und die Tatsache, dass sich dort eine unbekannte Anzahl von Zivilisten aufhalten werden, einen bewaffneten Einsatz fragwürdig erscheinen lassen. Routiniert unterzieht sie die vorsorglich angelegte Schutzweste einem letzten Check auf korrekten Sitz, bevor sie vorsichtig den Weg nach unten antritt.

Es ist eine ungewöhnliche Situation, so ganz ohne Absicherung durch einen Partner. Aber hier ist Eile geboten und sie wird in wenigen Sekunden ohnehin Verstärkung durch mehrere SEK-Beamte bekommen. Außerdem hat sie nicht vor, sich vorher aus der Deckung zu wagen.

* * *

11:46 Uhr

Mit betretenen Mienen stehen die Ermittler des Kriminalkommissariats 1 um das herum, was hinter der von den Entführern erwähnten Stahltür auf dem Boden liegt. Die bewusste Tür führte aber nicht, wie allgemein angenommen, in einen Wartungsraum, sondern in einen Parkbereich, den man ebenfalls außen herum hätte erreichen können. Eine weitere Finte der Kidnapper?

Die Eroberung der Parkgarage durch das SEK verlief erfreulich unblutig und routiniert. Die Männer der Spezialeinheit teilten sich in Dreiergruppen auf und stürmten durch alle Zugänge gleichzeitig in die Tiefgarage. Nur eine Handvoll Zivilisten hielt sich dort auf, die durch die gepanzerten Beamten schnell in gesicherte Regionen abgedrängt wurden, wobei diese sich selbst vorübergehend als Schutzschilde einsetzten.

Das gesamte Areal war von den restlichen Einsatzkräften trotz der Weitläufigkeit innerhalb weniger Minuten abgesucht worden. Jetzt steht das niederschmetternde Ergebnis unwiderruflich fest: Die Tiefgarage ist bis auf die Männer des SEK und die fünf Kriminalbeamten leer. Keine Spur von den Entführern.

»Die haben uns nach Strich und Faden verarscht, Tobias!«, bricht Christina Ohlsen als Erste das Schweigen und trifft damit den Nagel auf den Kopf. »Wir haben es gründlich versaut!«

Tobias Heller lässt die Bemerkung seiner jüngsten Kollegin unbeantwortet und kniet sich neben den Gegenstand ihres Interesses vor ihnen auf dem Betonboden: Es handelt sich um einen aufgeklappten Koffer aus Aluminium, wie er von Braun auf Geheiß der Entführer vor einer Viertelstunde an exakt dieser Stelle abgestellt wurde. Und er ist bis auf einen Briefumschlag leer! Von Alma Braun, die man stattdessen hier zu finden gehofft hatte, fehlt jede Spur.

Ein Blick in den Umschlag lässt ihn erbleichen. »Wir brechen den Einsatz ab!«, entscheidet er mit rauer Stimme im Aufstehen, ohne weiter darauf einzugehen. Er reicht den Briefumschlag Denise, die ihn wortlos in einem Spurensicherungsbeutel

verstaut, nachdem sie ebenfalls kurz hineingeschaut hat.

»Hier haben wir nichts mehr verloren«, wendet
Tobias sich an die Kollegen. »Unsere Aufgabe war
es, Alma Braun aufzuspüren, und daran hat sich
nicht das geringste geändert! Chrissie, du besorgst
dir eine große Tüte und packst den Koffer für die
Forensik ein. Fahrt schon mal los, ich komme mit
Denise später nach. Ich hole mir nur schnell die
Aufnahmen der Videoüberwachung für die Tiefgaragenzufahrt.«

* * *

14:01 Uhr

Tobias Heller wandert wie ein gefangener Tiger
rastlos vor dem Whiteboard hin und her. »Ich hätte
das SEK wesentlich früher in den Einsatz schicken
müssen!«, hadert er mit seiner Entscheidung, erst
die Geldübergabe abgewartet zu haben.

»Du hast völlig korrekt gehandelt, Tobi!«, widerspricht Denise Malowski ihm vehement. »Bevor
Braun aufgefordert wurde, das Geld in der Parkgarage zu deponieren, wussten wir doch gar nicht
sicher, dass dies der Einsatzort sein würde! Die
Geldübergabe hätte überall stattfinden können.
Und in Anbetracht der vielen Menschen dort waren
uns ohnehin die Hände gebunden. Du weißt selbst,
was in den Dienstvorschriften über den Einsatz von
Schusswaffen auf öffentlichen Plätzen steht. Und
jetzt setz dich endlich hin, du machst uns alle total
zappelig mit deinem Herumgerenne!«

»Trotzdem glaube ich, wir hätten die Kidnapper erwischt«, beharrt Tobias auf seinem Standpunkt, setzt sich aber gehorsam auf den angestammten Platz neben Denise. »Uns muss jetzt Folgendes klar sein: Wir haben den Kontakt zu den Entführern zumindest vorübergehend verloren! Die haben das Geld und keine Veranlassung mehr, sich mit uns beziehungsweise Thomas Braun in Verbindung zu setzen. Und seine Ehefrau ist immer noch in ihrer Gewalt!«

»Davon bin ich nicht überzeugt, Tobias!«, meldet sich Chrissie Ohlsen zu Wort. »Das SEK stürmte die Garage kaum fünf Minuten, nachdem Braun die SMS bekommen hatte. Man hat nur ein paar Zivilisten vorgefunden, die alle sorgfältig überprüft wurden. Die Zeit davor hat kaum ausgereicht, das Geld aus dem Koffer in Tüten umzupacken und das Weite zu suchen. Außerdem stand an jeder Treppe nach oben einer von uns, und das schon vor der bewussten SMS!«

»Und dennoch war von den Entführern niemand mehr dort! Wir haben die Garage vollständig abgesucht. Keine Spur von dem Geld! Die Burschen können sich schließlich nicht in Luft aufgelöst haben!«

»Das nicht, aber wir haben ja nur die Ausgänge bewacht«, bemerkt Horst Weiland. »Was, wenn die nach oben in das Shoppingcenter im Obergeschoss gegangen sind? Dort hätten Sie in aller Ruhe abwarten können, bis sich die Aufregung gelegt hat!«

»Was aber in letzter Konsequenz bedeutet, dass Alma Braun zu keiner Zeit bei ihnen war«, ergänzt

Wolfgang Müller. »Mit einer gefesselten Frau im Schlepptau wären sie nämlich garantiert aufgefallen!«

»Ja, und bewaffnete Einsatzkräfte im Innenbereich der *Galerie* zu postieren, verbot sich von selbst«, räumt Tobias Heller ein. »Jedenfalls, solange wir nicht wussten, wer sich wo genau aufhielt. Das haben die geschickt eingefädelt. Wir hatten keine Chance, und die Aufnahmen der Überwachungskamera, die ich mitgebracht habe, nutzen uns erst etwas, sobald es einen konkreten Verdacht gibt. Wobei wir uns ohnehin nur auf die hineinfahrenden Autos konzentrieren können, da ich die Ausfahrt von 11:30 Uhr bis etwa 12:00 Uhr sperren ließ.«

»Was war denn nun in diesem Umschlag?«, will Chrissie Ohlsen endlich wissen, da die Hauptkommissare sich bisher über den Fund bedeckt hielten, was aber allein der allgemeinen Aufregung geschuldet war. »Ein Bekennerbrief?«

»In dem Umschlag waren Haare!«, übernimmt es Denise Malowski, die längst fällige Erklärung abzugeben. »Ein ganzes Bündel, und sorgfältig mit einer Schere abgetrennt. Sie sind schon unterwegs in die Humangenetik für einen DNA-Abgleich. Ich denke aber, es wird sich herausstellen, dass sie von Alma Braun sind.«

»Da die Kerle den Koffer zurückließen, war die Aktion mit dem GPS-Transponder ja leider nicht von Erfolg gekrönt«, bedauert Heller. »Wir müssen daher einen anderen Weg finden, ihre Spur wieder aufzunehmen.«

»Wie hattest du dir das überhaupt vorgestellt?«, erkundigt sich Chrissie Ohlsen. »Der Koffer ist doch aus Metall, da wäre doch ohnehin kein Signal durchgekommen, solange er geschlossen ist. Stichwort: faradayscher Käfig!«

»Das stimmt selbstverständlich«, gibt Tobias Heller unumwunden zu. »Aber irgendwann hätten sie den Koffer aufgemacht, um an das Geld zu kommen. Dass die das direkt am Ort der Übergabe tun, war natürlich von mir nicht geplant. Einen Versuch war es aber trotzdem wert.«

Er schaut noch einmal beschwörend in die Runde, bevor er fortfährt: »Die Geisel wurde heute nach der Lösegeldübergabe nicht freigelassen. Ihr wisst alle, was das bedeutet: Falls Alma Braun nicht innerhalb der nächsten vierundzwanzig Stunden unversehrt auftaucht, haben wir sie verloren! Wir benötigen daher jetzt dringender denn je eine konkrete Spur, die uns zu ihr und/oder ihren Kidnappern führt! Mögliche Ansätze dazu bieten sowohl das verschwundene Auto der Entführten als auch ihr Handy. Das aber wurde bisher nicht wieder in Betrieb genommen, sodass die stille SMS, die ich von Amara absetzen ließ, uns momentan nicht weiterbringt. Zumindest das Auto ist aus diesem Grund wegen möglicher forensischer Spuren von allergrößter Wichtigkeit für uns. Finden wir es!«

KAPITEL 4

Donnerstag, 13. Juni

06:41 Uhr

»Meine Jungs haben eine Leiche gefunden! Beweg gefälligst deinen Hintern hierher und schau dir die Bescherung selbst an!«

Die markante Stimme, die aus dem Diensthandy ertönte, als Tobias Heller gerade mit der längst fälligen Rasur beschäftigt war, gehört Polizeihauptkommissar Peter Jungbluth, Dienstgruppenleiter der Polizeiwache Siegburg und einer seiner ältesten Kameraden bei der Polizei. Sie beide kennen sich eine halbe Ewigkeit, nämlich seit Tobias vor vielen Jahren bei ihm die für den Wechsel zur Kriminalpolizei notwendige Ausbildung zum Polizeikommissar absolvierte. Hauptkommissar war der jetzt kurz vor seiner Pensionierung stehende Jungbluth aber damals schon.

Jetzt, eine halbe Stunde nach dem Anruf, setzt Tobias Heller den Blinker seiner BMW und biegt hinter dem Gebäude der Kreisverwaltung nach rechts zum Mühlentorplatz ab. Dort, am Fuße der Abtei Michaelsberg, dem Wahrzeichen dieser Stadt, sieht er schon von weitem zwei Streifenwagen mit eingeschalteten Blaulichtern am Rande eines kleinen Wäldchens stehen. Es säumt den Hügel, auf dem die Abtei erbaut wurde, und bildet ein beliebtes Naherholungsgebiet für ausgedehnte Spaziergänge. Hinter den Polizeiautos erkennt er die Fahrzeuge von Rechtsmedizin und KTU, die er vor Antritt der Fahrt ebenso persönlich informierte, wie seine Partnerin Denise Malowski, die wahrscheinlich ebenfalls jeden Augenblick eintreffen wird.

Dass die Forensiker schon anwesend sind, ist nicht weiter verwunderlich, da das Kripogebäude nur wenige hundert Meter Luftlinie von hier entfernt ist und Vogels Truppe meist schon um 6:00 Uhr ihren Dienst antritt. Die Pathologin hingegen muss seiner Ansicht nach förmlich geflogen sein, um die Strecke von Bonn bis hierher in der kurzen Zeit zu schaffen. Ein boshaftes kleines Teufelchen flüstert ihm ins Ohr, dass sie dafür einen Besen benutzt haben könnte.

Polizeihauptkommissar Peter Jungbluth, unverwechselbar durch seinen enormen Schnauzer, kommt auf Tobias zumarschiert, als dieser gerade den Motorradhelm abnimmt. »Dass du die alte Karre immer noch fährst ...«, begrüßt Jungbluth ihn kopfschüttelnd.

»Und du müsstest eigentlich ein Genick wie ein Stier haben, bei dem Gewicht, dass du da unter der Nase mit dir herumschleppst!«, kontert Heller schlagfertig, bevor die Freunde sich schulterklopfend kameradschaftlich in den Arm nehmen. »Warte, bis du das Gefährt meiner Partnerin siehst!«, bereitet er Jungbluth schon einmal auf die bevorstehende Ankunft seiner Kollegin vor. »Da kommt sie übrigens!« Tobias zeigt auf ein himmelblaues Smart Cabrio, das soeben um die Ecke fegt. In dem offenen Fahrzeug sitzt mit wehenden Haaren Denise Malowski.

»Peter Jungbluth«, begrüßt der Polizist die Kriminalhauptkommissarin grinsend mit Handschlag, nachdem sie sich zu ihnen gesellt hat. »Ich bin sozusagen ein ehemaliger Ausbilder deines Partners. Das ist ja ein tolles Gefährt, das du da hast! Wird der ferngesteuert oder fährst du den selbst?«

Denise rollt mit den Augen. Solche Albernheiten ist sie schon von Tobias seit Jahr und Tag gewohnt. »Ihr solltet euch bei sowas besser absprechen«, kontert sie trocken. »Du kannst nichts über mein Auto sagen, was ich von Tobias nicht schon gehört hätte. So, und jetzt würde ich gerne über unsere Leiche reden! Wo genau liegt sie?«

»Seht ihr den kleinen Weg dort?«, wird Jungbluth sofort dienstlich und zeigt auf einen mit rotweißem Flatterband markierten Bereich am Waldrand. »Etwa zwanzig bis fünfundzwanzig Meter weit im Dickicht liegt sie. Es handelt sich um eine Frau mittleren Alters, unbekleidet und ohne erkennbare Verletzungen. Diese schwarzhaarige Pathologin de Luca ist schon eine ganze Weile dort beschäftigt. Sobald die Jungs von der Spurensicherung grünes Licht geben, lasse ich euch ebenfalls zu ihr.«

»Und wer hat die Leiche gefunden?«, erkundigt sich Tobias Heller und lässt ratlos die Blicke schweifen. Aber außer ihm selbst, Malowski, Jungbluth und zwei weiteren, sich neben einem der Streifenwagen leise unterhaltenden Polizisten, ist zu dieser frühen Stunde hier auf dem Gelände vor der Absperrung niemand anwesend.

»Das waren meine Leute, das sagte ich dir doch schon am Telefon«, erinnert Jungbluth ihn nachsichtig. »Die sind hier Streife gefahren, auf der Suche nach dem Honda, den ihr zur Fahndung ausgeschrieben habt. Als sie im Vorbeifahren glaubten, jemand in verdächtiger Weise zwischen den Bäumen herumschleichen zu sehen, sind sie ausgestiegen und haben nachgeschaut. Dabei sind sie über die Leiche gestolpert und haben mich sofort über ihren Fund informiert. Den Rest kennst du.«

Nach diesen Worten nickt ihnen der Polizeihauptkommissar freundlich zu und wendet sich ab, um sich zu seinen Leuten zu gesellen.

* * *

»Dann haben wir uns ja dieses Mal die Vernehmung von Zeugen gespart und haufenweise Zeit, bis wir zur Leiche gelassen werden«, bemerkt Denise, als sie mit Tobias alleine ist. »Was meinst du? Ist es ein Zufall, dass wir ausgerechnet *heute* eine *weibliche* Leiche finden, Tobi?«

»Ich weiß es nicht. Warten wir es ab, kann ja nicht mehr lange dauern«, wiegelt Tobias kurz angebunden ab. Seine Gedanken sind offenbar ganz woanders.

»Was hast du eigentlich mit deinem Gesicht angestellt?«, wechselt seine Partnerin unvermittelt das Thema und grinst ihn schelmisch an. »Wann kommt denn die andere Seite an die Reihe?«

Tobias Heller reibt sich verlegen über die unrasierte rechte Wange. Es ertönt ein schabendes Geräusch. »Jungbluth hat mich mit seinem Anruf mitten beim Rasieren erwischt«, hebt er zu einer Erklärung an. »Da hab ich mir nur schnell den Schaum abgewischt und mich sofort auf den Weg gemacht. Ist doch auch egal, symmetrisch kann schließlich jeder!«

»Na, dann solltest du die Reste an den Ohren aber auch noch fortwischen«, rät sie ihm lachend und reicht ihm ein Papiertaschentuch. Tobias' Augen aber sind auf einen großen, schlaksigen Kerl in Schutzmontur gerichtet, der mit für ihn typischen raumgreifenden Schritten auf sie zumarschiert kommt: Jürgen Vogel, langjähriger und kompetenter Leiter der Forensik.

»Ihr könnt jetzt zur Leiche«, brummt er und greift in die Tasche, um einen seiner geliebten Zigarillos herauszufischen. »Ich halte hier solange die Stellung«, grinst er und hält den Glimmstängel hoch.

»Gibt es denn verwertbare Spuren?«, will Tobias Heller aber zuerst von ihm wissen.

»Haufenweise. Reifen- und Schuhabdrücke. Außerdem Schleifspuren, die darauf schließen lassen, dass die Tote von einer Einzelperson dort abgelegt wurde. Sieht also gar nicht mal so übel aus. Jetzt solltet ihr euch aber beeilen, de Luca machte vorhin auf mich den Eindruck, es besonders eilig zu haben!«

* * *

Die Kommissare erreichen den Fundort der Leiche gemeinsam mit zwei Fahrern eines Leichenwagens, die später den Leichnam in das rechtsmedizinische Institut der Universität Bonn überführen werden. Allerdings kommen die beiden schwarz gekleideten Herren ihnen entgegen, was Denise und Tobias annehmen lässt, man könne das Wäldchen auch von der Rückseite her anfahren. Beide Ermittler machen sich in Gedanken eine Notiz dazu.

Dr. Martina de Luca, Leiterin der Rechtsmedizin, steht dagegen in ihrer üblichen, leicht überheblich wirkenden Pose neben dem Leichnam, der jetzt aber mit einem Tuch bedeckt ist. Offenbar ist die erste Einsichtnahme bereits abgeschlossen. Die finsteren Blicke, mit denen die schwarzhaarige Pathologin italienischer Abstammung die Ermittler im Näherkommen mustert, lassen jedoch nichts Gutes erahnen.

»Viel vermag ich Ihnen nicht zu sagen«, überfällt de Luca sie übergangslos, kaum dass sie bei ihr angekommen sind. »Es handelt sich um eine Frau Ende Vierzig oder Anfang Fünfzig. Die Leiche ist unbekleidet und weist keinerlei äußere Anzeichen von Gewalteinwirkung auf. Das ist eigentlich schon alles, mehr gibt es nach der Leichenschau!«

»Wie lange, denken Sie, liegt sie hier?«, hält Denise Malowski die Medizinerin zurück, die sich bereits abgewendet hatte. »Wenigstens ungefähr?«

»Die Leiche liegt nicht länger als ein paar Stunden hier«, bequemt de Luca sich zu einer Antwort. »Es gibt noch keinen Insektenbefall, daher schätze ich auf eine Zeit nach 03:00 Uhr heute Morgen, eher später. Und bevor Sie fragen: Der Tod trat wesentlich früher ein. Mindestens einen Tag, es können aber durchaus auch mehrere Tage sein.«

»Weshalb diese Unsicherheit?«, fragt Heller mit hochgezogenen Augenbrauen. Derart unpräzise Angaben ist er von der Pathologin nicht gewohnt.

»Wenn ich das wüsste! Der Leichnam weist weder Leichenflecken noch Totenstarre auf. Dies belegt, dass der Tod entweder vor maximal einer oder vor mehr als vierundzwanzig Stunden eingetreten ist, was aber zumindest im ersten Fall nicht zutreffen kann. Zudem liegt die Körpertemperatur deutlich unter der Umgebungstemperatur, was den Verdacht nahelegt, dass der Körper nach Eintritt des Todes länger an einem kühleren Ort lag, als es dieser hier ist.«

»Ein Keller vielleicht?«, wirft Tobias Heller ein. »Oder ein anderweitig klimatisierter Raum?«

»Möglich wäre in der Tat ein trockener, steriler und kühler Kellerraum«, nickt die Pathologin. »Aber länger als zwei Tage lag sie dort sicher nicht, dagegen spricht der Zustand der Leiche, die zumindest äußerlich nicht die geringsten Anzeichen von Verwesung aufweist. Näheres nach der Obduktion!«, wiederholt sie ihre vorherige Aussage kategorisch. Ein weiteres Nachbohren wird absolut erfolglos sein, wie die Kommissare aus Erfahrung wissen.

»Wann werden Sie diese vornehmen?«, erkundigt sich Denise Malowski daher vorsichtig.

»Ich denke, ich kann sie morgen irgendwie dazwischenschieben. Falls Sie so kurzfristig Zeit erübrigen können, werde ich etwa eine Stunde vorher auf Ihrem Kommissariat anrufen«, lautet die knappe Antwort.

»Das geht ihn Ordnung. Wir würden abschließend aber gerne einen Blick auf die Leiche werfen«, erklärt Tobias Heller und greift schon nach einem Zipfel des Leichentuchs, ohne eine Antwort abzuwarten. Die auf dem Rücken liegende Frau weist, wie von ihm insgeheim befürchtet, die Gesichtszüge der seit Tagen schmerzlich gesuchten Alma Braun auf, und ein Blick in das versteinerte Gesicht seiner Partnerin belegt, dass Denise Malowski ebenso wenig davon überrascht ist wie er selbst.

»Wir haben gestern einige Kopfhaare in die Humangenetik geschickt«, informiert Malowski die Rechtsmedizinerin. »Machen Sie bitte einen Abgleich mit dieser Leiche. Ich bin mir sicher, die Proben sind identisch!«

»Wir schauen uns noch schnell dort vorne um, Denise!«, schlägt Heller vor und schreitet an den unübersehbaren Schleifspuren entlang in die Richtung, aus der die Fahrer des Leichenwagens vorhin kamen. »Und anschließend habe ich einige dringende Fragen an die beiden Kollegen, die die Tote gefunden haben!«

* * *

»Du hast mich kurz nach 06:00 Uhr angerufen«, wendet Tobias Heller sich an Peter Jungbluth, nachdem er und Denise Malowski sich wieder auf dem

Mühlentorplatz eingefunden haben. »Und wann genau haben deine Leute die Leiche gefunden?«

»Das war kurz vorher, laut Logbuch um genau 05:54 Uhr. Sie gaben mir auf der Wache umgehend Bescheid, und ich rief wiederum bei dir an. Warum fragst du?«

»Weil oberhalb der Stelle, an der die Leiche abgelegt wurde, ein befahrbarer Weg verläuft, der von der Straße aus erreichbar ist. Alle Spuren deuten darauf hin, dass jemand die Tote von dort aus dorthin transportiert hat. Deine Leute sahen eine verdächtige Person herumschleichen, sagtest du. Wie viel Zeit verging, bis sie ausstiegen, um nachzuschauen?«

Statt einer Antwort winkt Jungbluth die beiden Polizisten zu sich, die immer noch abseits des Geschehens warten und gibt die Frage Hellers an diese weiter.

»Ich denke, das werden etwa fünf Minuten gewesen sein«, bekennt einer der beiden, ein Polizeihauptmeister. »Wir waren uns zunächst nicht so recht einig, ob da überhaupt etwas gewesen ist und haben erst noch eine Runde um den Platz gedreht.«

»Man stürmt ja auch nicht gleich los!«, steht sein Partner ihm bei. »Und wir waren ja alleine dort und hätten eigentlich erst Verstärkung anfordern müssen.«

»Niemand macht euch Vorwürfe, Jungs!«, beschwichtigt Denise Malowski die beiden Kollegen. »Mein Partner will nur wissen, ob genügend Zeit gewesen wäre, zu verschwinden, nachdem man euch hat kommen sehen. Habt ihr denn ein Auto wegfahren gehört?«

Die Polizisten schütteln einhellig die Köpfe. »Wenn, dann ist der abgehauen, während wir im Auto saßen«, ergreift der Polizeihauptmeister wieder das Wort. »Gehört oder gesehen haben wir aber nichts!«

Tobias bedankt sich bei den Kollegen und verabschiedet sich von Peter Jungbluth per Handschlag. »Mach's gut, Alter. War schön, dich mal wieder hier draußen zu sehen. Wann geht es in den verdienten Ruhestand?«

»Ende Dezember ist Schicht. Nach vierzig Jahren wird mir das irgendwie fehlen, fürchte ich. Vielleicht sieht man sich ja mal.« Die Worte des altgedienten Polizisten klingen wehmütig.

Auf dem Weg zurück zum geparkten Auto stupst Denise Tobias den Ellenbogen in die Seite und macht ihn mit einem bezeichnenden Blick nach links auf ein nur allzu bekanntes Duo aufmerksam, das sich dem abgesperrten Bereich - und somit auch ihnen - strammen Schrittes nähert.

»Na, die haben uns gerade noch gefehlt!«, kommentiert Tobias das höchst unwillkommene Ereignis mit säuerlicher Miene.

Irene Leitner und ihr ›ständiger Begleiter‹ Volker Grohmann - ›Starreporterin‹ und Fotograf beim örtlichen Käseblatt - sind dafür bekannt, stets zeitnah und ungerufen an Brennpunkten wie diesem aufzutauchen. Wahrscheinlich hören sie verbotenerweise den Polizeifunk ab.

Ein unauffälliges Davonstehlen ist nicht mehr möglich, daher fügen die beiden Ermittler sich in das Unvermeidliche und erwarten die Journalisten mit nichtssagenden neutralen Mienen, die extra für solche Situationen einstudiert wurden.

»Herr Heller!«, überfällt die Journalistin Tobias sofort und hält ihm ein Mikrofon vor die Nase. »Was können Sie als leitender Ermittler zu diesem Einsatz hier sagen? Es wurde doch eine Leiche gefunden, oder irre ich mich? Steht dieser Fund in irgendeinem Zusammenhang mit dem ebenfalls von Ihnen gestern angeführten Spektakel in einem Einkaufszentrum in der Troisdorfer Fußgänger-zone?«

Davon wissen die also auch schon!, seufzt Heller in Gedanken. »Kein Kommentar zu diesem Zeitpunkt!«, bescheidet er der Reporterin und ver-sucht, sich an den beiden vorbeizuschieben, sieht aber sofort ein Kameraobjektiv auf sich gerichtet.

»Runter damit!«, zischt Denise Malowski. Nur diese beiden Worte. Sie genügen: Die Kamera ruckt sogleich wieder nach unten. Tobias kennt den eisi-gen Blick, mit dem Denise ihre Forderung an den Pressefotografen bekräftigte, nur allzu gut. Nicht einmal ein Tyrannosaurus hätte es vermutlich sei-nerzeit gewagt, sich ihr zu widersetzen.

»Wenden Sie sich an unsere Presseabteilung, dort erfahren Sie alles, was Sie wissen dürfen. Guten Tag!« Mit diesen Worten lässt Malowski die Pressevertreter einfach stehen und setzt gemein-sam mit ihrem Partner den Weg zum geparkten Dienstwagen fort.

***

Tobias Hellers erste Maßnahme auf der eilig einberufenen Dienstbesprechung besteht darin, einen ausgeschnittenen Artikel aus der heutigen Ausgabe des *Rhein-Sieg-Echo* an die Magnettafel zu heften.

Polizeiaufgebot in der Fußgängerzone

Troisdorf. Atemloses Staunen gab es gestern zur Mittagszeit, als aus heiterem Himmel ein bis an die Zähne bewaffnetes Einsatzkommando der Polizei in der gut besuchten Troisdorfer Fußgängerzone auftauchte und innerhalb weniger Sekunden die Tiefgarage der *Galerie* stürmte. Eine Stellungnahme der Siegburger Kriminalpolizei zu diesem Vorfall erfolgte bislang nicht, sodass über Sinn und Zweck der Maßnahme nur Vermutungen angestellt werden können. Eine Übung ist wohl auszuschließen, obwohl laut Augenzeugenberichten keine Festnahme erfolgte. Ein ominöser Metallkoffer soll aber eine gewisse Rolle gespielt haben. Gescheiterte Lösegeldübergabe oder versuchter Terroranschlag? Wir bleiben selbstverständlich am Ball und werden Sie zu gegebener Zeit informieren. (*lei*)

»Denise und ich hatten vorhin erneut das zweifelhafte Vergnügen mit der Dame und ihrem ständigen Schatten«, berichtet er mit deutlichem Missfallen in der Stimme, nachdem alle Anwesenden den Zeitungsausschnitt in Augenschein genommen haben. »Ich möchte wirklich gerne wissen, woher die immer weiß, wo etwas los ist!«

»Zumindest gestern war das aber nicht der Fall!«, stellt Chrissie Ohlsen fest. »Dieser Artikel trieft doch nur so von ›Hörensagen‹. Da hat doch garantiert einer aus dem Nähkästchen geplaudert!«

»Von uns war es aber keiner!«, macht Tobias Heller kategorisch klar, dass er allen seinen Kollegen blind vertraut. »Und sonst wusste niemand was, da habe ich den Deckel drauf gehalten! Aber nach dem, was die ›Starreporterin‹ des *Rhein-Sieg-Echo* vorhin absonderte, wird morgen garantiert erneut eine völlig abstruse Version des heutigen Vorfalls erscheinen, fürchte ich.«

Er blickt ernst in die Runde, bevor er zum Kernthema der Fallbesprechung kommt: »Und damit wären wir auch schon beim Thema. Bei der Toten vom Michaelsberg handelt es sich mit einer Sicherheit von fünfundneunzig Prozent um Alma Braun, wir gehen daher ab sofort von einem Tötungsdelikt aus! Wie und wann sie gestorben ist, war bei der ersten Einsichtnahme nicht zu ermitteln«, schließt Tobias Heller den Bericht über die niederschmetternden Erkenntnisse des heutigen Vormittages ab. Entsprechend paralysiert sind die übrigen Ermittler des Kommissariats.

»Wir wissen derzeit weder, ob Alma Braun vorsätzlich getötet wurde, noch kennen wir den genauen Todeszeitpunkt«, ergänzt Denise Malowski die Ausführungen ihres Partners. »Wir gehen aber davon aus, dass die Frau zumindest zum Zeitpunkt der zweiten Lösegeldübergabe schon nicht mehr lebte.«

»Nichtsdestotrotz kennen wir die Identität der Toten«, fährt Tobias Heller fort. »DNA-Abgleich und Identifikation durch den Ehemann stehen zwar noch aus, aber das ist meines Erachtens nur eine Formsache. Wie immer, wenn die Identität eines Opfers bekannt ist, ermitteln wir zuallererst im sozialen Umfeld dieser Person. Irgendwo dort finden wir entweder den Täter selbst oder Hinweise, die zu ihm führen. Ich darf euch daran erinnern, dass wir immer noch nicht wissen, wem die DNA-Spuren aus der Garage der Brauns und in der gefundenen Skimaske zuzuordnen sind. Zumindest, ob beide identisch sind, werden wir hoffentlich bald erfahren. Außerdem erhoffe ich mir wichtige Erkenntnisse aus der Untersuchung des Wagens der Verstorbenen, von dem aber nach wie vor jede Spur fehlt. Ihn müssen wir dringend finden!«

»Es wäre doch möglich, dass die Leiche in genau diesem Fahrzeug transportiert wurde«, überlegt Chrissie Ohlsen. »Wäre es dann nicht naheliegend, dass die Entführer das Auto irgendwo dort in der Nähe ebenfalls ›entsorgt‹ haben?«

»Negativ, Chrissie! Offenbar hat man nicht vor, uns die Sache so leicht zu machen. Mehrere Streifenwagen kontrollierten jeden Winkel im Umkreis von fünfhundert Metern rund um den Michaelsberg, ebenfalls den Bereich direkt neben der Abtei. Nichts!«

»Wir nehmen uns noch ein weiteres Mal die Aufnahmen der Videokamera von Webers Grundstück vor«, beschließt Horst Weiland nach einem abstimmenden Blickkontakt zu Wolfgang Müller.

»Ja, macht das. Und dann befragt ihr den Mann selbst auch noch einmal! Ich kann mir nicht vorstellen, dass er stundenlang vor Brauns Hütte auf einer Bank gesessen hat und nichts von einer Entführung mitbekommen haben will. Denise und ich übernehmen derweil die schwere Bürde, Thomas Braun die Nachricht vom Tod seiner Gattin zu überbringen. Bei der Gelegenheit fahren wir gleich mit ihm für die notwendige Identifikation in die Rechtsmedizin.«

* * *

»Das mit dem Braun hätten wir doch eigentlich gleich mit erledigen können«, überlegt Wolfgang Müller. »Der Herr Weber, den wir auf Tobias' Geheiß noch einmal interviewen sollen, wohnt schließlich gleich nebenan!«

»Braun ist nicht zu Hause«, weiß sein Kollege zu berichten. »Denise und Tobias sind deshalb vorhin zu ihm in die Bank gefahren.« Die Ermittler stellten ihren Wagen an derselben Stelle ab wie bei ihrem letzten Besuch hier in der Straße. Im Gegensatz zu vorgestern ist die Bank vor Thomas Brauns Anwesen aber dieses Mal leer, Ferdinand Weber wird sich daher höchstwahrscheinlich im Haus aufhalten.

»Was denn?«, entfährt es Müller. »Der fährt seelenruhig zur Arbeit, nachdem seine Frau tot aufgefunden wurde?« Er schüttelt ungläubig den Kopf. »Der hat ja Nerven!«

»Das weiß er ja noch gar nicht!«, erinnert Weiland den Freund. »Und dann wurde ihm ja gestern von Denise und Tobias geraten, sich weiterhin unauffällig zu verhalten, falls die Entführer sich wieder bei ihm melden. Was bleibt ihm denn auch anderes übrig, nachdem seine Frau nach der Lösegeldübergabe nicht, wie versprochen, freigelassen wurde?«

Wolfgang Müller brummt etwas Unverständliches vor sich hin und betätigt die Klingel an Webers Haustür, vor der sie jetzt angekommen sind.

* * *

Die Filiale der hiesigen Volksbank ist nicht sehr groß. Zwei Schalter für den Zahlungsverkehr an der Stirnwand des kleinen Kundenbereichs gegenüber der Eingangstür und ein etwas größerer, offener Bereich mit vier Arbeitsplätzen, an denen junge Kundenberaterinnen emsig auf ihren Computertastaturen klappern.

Dahinter schließt sich ein abgetrennter Bereich für die leitenden Angestellten an. Malowski und Heller steuern zielstrebig den nächsten freien Tisch an, von wo ihnen eine attraktive Blondine - Denise schätzt sie auf Anfang Dreißig - mit geschäftsmäßig fragendem Gesichtsausdruck entgegenblickt. *Eleonore Wichartz* steht auf dem kleinen Messingschild vor ihr auf dem Schreibtisch.

»Guten Tag, wir möchten zu Herrn Direktor Braun!«, spricht Denise Malowski die Frau an, bevor diese ihrerseits eine entsprechende Frage stellen kann. Mit dem allen polizeilichen Ermittlern eigenen Blick, der kaum Raum für Widerspruch lässt, schaut sie der Kundenberaterin dabei fest in die Augen.

»Haben Sie einen Termin?«, lautet dennoch die obligatorische Gegenfrage. »Der Herr Direktor ist sehr beschäftigt, vielleicht kann ich Ihnen ja weiterhelfen?« Eleonore Wichartz entblößt gekonnt zwei Reihen makellos weißer Zähne, als sie den Besuchern ein gewinnendes Lächeln schenkt.

»Das ist wirklich sehr nett von Ihnen«, schaltet sich Tobias Heller mit einem mindestens ebenso gekonnten Lächeln ein, das er für solche Gelegenheiten einstudiert hat. »Aber wir müssten schon mit Herrn Braun persönlich reden.« Zeitgleich mit Denise Malowski, die auf diese Gelegenheit nur gewartet hat, zückt er seinen Dienstausweis und hält ihn der Bankangestellten vor die Nase. »Ich bin mir sicher, dass Ihr Boss uns empfangen wird!«

Die Gesichtszüge der Kundenberaterin frieren von einem Augenblick auf den Nächsten ein. »Hat es etwas mit Toms ...« Sie unterbricht sich verlegen, wobei sie gleichzeitig errötet. »Ich meine natürlich Herrn Direktor Braun! Sind Sie wegen seiner Frau hier?«

»Wie kommen Sie darauf?«, hakt Denise Malowski sofort interessiert nach, wobei sie sich betont harmlos gibt. »Erwähnte Ihr Vorgesetzter etwa etwas Derartiges Ihnen gegenüber?«

»Ach, nur so«, wiegelt Eleonore Wichartz ab und erhebt sich von ihrem Platz. »Herr Braun ist gerade frei, ich werde Sie zu ihm geleiten«, bemüht sie sich um einen geschäftsmäßigen Tonfall. Die Ermittler folgen ihr zu einer der Türen an der rückwärtigen Seite des Raumes. Denise wirft ihrem Partner einen wissenden Seitenblick zu, den dieser mit einem angedeuteten Kopfnicken beantwortet. Beide denken dasselbe.

* * *

Ein extrem lautes Hämmern an ihrer Bürotür lässt Chrissie Ohlsen von ihrer Arbeit am Computer aufschrecken. »Ja, bitte?«, ruft sie und fordert den Unruhestifter damit gleichzeitig auf, einzutreten. Es kommt ohnehin kaum jemand anderes in Betracht als Wachmann Klein.

Er ist nämlich der Einzige, der überhaupt jemals an ihre Tür geklopft hat und außerdem ist die Kommissarin derzeit ohnehin alleine im Kommissariat. Sie hält hier die Stellung, während Wolfgang und Horst unterwegs zu einer Zeugenbefragung sind und Denise und Tobias zur Volksbank, wo sich Thomas Braun zurzeit aufhält. Ihn wollen sie ebenfalls zu den jüngsten Ereignissen vernehmen.

Herein kommt dann aber zunächst nicht Rudolf Klein, sondern ein schmächtiges Männchen unbestimmbaren Alters, welches von dem riesenhaften Wachmann förmlich in Ohlsens Büro geschubst wird.

»Ein gewisser *Herr Schorsch* möchte eine Vermisstenmeldung aufgeben, glaube ich«, meldet Klein mit Dackelfalten auf der Stirn und ist im nächsten Augenblick auch schon mit einer Geschwindigkeit, die beinahe an eine Flucht gemahnt, verschwunden. Chrissie Ohlsen kann es ihm nicht verdenken, verströmt doch besagter Schorsch einen äußerst strengen Geruch.

Offenbar einer, der auf der Straße lebt, vermutet sie nicht nur aufgrund seiner verschlissenen und fadenscheinigen Kleidung. Energisch winkt sie den schüchtern an der Tür stehengebliebenen Mann zu sich heran. »Setzen Sie sich bitte«, fordert sie

Schorsch höflich auf, auf dem Besucherstuhl vor ihrem Schreibtisch Platz zu nehmen.

Automatisch unterzieht sie das Kerlchen einem Scan: Altersmäßig irgendwo zwischen Vierzig und Sechzig, in alten verschlissenen Hosen steckend, die ihm mindestens zwei Nummern zu groß sind, ungekämmt und maximal eine Handbreit größer als sie selbst, also deutlich kleiner als 1,70 Meter. Eine Dusche könnte er ihrer Meinung nach ebenfalls vertragen. Und er riecht penetrant nach billigem Fusel.

»Sie wollen jemanden vermisst melden?«, beginnt sie das Gespräch, weil besagter Schorsch weiterhin stumm und stocksteif auf seinem Platz sitzt und sie unverwandt anstarrt. »Nennen Sie mir bitte zunächst Ihren vollen Namen und Ihre Wohnanschrift!«

»Nur Schorsch, junge Frau«, nuschelt der Angesprochene und entblößt bei einem verlegenen Grinsen ein reichlich lückenhaftes Gebiss. »Und 'ne Adresse hab ich nicht, weil ich auf der Straße lebe. Schon ewig. Hatte mal einen anderen Namen, aber den hab ich lange nicht mehr gehört.« Er legt die Stirn in nachdenkliche Falten. Minutenlang. Dann erhellt sich sein Gesicht. »Kasper«, nuschelt er. »Ja, genau: Georg Kasper! So heiß' ich!« Ein erleichtertes Lächeln begleitet diese offenbar enorme Gedächtnisleistung.

»Na gut«, gibt die Kommissarin sich geschlagen und notiert den Namen mit einem dicken Fragezeichen. Nach dem Alter traut sie sich schon gar nicht mehr zu fragen. »Und wer ist jetzt Ihrer Meinung nach verschwunden?«, besinnt sie sich endlich auf das Wesentliche. Allerdings ohne Hoffnung auf eine konkretere Antwort als die auf ihre bisherigen Fragen. Und dabei waren die nicht einmal sonderlich kompliziert.

»Also, es geht um den Richie«, beginnt Schorsch, in einem anderen Leben Georg Kasper. »Der Richie ist nämlich ein ganz feiner Mensch, müssen Sie wissen. Der haut nicht einfach so ab, ohne seinen Kumpels was zu sagen. Nein, der Richie tut sowas nicht!«

»Ich gehe mal davon aus, dass Sie von diesem ›Richie‹ ebenfalls nicht den Nachnamen wissen?«, stellt Christina Ohlsen seufzend eine eher rhetorische Frage, die auch sofort mit einem heftigen Kopfschütteln bedacht wird. »Wann haben Sie ihn denn zuletzt gesehen?«

»So ganz genau weiß ich das nicht, Frau Kommissarin.« Schorsch kratzt sich verlegen am Kopf und nimmt dann seine Finger zu Hilfe, um die verstrichenen Tage abzuzählen. Nach welchem Schema auch immer. »Unsereins hat ja keinen Kalender«, meint er schließlich. »Ich glaube aber, das war vor zwei Wochen, wo ich den zuletzt gesehen habe. Sie werden ihn doch finden, nicht wahr? Dem Richie ist bestimmt was Schlimmes passiert!«

Statt einer Antwort greift Chrissie Ohlsen zum Telefon und wählt eine Nummer. »Alex? Hast du mal ein paar Minuten? Ich habe hier einen Kandidaten für eine Phantomzeichnung ... ... Okay, bis nachher!«

»Gleich wird eine Kollegin von mir mit Ihnen zusammen versuchen, eine Zeichnung vom Gesicht Ihres Kumpels zu machen«, erklärt die ihrem Besucher. »Meinen Sie, dass Sie das hinbekommen?«

* * *

»Lass es gut sein, Wolfgang!«, hält Horst Weiland seinen Partner davon ab, ein drittes Mal die Klingel zu betätigen. Im Haus ist weiterhin alles still. »Der ist nicht daheim, wir werden es eben später erneut versuchen.«

Das ist etwas, das polizeiliche Ermittler mit Staubsaugervertretern gemeinsam haben: Ständig vor verschlossenen Türen zu stehen, weil man es für ratsam hält, sein Kommen vorher nicht anzukündigen. Wenn auch aus völlig unterschiedlichen Gründen.

»Ich würde mir, wo wir schon hier sind, gerne mal den Garten von Brauns Anwesen anschauen«, überlegt Wolfgang Müller laut. »Man kann ihn ja über das Grundstück des Chefs betreten, aber den Schlüssel für sein Gartentor hat Tobias in Verwahrung.«

»Und was gedenkt der Herr da zu finden, das unsere Spezialisten übersehen haben?«, moniert sein Freund. »Die haben doch am Montag alles gründlich abgesucht!«

»Es könnte doch sein, dass es auf der rückwärtigen Seite einen Ausgang gibt, ein Gartentor oder etwas in der Art. Mir will immer noch nicht so recht in den Kopf, dass Weber, der ja auf der Bank

vor dem Haus sozusagen einen Logenplatz inne-
hatte, nichts von der Entführung mitbekam,
obschon er Braun sowohl wegfahren als auch wiederkommen sah. Wenn die Kidnapper aber mit der
Frau durch den Garten gegangen sind, wäre das
Rätsel gelöst!«

»Dazu benötigen wir den Schlüssel aber nicht,
Wolfgang! Falls hinter dem Haus tatsächlich ein
befahrbarer Weg entlangführt, werden wir den
auch von der Straße aus erreichen. Dazu müssen
wir nur ein paar Schritte um Donners Haus herum
laufen.«

»Auch wieder wahr. Dann nichts wie los!«

* * *

Die Miene des Bankdirektors spiegelt eine
Mischung aus Überraschung, Verwirrung und ... ja,
Besorgnis wider, als er erkennt, wen seine Mitarbei-
terin da in sein Büro geleitet.

»Es ist gut, Frau Wichartz!«, würgt er ihre Erklärung für das Eindringen in sein Refugium ab, bevor
sie auch nur den Mund aufmachen kann. »Ich habe
die Herrschaften erwartet. Sie können dann
gehen«, bedeutet er ihr mit einer Handbewegung,
weil die Frau keine Anstalten macht, den Raum zu
verlassen. Stumm dreht Eleonore Wichartz sich auf
dem Absatz um und verlässt hocherhobenen Hauptes, jedoch mit einem deutlich erkennbar enttäuschten Gesichtsausdruck, das Zimmer.

»Sie haben uns erwartet?«, wundert sich Denise
Malowski mit hochgezogenen Augenbrauen, während sie auf einem der beiden Stühle vor Brauns

Schreibtisch neben Tobias Heller Platz nimmt. »Wir hatten unser Kommen nicht angekündigt!«

»Das habe ich nur so gesagt. Das Personal muss ja nicht alles wissen, Frau Kommissarin«, seufzt Thomas Braun. »Die Gerüchteküche brodelt ohnehin jetzt schon. Aber kommen wir zur Sache: Haben Sie meine Frau endlich gefunden? Mir geht nämlich langsam wirklich die Geduld aus! Herr Donner lobte schließlich Ihre Fachkompetenz in den höchsten Tönen! Nun ist das Geld weg und meine Frau trotzdem nicht wieder aufgetaucht. Was also haben Sie mir zu berichten?«

Na, das ist ja ein Herzchen!, denkt Denise erbost. *Macht hier einen auf dicke Hose!* Aber natürlich ist trotz Brauns leicht unverschämten Verhaltens jetzt Einfühlungsvermögen gefragt, wenn es darum geht, ihn über den Tod seiner Frau zu informieren.

Und außerdem ist davon auszugehen, dass der Mann sich in einer emotionalen Ausnahmesituation befindet. Ein kurzer Seitenblick zeigt ihr Tobias' versteinertes Gesicht. Offenbar nimmt er die Worte Brauns sehr persönlich. *Dann bleibt das dieses Mal wohl an mir hängen*, fügt Denise sich in ihr Schicksal und wendet sich Thomas Braun zu.

»Unsere diesbezüglichen Optionen waren von Beginn an nicht sehr zahlreich, Herr Braun«, beginnt sie einleitend mit den allseits bekannten Fakten. »DNA-Spuren, die wir in Ihrer Garage fanden und die von einem der Täter stammen könnten, ergaben keinen Treffer in unserer Datenbank. Und da Sie uns den Einsatz von Sondereinsatzkommandos strikt untersagten, waren uns diesbezüglich ebenfalls die Hände gebunden.«

»Woran Sie sich aber nicht gehalten haben!«, flüstert Braun, um dann mit erhobener Stimme anklagend fortzufahren: »Woher nehmen Sie die Sicherheit, dass der gestrige SEK-Einsatz die Entführer nicht dazu veranlasst hat, meine Frau weiterhin als Geisel zu halten, wenn sie ihr nicht sogar etwas angetan haben!«

Ob er damit recht haben könnte?, durchfährt es Denise Malowski in eisigem Schrecken und sie schaut hilfesuchend zu Tobias Heller, der aber beruhigend den Kopf schüttelt. *Aber nein, natürlich nicht!*, scheltet sie sich selbst in Gedanken für ihre Unachtsamkeit. *Laut Doktor de Luca war die Frau zum Zeitpunkt der zweiten Lösegeldübergabe definitiv bereits tot, womöglich bei der am Tag zuvor auch schon!*

»Herr Braun!«, ergreift ihr Partner erstmals das Wort und übernimmt damit gleichzeitig die Verantwortung für die anstehende Hiobsbotschaft, die zu überbringen sie ja eigentlich hier sind. Denise nimmt es mit Erleichterung zur Kenntnis.

»Herr Braun«, beginnt Tobias noch einmal von vorn, nachdem dieser sich ihm zugewendet hat. »Ich muss Ihnen eine traurige Mitteilung machen«, fährt er in ruhigem Ton fort. »Ihre Frau wurde heute im Morgengrauen tot aufgefunden. Es tut mir sehr leid!«

Der direkte Weg ist immer noch der Kürzeste, denkt er und ist erleichtert, das Schlimmste hinter sich zu haben. Eine schmerzfreie Variante, jemandem eine solche Nachricht zu überbringen, existiert ohnehin nicht.

Minutenlang sagt niemand etwas. Thomas Braun stiert blicklos vor sich hin und scheint einen imaginären Punkt an der gegenüberliegenden Wand zu fixieren, wobei sein Blick aber leer ist. Die Kommissare haben gelernt, dass es in solchen Fällen besser ist, den Betroffenen von sich aus das Wort ergreifen zu lassen. Geduldig warten sie ab.

»Ja«, dehnt Braun endlich und scheint aus weiter Ferne zurückzukommen. »Ja, Sie haben recht ... jetzt ergibt die Leere, die ich seit Tagen in mir verspüre, endlich einen Sinn. Irgendwie wusste ich es wohl von Anfang an. Wie ist sie denn ...?«

»Das wissen wir noch nicht«, übernimmt es Denise Malowski, ihn grob ins Bild zu setzen. Sie schlägt einen sanften Ton dabei an. »Die Obduktion ist frühestens morgen. Sie sah aber eher friedlich aus, als wir sie fanden. Es könnte daher durchaus sein, dass sie im Schlaf erstickt ist. Sie sagten ja, dass sie an Asthma litt. Aber das ist, wie gesagt, nur eine Vermutung. Wir möchten Sie jetzt bitten, uns in die Rechtsmedizin nach Bonn zu begleiten. Es ist Vorschrift, dass die Tote durch einen nahen Angehörigen zweifelsfrei identifiziert wird. Fühlen Sie sich dazu in der Lage?«

»Ich denke, das bekomme ich hin«, nimmt Braun sich zusammen und erhebt sich müde von seinem Sitz. »Bringen wir es also hinter uns!«

»Nicht so schnell, Herr Braun!«, bremst Tobias Heller ihn ein. Er und Denise haben sich keinen Millimeter bewegt. »Bis zum Termin in der Pathologie ist noch etwas Zeit, die wir gerne dazu nutzen würden, einige Dinge mit Ihnen zu klären. Setzen Sie sich bitte wieder hin!«

»Dinge?«, echot Thomas Braun verständnislos und lässt sich wieder auf seinen Stuhl fallen. »Was denn für Dinge? Finden Sie lieber die Verbrecher, die das meiner Frau angetan haben!«

»Das tun wir bereits, keine Sorge! Aber die Sachlage hat sich mit dem Tod Ihrer Frau geändert. Wir ermitteln nämlich ab sofort in einem Tötungsdelikt und in solchen Fällen beginnen wir mit unseren Recherchen stets im sozialen Umfeld des Opfers.«

»Die Entführer hatten überraschend detaillierte Kenntnisse über Ihren Tagesablauf und den Ihrer Frau«, erklärt Denise Malowski ihm behutsam. »Außerdem sind keine Einbruchsspuren an Ihrer Haustür festgestellt worden. Es ist von daher nicht völlig auszuschließen, dass es sich um Bekannte von Ihnen handeln könnte.«

»Da muss ich Sie enttäuschen, Frau Kommissarin. Ich kenne niemanden, der zu solch einer Tat fähig wäre!«, entgegnet Braun aufgebracht.

»Fangen wir mit der ersten Geldübergabe am Dienstag an!«, prescht Heller vor. »Sie kamen mit dem Geld verspätet zum Übergabeort, was zur Folge hatte, dass die Aktion von den Entführern abgebrochen wurde. Weshalb kümmerten Sie sich erst so spät um die Beschaffung des Lösegeldes? Und warum nahmen Sie dazu nicht Ihre eigene Bank in Anspruch und gingen stattdessen zur Konkurrenz?«

»Weil ich mein Geld eben dort deponiert hatte«, entgegnet Braun. »Die geforderten 250.000 Euro stellten mein gesamtes Vermögen dar. Ich dachte eben, dass es ausreicht, wenn ich zwei Stunden vorher ... Ich konnte doch nicht ahnen, dass die sich dermaßen querstellen würden!«

»Herr Braun!«, unterbricht Malowski ihn nachsichtig. »Sie sind doch vom Fach. Sie hätten wissen müssen, wie das läuft!«

Braun schüttelt den Kopf. »Ach, was weiß denn ich! Ich war ziemlich durch den Wind, das werden Sie sicher verstehen! Da habe ich eben nicht mehr klar denken können!«

»Nun gut, lassen wir das zunächst einmal so stehen«, beendet Heller das Thema vorläufig. »Sagen Sie uns aber bitte, ob hier in der Bank etwas von der Entführung durchgesickert ist. Haben Sie mit den Angestellten darüber gesprochen? Wir hatten vorhin den Eindruck, dass man Bescheid weiß.«

»Sie meinen Frau Wichartz?«, hebt Thomas Braun ratlos die Schultern. »Sie mag irgendwas aufgeschnappt haben. Jedenfalls machen seit Montag gewisse Gerüchte die Runde. Und Frau Wichartz ist für ihre Schwatzhaftigkeit allgemein bekannt. Was soll ich denn dagegen unternehmen?«

»Trauen Sie ihr zu, mit den Entführern gemeinsame Sache gemacht zu haben?«, will Denise Malowski wissen.

»Frau Wichartz?« Braun wölbt erstaunt die Brauen und hebt die Schultern. »Das kann ich mir nicht vorstellen ... nein, wirklich nicht!«

»War sie schon einmal bei Ihnen zu Hause?«

»Sicher. Erst vor kurzem bat ich sie, mir einige wichtige Unterlagen vorbeizubringen, die ich zu Hause durchgehen wollte.«

»Frau Wichartz kannte demnach auch Ihre Frau persönlich?«, vermutet Tobias Heller.

»Natürlich. Alma war durchaus öfter mal hier in der Bank. War's das jetzt? Ich würde jetzt liebend gerne die Identifikation hinter mich bringen!«

Denise Malowski wirft ihrem Partner einen Blick zu und erhebt sich von ihrem Platz. »Ja, ich denke, das war's zunächst von unserer Seite, Herr Braun. Wir möchten uns aber später gerne auch mit Ihren Angestellten unterhalten. Haben Sie einen Raum zur Verfügung, wo das ungestört und ohne Aufsehen machbar ist?«

»Sie dürfen dazu meinetwegen den Raum nebenan verwenden. Er wird als Aufenthalts- und Pausenraum genutzt«, brummt der Bankdirektor seine Zustimmung.

»In Ordnung. Aber zunächst bringen wir Sie in die Rechtsmedizin nach Bonn«, schließt Tobias Heller die Vernehmung ab und erhebt sich ebenfalls.

* * *

»Nee, ohne die Mütze hab ich den Richie niemals gesehen!«, schüttelt Georg ›Schorsch‹ Kasper nachdrücklich den Kopf. »Hatte manchmal sogar gedacht, die ist dem festgewachsen.«

Alexandra Stein, Phantomzeichnerin der Kreispolizeibehörde und nicht verwandt oder verschwägert mit dem gleichnamigen Staatsanwalt, korrigiert geduldig die Stiftzeichnung, die sie seit einigen Minuten nach den oft widersprüchlichen Angaben des Obdachlosen in Arbeit hat. Ihr ist Handarbeit lieber als die Verwendung von Schablonen, da sie mehr Details zulässt. Chrissie Ohlsen sitzt derweil abseits des Geschehens und folgt der Prozedur mit mäßigem Interesse.

Einerseits glaubt sie nicht daran, dass hierbei überhaupt etwas herumkommt, andererseits bewundert sie die unendliche Geduld der Zeichnerin. Und ob hier überhaupt ein Handlungsbedarf für die Kriminalpolizei besteht, ist sowieso fraglich. Aber niemand soll ihr nachsagen können, dass die Nöte und Bedürfnisse dieser Menschen am Rande der Gesellschaft weniger zählen!

Das Vibrieren des Diensthandys in ihrer Tasche reißt Chrissie Ohlsen abrupt aus ihren Gedanken. Sie steht auf und verlässt leise den Raum, um die Zeichnerin und deren Klienten nicht zu stören. »Ohlsen, Kriminalkommissariat Eins?«, meldet sie sich, weil eine interne Nummer auf dem Display erscheint.

»Ach, Herr Hauptkommissar Jungbluth!«, begrüßt sie den Dienstgruppenleiter der Siegburger Polizeiwache, die im selben Gebäude untergebracht ist. »Waaas? Warten Sie kurz, ich muss mir nur schnell etwas zum Schreiben besorgen ...« Sie kramt mit der freien Hand hektisch in ihren Taschen, bis sie endlich ihren Notizblock nebst Bleistift gefunden hat. »Okay, schießen Sie los! … … Aha, hab ich notiert. Vielen Dank!«

Flink wählt sie erneut eine Nummer aus ihrem Kurzwahlspeicher. »Wolfie? Ich hab gerade was reingekriegt, ihr müsst da sofort hinfahren! … … Warte, ich gebe dir die genauen Daten durch!« Anschließend berichtet sie ihrem Freund, was Jungbluths Männer vor wenigen Minuten entdeckt haben und liest sorgfältig die genauen Koordinaten des Fundortes von ihrem Notizblock ab. »Ich setze dann schon mal die KTU in Marsch!«, gibt sie abschließend bekannt.

* * *

»Hier ist tatsächlich ein Tor eingelassen!«, stellt Wolfgang Müller fest, nachdem er und Horst Weiland einmal die beiden Grundstücke umrundet haben und nun auf der rückwärtigen Seite von Brauns Anwesen auf einem schmalen, aber befahrbaren Feldweg stehen.

Er rüttelt heftig an der Klinke. »Abgeschlossen!«, bemerkt er überflüssigerweise. »Es wäre aber durchaus denkbar, dass hier das Fahrzeug der Entführer stand, als Alma Braun gekidnappt wurde.« Er schaut sich den weichen Boden vor dem Gartentor genauer an. »Da sind aber keine Reifenspuren.«

»Das ist ja auch drei Tage her, Wolfgang! Und außerdem ergibt das alles keinen Sinn. Aus welchem Grund hätten die ihr Auto hier abstellen, und ihr Opfer durch die Hintertür dorthin schleifen sollen? Du erinnerst dich? Es war helllichter Tag, da wäre das Risiko, von irgendwelchen gassigehenden

Hundebesitzern gesehen zu werden, doch viel zu hoch gewesen!« Er zeigt auf einen einige Meter entfernten Hundehaufen. »Siehst du das?«

»Ich dachte ja nur ...«, rechtfertigt sich Müller kleinlaut. »Hätte ja sein können!«

»Hätte es nicht!«, widerspricht sein Freund ihm. »Denk bitte nach: Die haben doch offenbar den Wagen des Opfers mitgehen lassen! Was wäre einfacher gewesen, als die Frau gefesselt und geknebelt in den eigenen Kofferraum zu verfrachten und ganz normal durch die ›Vordertür‹ vom Grundstück zu fahren? Zumal es ja anscheinend Kampfspuren in der Garage gab!«

»Aber vor dem Grundstück saß Ferdinand Weber auf der Bank, er hätte das doch sehen müssen!«

»Weswegen wir ihn ja heute befragen wollten, wenn er denn zu Hause wäre. Aber das Auto ist nun einmal weg, da beißt die Maus keinen Faden ab. Und vom Grundstück geflogen ist es wohl eher nicht!«

»Wenn wir bloß endlich eine Spur von dem Honda hätten«, grübelt Wolfgang Müller. »Wir würden garantiert Spuren darin oder daran finden, sie uns ...« Er unterbricht sich, weil das Handy in der Tasche einen Klingelton von sich gibt, der nach einem Anruf von Chrissie Ohlsen, seiner im Kommissariat verbliebenen Freundin klingt.

»Was gibt's?«, meldet er sich kurz angebunden und lauscht dann stumm den Worten der Kommissarin. »Sag' das nochmal! Ihr habt was? ... ... Okay, okay, warte einen Augenblick!«

Er fuchtelt mit dem freien Arm in der Luft herum und macht für seinen Partner schreibende Bewegungen. »Schieß los!«, gibt er dann das Kommando und wiederholt für den eifrig mitschreibenden Kollegen die Koordinaten, die Chrissie ihm durchgibt.

»Wir düsen sofort los!«, beendet er das Gespräch und schaut Horst Weiland grinsend an: »Na, wer sagt's denn? Das ging ja wie auf Bestellung: Kollegen von der Streife haben vor wenigen Minuten Alma Brauns Honda entdeckt! Nichts wie hin, die Forensik ist auch schon unterwegs!«

KAPITEL 5

Freitag, 14. Juni

10:00 Uhr

»Herr Doktor Balensiefen!«, ruft Denise Malowski erstaunt aus, als sie mit Tobias Heller den Sektionsraum betritt und den stets freundlichen Rechtsmediziner an einem der Sektionstische stehen sieht. Prof. Dr. Heinz Balensiefen war vor Martina de Luca Leiter der forensischen Pathologie an der Universität Bonn und hat seit etwa einem Jahr einen Lehrstuhl als Dozent an der gleichnamigen Fakultät inne. Dr. Martina de Luca, von der sie vor einer Stunde hierher zitiert wurden und die sie deswegen hier erwartet haben, ist nirgends zu sehen.

Balensiefen, der bei ihrem Eintreten mit de Lucas Assistentin Krystina Nowak in ein offenbar angeregtes Gespräch vertieft war, dreht sich sofort freudestrahlend um. »Frau Malowski, Herr Heller! Es ist mir eine wahre Freude, Sie zu sehen!«, ruft er enthusiastisch aus und kommt ihnen zur Begrüßung mit ausgebreiteten Armen entgegen. Seine Herzlichkeit bildet ein wohltuendes Gegenstück zur stets unterkühlt wirkenden Martina de Luca.

»Wir fangen sofort mit der Leichenschau an!«, informiert der kleine Pathologe - er reicht Denise gerade einmal bis an die Nasenspitze - die beiden Ermittler. »Sie werden heute ausnahmsweise mit mir vorliebnehmen müssen«, erklärt er ihnen mit einem hintergründigen Lächeln, als er in zwei fragende Gesichter blickt. »Meine geschätzte Kollegin wurde vorhin überraschend zu einer Leiche gerufen und ist daher unabkömmlich. Zum Glück habe ich erst am Nachmittag eine Vorlesung, sodass ich in der Lage bin, kurzfristig einzuspringen.«

»Eine Leiche?«, wiederholt Heller. »Außerhalb unseres Zuständigkeitsbereiches, nehme ich an?« Eine rhetorische Frage, da in solchen Fällen immer zuerst die Polizei gerufen wird, die dann meist die Kripo informiert und diese dann die Rechtsmedizin hinzuruft. Man wüsste daher in einem solchen Fall längst Bescheid.

»Wir sind ja ebenfalls für den Bonner Raum zuständig«, nickt Balensiefen. »Von dort kam auch der Anruf. Bergungstaucher der DLRG fanden im Rahmen einer Übung eine Leiche, die sich im Uferschlick des Rheins verfangen hatte. Es wäre aber ebenso eine Zuständigkeit der Kripo Köln möglich. Uns kann das ja gleichgültig sein, nicht wahr? Wir dagegen sollten jetzt langsam mal loslegen, was meinen Sie?«

Ohne eine Antwort abzuwarten, dreht er sich zu Krystina Nowak um und lässt sich von ihr ein Skalpell reichen. Denise und Tobias treten einige Schritte zurück und beobachten die Aktion aus sicherer Entfernung.

* * *

»Ich muss gestehen, zunächst äußerst skeptisch gewesen zu sein, als ich die Notizen meiner geschätzten Kollegin las, die sie mir hinsichtlich ihrer ersten Einsichtnahme nach dem gestrigen Leichenfund hinterließ«, bekennt Prof. Dr. Heinz Balensiefen mit ratlos gefurchter Stirn, während er sich die Latexhandschuhe von den Händen streift. Hinter ihm bedeckt seine Assistentin die Leiche mit einem Tuch und beginnt damit, ihren ›Arbeitsplatz‹ aufzuräumen. »Aber sie hatte vollkommen recht mit ihrer Einschätzung: Dieser Leichnam dort stellt gleich in mehrfacher Hinsicht ein Rätsel dar!«

»Wie darf ich das verstehen, Herr Doktor Balensiefen?«, erkundigt sich Denise Malowski stirnrunzelnd. »Haben Sie die Todesursache etwa nicht ermitteln können?«

Der Pathologe schaut sie nur mitleidig an. »Aber ich bitte Sie, Frau Malowski!«, lächelt er nachsichtig. »Aber das ist auch so ziemlich das Einzige, das ich Ihnen mit ruhigem Gewissen unterschreiben kann: Die Frau ist erstickt, daran besteht überhaupt kein Zweifel. Die kleinen Einblutungen in den Augäpfeln, die mit einem Erstickungstod einherzugehen pflegen, lassen keine andere Deutung zu. Aber der Rest ...?«, lässt er das Ende des Satzes offen.

»Ich nehme an, Sie wollen sich nicht darauf festlegen, ob der Tod gewaltsam herbeigeführt wurde oder etwa, sagen wir, durch beispielsweise einen Asthmaanfall?«, versucht Tobias Heller, den Mediziner zu einer detaillierteren Aussage zu verleiten. »Laut ihrem Ehemann litt die Verstorbene nämlich daran.«

»Asthma ...«, dehnt Balensiefen nachdenklich. »Ja, das wäre eine Möglichkeit. Zumindest, wenn wir eine weitere kleine Besonderheit berücksichtigen. Äußere Spuren von Gewaltanwendung, wie zum Beispiel Würgemale, ließen sich jedenfalls nicht nachweisen. Und Fremdpartikel in Atemwegen oder Lunge, wie sie beispielsweise beim Ersticken durch ein Kopfkissen hinterlassen werden, sind ebenfalls nicht vorhanden. Allerdings lassen Rückstände eines Klebstoffes rund um ihren Mund darauf schließen, dass dieser zeitweise mit einem Klebestreifen verschlossen war. In Verbindung mit großer Todesangst könnte dies in der Tat zu einem - im vorliegenden Fall tödlichen - Anfall geführt haben!«

»Dann war die Frau also gefesselt?«, schlussfolgert Denise. »Haben Sie an Hand- und Fußgelenken entsprechende Male dazu gefunden? Oder Reste von Klebeband?«

Balensiefen schüttelt nachdrücklich den Kopf. »Nein, nichts dergleichen. Aber das muss nicht zwangsläufig bedeuten, dass dies nicht der Fall gewesen ist. Kommen wir aber zum nächsten Rätsel, das zu lösen ich nicht in der Lage war: den Todeszeitpunkt.«

»Frau Doktor de Luca äußerte sich gestern Morgen in ähnlicher Weise«, erinnert sich Tobias Heller. »Ich hatte gehofft, die Obduktion würde diesbezüglich Klarheit verschaffen. Wie Sie wissen, ist diese Angabe für unsere Ermittlungen von immenser Bedeutung!«

»Leider vermag ich Ihnen da nicht weiterzuhelfen«, bedauert Balensiefen. »Offenbar wurde die Leiche über eine unbekannte Zeitdauer an einem kühlen und trockenen Ort aufbewahrt. Die Verwesung hatte daher bis zu ihrem Auffinden nicht eingesetzt, was eine genaue Datierung nahezu unmöglich macht, zumal die inneren Organe ebenfalls keine Schädigung aufweisen. Falls Ihnen das weiterhilft: Der Tod trat irgendwann zwischen Montag und Mittwoch ein. Als man die Frau fand, war sie definitiv seit mindestens vierundzwanzig Stunden tot, wie meine Kollegin Ihnen gegenüber ja bereits bekundete. Dem habe ich nichts hinzuzufügen.«

* * *

»Ich hatte euch ja gestern einen weiteren Artikel unserer Reporterin vom *Rhein-Sieg-Echo* vorausgesagt«, verkündet Heller zu Beginn der durch die vorangegangene Leichenschau verspätet angesetzten Besprechung und heftet mit grimmiger Miene einen Ausschnitt aus besagter Tageszeitung an die Tafel. »Bitte sehr!«

Neugierig treten Chrissie Ohlsen, Wolfgang Müller und Horst Weiland an das Whiteboard und lesen den kurzen, nicht besonders aussagekräftigen Zeitungsbericht. Kopfschüttelnd nehmen sie anschließend wieder ihre Plätze ein. Dieses nichtssagende Geschreibsel ist absolut typisch für die selbsternannte ›Starreporterin‹ Irene Leitner.

Die Tote vom Michaelsberg

Siegburg. Wenn die Hauptkommissare Tobias Heller und Denise Malowski auf der Bildfläche erscheinen, ist etwas im Busch. So auch gestern, als im Morgengrauen am Fuße der Abtei Michaelsberg eine unbekleidete Frauenleiche aufgefunden wurde. Zu einer Stellungnahme waren die Ermittler der Siegburger Kriminalpolizei natürlich auch dieses Mal nicht zu bewegen. Ein vermuteter Zusammenhang mit der Aktion in einer Tiefgarage der Troisdorfer Innenstadt (wir berichteten darüber) wurde ebenfalls mit einem stereotypen »Kein Kommentar« abgetan. Jedenfalls ist ein Gewaltverbrechen in Zusammenhang mit der aufgefundenen Leiche nicht auszuschließen. Wir bleiben für Sie am Ball! (*lei*)

»Nachdem alle zur Kenntnis genommen haben, was unsere spezielle Freundin an täglichem Gift verspritzt hat, würde ich jetzt gerne zur Tagesordnung übergehen«, bemüht Tobias Heller sich trotz seiner schlechten Laune um einen lockeren Tonfall. Anschließend gibt er den Kollegen eine Kurzfassung der bescheidenen Resultate des heutigen Vormittages zur Kenntnis.

»Die Quintessenz der zugegebenermaßen spärlichen Autopsieergebnisse ist aber doch klar ersichtlich!«, meldet sich Weiland nach einigen Sekunden der Stille, die nach Hellers Bericht eintrat, zu Wort. »Jemand hat sich große Mühe gegeben, die Leiche zu konservieren. Möglich, dass sie sogar in einer Kühltruhe gelagert wurde.«

»Dagegen spricht die Tatsache, dass Balensiefen keine Gefrierverbrennungen auf der Haut des Opfers nachweisen konnte«, verweist Denise Malowski auf eine wesentliche Information, die der Pathologe ihnen zum Abschluss noch mit auf den

Weg gab. »Ihr wisst ja, dass sich normalerweise leicht nachweisen lässt, ob eine Leiche für längere Zeit mit Eis in Kontakt kam. Es gibt entweder eine andere Lösung für dieses Rätsel oder Alma Braun ist tatsächlich erst am Mittwoch gestorben. Womöglich erst kurz vor der geplanten Übergabe!«

»Ich stelle mir den Ablauf der Ereignisse - abgesehen von der zeitlichen Einordnung - folgendermaßen vor«, erhebt Tobias Heller seine Stimme. »Alma Braun erlitt nach der Entführung infolge einer Panikattacke einen Asthmaanfall. Sie lag zu diesem Zeitpunkt gefesselt im Kofferraum ihres eigenen Autos, den Mund mit einem Klebestreifen verschlossen. Da sie nicht an den Inhalator in ihrer Tasche herankam, erstickte sie qualvoll, während ihre Entführer sie zu ihrem Versteck kutschierten. Das wird der Grund dafür gewesen sein, dass die Lösegeldforderung erst am nächsten Tag an den Ehemann übermittelt wurde. Man war aufgrund der unerwarteten Wendung paralysiert und musste erst über das weitere Vorgehen nachdenken. Als Braun dann am Dienstag verspätet mit dem Geld auf der Waldlichtung auftauchte, verloren die Kidnapper die Nerven und suchten vorher das Weite. Oder aber wir sind von ihnen gesehen worden.«

»Es gibt aber keine Hinweise auf Hand- und Fußfesseln, sagtest du vorhin«, wendet Chrissie Ohlsen ein. »Frau Braun hätte das Klebeband doch leicht entfernen können! Und der Zustand der Leiche ist damit schon gar nicht erklärt, immerhin hätte sie deiner Theorie gemäß mehr als drei Tage ohne Kühlung gelegen!«

»Das mit der Leiche wird hoffentlich bald zu klären sein«, nickt Heller. »Und Wundmale, wie sie zum Beispiel von Stricken herrühren, waren in der Tat keine vorhanden. Aber das muss ja nichts heißen. Die Entführer haben hier vermutlich ebenfalls Klebeband benutzt. Womöglich hat man die Leiche gründlich gereinigt, bevor sie dort an der Abtei abgelegt wurde. Schon allein, um keine Hinweise bezüglich des Ortes zu hinterlassen, wo sie vorher war. Das Gesicht wird man dabei übersehen haben. Kommen wir aber zum Ende: Die Entführer planten für den Mittwoch eine weitere, kurzfristig anberaumte Geldübergabe ein. Da Alma Braun zu diesem Zeitpunkt tot war, brauchten sie sich nicht mit ihr zu belasten und waren so in der Lage, im Getümmel des Shoppingcenters mit dem Geld, das sie auf mehrere Personen aufteilten, unerkannt zu verschwinden.«

»Wir haben ja seit gestern Nachmittag endlich den verschollenen Wagen«, fügt Wolfgang Müller an. »Wie ihr wisst, fanden Kollegen der Streife ihn auf einem einsamen Parkplatz mitten im Wald. Die Straße heißt ›Mauspfad‹ und führt von Troisdorf nach Köln. Ob die Lokalität auf die Operationsbasis der Kidnapper schließen lässt, ist dagegen mehr als fraglich, da die Leiche mehr als zwölf Kilometer entfernt in einer komplett anderen Richtung abgelegt wurde.«

»Ich gehe ebenfalls davon aus, dass die das zu unserer Verwirrung so arrangiert haben«, gibt Heller ihm recht. »Jürgen hat aber versprochen, sich mit der Untersuchung des Fahrzeugs zu beeilen, sodass wir hoffentlich zu Beginn nächster

Woche schon mehr wissen. Falls Alma Braun in diesem Auto mehrfach transportiert wurde, werden Spuren davon zurückgeblieben sein. Und von der Person, die das Auto fuhr, hoffentlich ebenfalls!«

Heller dreht sich zur Tafel, wo seit neuestem eine Phantomzeichnung hängt, von Chrissie Ohlsen zu Beginn der heutigen Besprechung dort angebracht. Das Bild zeigt einen melancholisch dreinblickenden, bartstoppeligen Mann in den Sechzigern, wie er zu erkennen glaubt. Auf dem Kopf trägt er eine sogenannte Seemannsmütze aus Wolle, unter der dunkles lockiges Haar hervorquillt. »Und was haben wir hier?«, wendet er sich mit hochgezogenen Augenbrauen Ohlsen zu und dokumentiert damit gleichzeitig das Ende der bisherigen Diskussion. »Hat der Mann dort irgendetwas mit unserem Fall zu schaffen, Chrissie?«

»Wohl eher nicht. Darf ich vorstellen: Das ist Richie! Mehr als dieser Spitzname, der eventuell auf Richard zurückzuführen ist, war aber aus dem Obdachlosen, der gestern bei mir auftauchte und besagten Richie als vermisst meldete, nicht herauszubekommen. Sicher ist nur, dass er hier in Siegburg verschwand, wahrscheinlich vor etwa zwei Wochen.«

»Wir haben ja auch nicht genug zu tun!«, seufzt Heller. »Aber niemand soll uns nachsagen, wir nehmen die Sorgen und Nöte unsere Mitmenschen der untersten Gesellschaftsschichten nicht ernst. Versuch also, irgendwas zu diesem *Richie* herauszubekommen. Am besten begibst du dich dazu in die Gegenden, wo solche Leute meist zu finden sind: am Bahnhof und in der Fußgängerzone. Geh besser allein dorthin, denn bekanntlich reden diese Menschen mit unsereins nicht besonders gerne.« Er grinst die Kommissarin offen an. »Und du siehst von uns allen noch am wenigsten nach Bulle aus!«

»Na, herzlichen Dank auch!«, grummelt Chrissie verstimmt. Aber Tobias hat recht: Mit 1,62 Meter Körpergröße und einer zierlichen Gestalt macht die junge Polizistin einen eher harmlosen Eindruck, was aber ganz und gar nicht der Realität entspricht. Die Trägerin eines schwarzen Gürtels für den zweiten Dan in Ju-Jutsu ist nämlich auch ohne Schusswaffe alles andere als wehrlos!

»Schau dir aber vorher mal die Fotos von Vorbestraften mit langer Haftzeit an«, rät Wolfgang Müller ihr. »Wenn mich nicht alles täuscht, prangt doch unter Richies linkem Auge eine tätowierte Träne. Diese ›Knasttattoos‹ sind derzeit der Renner, auch wenn sie ihren Ursprung eigentlich in schlechten Fernsehkrimis haben. Meist haben Kerle mit solchen Tränen jemanden getötet, konzentriere dich also bei der Suche auf Verurteilungen wegen Totschlags und auf die ›Lebenslangen‹, die auf Bewährung draußen sind. Das wären demnach alle Freiheitsstrafen, die vor mindestens zehn beziehungsweise zwanzig Jahren verhängt wurden. In Verbindung mit dem vermuteten Alter von etwa Sechzig Jahren sollte es möglich sein, seine Identität zu lüften.«

»Das ist ein guter Vorschlag, Wolfgang!«, lobt Heller den Kollegen. »Und wo wir schon dabei sind: Du fährst mit Horst gleich anschließend ein weiteres Mal zu dem Weber raus! Ich will endlich Klarheit darüber haben, ob der Mann am Montag etwas von der Entführung mitbekommen hat, oder nicht! Denise und ich fahren zur Volksbank und nehmen uns die Angestellten Brauns vor. Dazu sind wir gestern nicht mehr gekommen, weil die Bank schon geschlossen hatte, als wir mit Braun aus Bonn zurückkamen. Zumindest eine der Mitarbeiterinnen ist uns aber aufgefallen. Entweder hat Eleonore Wichartz ein Verhältnis mit dem Bankdirektor, oder sie ist auf ihn fixiert. Jedenfalls benahm sie sich etwas merkwürdig.«

»Steht Braun denn ebenfalls unter Verdacht?«, will Chrissie Ohlsen wissen.

»In einem Fall wie diesem ist *jeder* verdächtig«, belehrt Heller sie lächelnd. »Thomas Braun aber hat das allerbeste Alibi, das man bekommen kann: Wir alle haben bekanntlich seit Montag förmlich an seinem Hintern geklebt! Zudem ist Brauns Abwesenheit zur Tatzeit nicht nur durch den Zeugen Weber bestätigt, der ihn wegfahren und wiederkommen sah. Es gibt ebenfalls einen unwiderlegbaren Videobeweis, wie ihr wisst. Da die Kamera aber nur die Geschehnisse unmittelbar vor seinem Haus erfasst hat, ist die Aussage Webers so enorm wichtig für uns. Er saß vor Brauns Grundstück auf einer Parkbank und *muss* einfach etwas mitbekommen haben!«

* * *

Heute ist es Horst Weiland, der zum zweiten Mal innerhalb einer Minute an Ferdinand Webers Haustür klingelt. Länger dieses Mal, aber mit demselben Ergebnis wie zuvor oder gestern. Nichts rührt sich.

Im Haus ist alles ruhig und die herabgelassenen Jalousien lassen es verlassen aussehen.

»Wir sind wieder umsonst hier rausgefahren, Wolfgang«, brummt er missmutig. »Das sieht auch irgendwie alles genauso aus wie gestern. Ob der in Urlaub gefahren ist?«

»Erwähnt hat er es nicht, als wir am Dienstag die Videoaufnahmen seiner Überwachungskamera abgeholt haben«, erinnert sich Wolfgang Müller stirnrunzelnd.

Weilands Blick ist derweil zur Seite gewandert, zur Garage hin, wo besagte Kamera zumindest bei ihrem ersten Besuch am Dienstagmorgen angebracht war. Jetzt ist sie nämlich nicht mehr da, nur lose Kabelenden ragen noch aus der Wand und zeugen von einer ehemaligen Installation.

»Apropos Kamera!«, macht Weiland den Freund auf seine Entdeckung aufmerksam, indem er ihm den Ellenbogen in die Seite stupst. »Sie ist weg! Kannst du dich erinnern, ob das gestern auch schon der Fall war?«

»Hab ich nicht drauf geachtet«, gesteht Müller. »Aber jetzt wo du es erwähnst ... hier stimmt was nicht, das sage ich dir!«

»Meldet sich wieder dein Bauchgefühl?«, neckt sein Partner ihn, weil Intuitionen eigentlich nicht so recht zu Wolfgang passen. Er ist eher der rationale Typ. »Aber du liegst vermutlich richtig, mir kommt das auch reichlich verdächtig vor. Komm, wir gehen einmal um das Haus herum. Wenn wir

Glück haben, gibt es ein Fenster auf der Rückseite, durch das man hineinschauen kann.«

Sie folgen einem schmalen, mit Steinplatten ausgelegten Weg, der rechts um das Haus herum in den Garten führt. Bei einem der beiden Fenster im Erdgeschoss, an denen sie vorbeikommen, ist der Rollladen nicht vollständig geschlossen. Ein Blick durch die kleinen Löcher zwischen den Lamellen in den dunklen Raum dahinter ist jedoch aufgrund der gleißenden Helligkeit hier draußen nicht von Erfolg gekrönt. Vorsichtig pirschen sich die Kommissare weiter. Und sie haben Glück: Auf der Rückseite, gleich neben der Hintertür, finden sie ein Fenster mit hochgezogenen Jalousien. Horst Weiland legt beide Hände als Schutz gegen die Helligkeit an sein Gesicht und späht angestrengt durch die Scheibe, lässt die Blicke schweifen. Plötzlich stutzt er. Sind das nicht zwei Beine, die da jenseits einer offenen Tür in sein Gesichtsfeld ragen?

»Ich seh' was!«, ruft er seinem Partner zu. »Du, da ist was passiert, wir müssen da sofort rein! Meinst du, dass du die aufkriegst?«, zeigt er auf die Tür gleich neben dem Fenster.

»Ich dachte schon, du fragst nie!«, grinst Müller. Sekunden später wirft er sich mit voller Wucht gegen besagte Tür, die dem Ansturm seiner hundert Kilogramm Lebendgewicht aber erst im zweiten Anlauf weicht. Krachend fliegt sie aus den Angeln. Vorsichtig, nach allen Seiten sichernd und mit gezückten Pistolen, betreten die Kommissare das Gebäude.

* * *

Das Beinpaar, welches Horst Weiland durch das Fenster sah, gehört zu Ferdinand Weber, der am Fuße einer Treppe, die ins Obergeschoss führt, mit verrenkten Gliedern leblos auf dem Fußboden der Diele liegt. Um seinen Kopf herum hat sich eine große Lache aus getrocknetem Blut gebildet. Unfall oder Überfall?

»Der liegt nicht erst seit heute so da!«, ruft Wolfgang Müller aus und steckt zunächst die Waffe ins Holster zurück. Er kniet sich besorgt neben den wie tot daliegenden Mann. Nach einer bangen Minute, in der Müller mehrmals versuchte, ein Lebenszeichen zu erhalten, richtet er sich ächzend auf und schaut seinen Partner ernst an.

»Wie es aussieht, hat er sich bei einem Sturz von der Treppe mehrere Arm- und Beinbrüche sowie eine schlimme Kopfverletzung zugezogen«, berichtet er dem Kollegen. »Aber er lebt, sein Puls ist jedoch kaum noch fühlbar. Wir hätten keine Stunde später nach ihm sehen dürfen. Ruf einen Rettungswagen, Horst!«

»Okay«, gibt Weiland zurück. Er hatte das Handy ohnehin schon zur Hand genommen. »Und du informierst bitte in der Zwischenzeit Tobias, er soll die SpuSi in Marsch setzen. Wer weiß, ob das hier ein Unfall gewesen ist!«

Nachdem die notwendigen Telefonate getätigt sind, haben die Kommissare nichts weiter zu tun, und vertreiben sich die Zeit damit, das Haus - jetzt wieder mit gezogenen Schusswaffen - zumindest oberflächlich nach verdächtigen Anzeichen oder gar versteckten Eindringlingen zu durchsuchen.

Fündig werden sie aber nicht, außer ihnen und dem Schwerverletzten ist niemand anwesend.

* * *

Chrissie Ohlsen brennen vom permanenten Starren auf den Bildschirm die Augen. *Ich sollte bald dringend mal eine Pause einlegen*, denkt sie und schaltet die Anzeige aus der *INPOL* Datenbank auf das nächste Bild. *Aber ich mache noch eine Stunde. Habe ich bis dahin nichts gefunden, gehe ich mal raus ins Milieu und befrage die Obdachlosen nach diesem Richie!*

Ein automatischer Abgleich einer Zeichnung mit den Bildern verurteilter Straftäter ist im Allgemeinen sinnlos, da die Software zur Gesichtserkennung dazu nicht genügend ausgereift ist. Gleichwohl läuft aber sicherheitshalber seit geraumer Zeit ein solcher Vergleich in einem anderen Fenster. Einen Versuch ist es unbedingt wert, und schaden kann es ja nicht.

Die Basis für ihre Recherche bilden dabei alle männlichen Straftäter mit Haftstrafen von mindestens zehn Jahren oder lebenslänglich, die ihre Strafe verbüßt haben und auf freiem Fuß sind. Berücksichtigt man die bei vorzeitiger Entlassung üblichen Bewährungsfristen, kommt ein Zeitraum von zwischen zwanzig und zehn Jahren seit der Verurteilung infrage. Das heutige Alter der zu überprüfenden Kandidaten hat sie großzügig auf zwischen Fünfzig und Siebzig festgesetzt.

Der nächste Datensatz ist an der Reihe. Die Kommissarin merkt schon gar nicht mehr, wie sie die

Bilder mechanisch nach kurzer Begutachtung wei-
terschaltet. *Wie viele waren das jetzt? Sicherlich so an
die hundert Datensätze!* Plötzlich stutzt sie und
schaut sich das aktuelle Foto wieder etwas genauer
an. *Wenn man sich die Mütze wegdenkt ... und das
Tattoo, das er bei der Verurteilung ja sicher noch nicht
hatte ... Nein, das ist er nicht, Richie hat keine Narbe
auf der Wange. Schade!*

In diesem Augenblick gibt das Fenster mit dem
automatischen Abgleich ein leises ›*Pling*‹ von sich.
Treffer! Ohlsen ist wie vom Donner gerührt, damit
hatte sie ja nun überhaupt nicht gerechnet. Aber
wie war nochmal die Sache mit dem Huhn und
dem Korn? Mit einem Mausklick bringt sie das Pro-
gramm in den Vordergrund, um das angezeigte
Ergebnis zu begutachten. Ein traurig aussehender
Mann, zum Zeitpunkt der Aufnahme Mitte bis Ende
Vierzig, blickt ihr entgegen. Daneben ist das Phantombild zum Vergleich eingeblendet. Es besteht
nicht der Hauch eines Zweifels: »Hallo Richie!«,
flüstert Chrissie Ohlsen und widmet sich den eingeblendeten Daten des Herrn.

Es handelt sich um einen Richard Lohmeier,
verurteilt 2006 zu zehn Jahren Haft wegen Totschlags. Der damals Sechsundvierzigjährige dürfte
demnach heute neunundfünfzig Jahre alt sein. Vor-
zeitig auf Bewährung entlassen, verschwand er
nach Ende der dreijährigen Bewährungszeit von
einem Tag auf den anderen aus dem Fokus der
Behörden. ›Derzeitiger Aufenthaltsort unbekannt‹,
steht in der Bemerkungsspalte. Eine DNA-Probe
wurde seinerzeit nicht in die Akte übernommen,

sodass nur die Fingerabdrücke als sicheres Erkennungsmerkmal vorliegen.

Sieht so aus, als hätten wir dich jetzt irgendwie wiedergefunden, konstatiert Ohlsen in Gedanken. *Und gleich wieder verloren. Du scheinst ja eine gewisse Vorliebe fürs Untertauchen zu haben!* Ihr Interesse ist geweckt. *Ich werde mich mal auf die Suche nach dir begeben*, beschließt sie und greift nach ihrer Dienstwaffe.

* * *

Zwei Stunden später, die sie mit dem Aufsuchen gewisser Lieblingsplätze von Obdachlosen verbrachte, ist Chrissie Ohlsen um einige Illusionen ärmer. Kaum jemand der von ihr Angesprochenen war bereit, mit ihr zu reden. Offenes Misstrauen schlug ihr mehr als einmal entgegen.

Natürlich ist allgemein bekannt, dass diese Leute kaum mit Menschen außerhalb ihrer verschworenen Gemeinschaft sprechen, vom obligatorischen Schnorren einmal abgesehen. Und genau dies brachte sie schließlich auf eine Idee: Am Bahnhofskiosk deckte sie sich mit einem Päckchen Zigaretten und einem Flachmann mit Hochprozentigem ein. Die Zigarettenschachtel öffnete sie und entnahm ihr einige der Tabakstäbchen, um eine angebrochene Packung vorzutäuschen.

Derart gerüstet begibt sie sich nun auf die Suche nach einem weiteren ›Opfer‹. Ihr geübtes Auge macht nach wenigen Augenblicken einen Mann mittleren Alters in schäbiger Kleidung aus, der sich auf einer Holzbank zur Rast niedergelassen hat, wobei er sein gesamtes Hab und Gut in einem wahrscheinlich geklauten Einkaufswagen neben sich stehen hat. Chrissie schlendert, die Hände lässig in den Taschen vergraben, zur Bank und wirft einen neugierigen Blick in den Wagen.

»Lass du ja deine Finger aus meinem Wohnzimmer, Kindchen«, schnarrt sie eine raue, unfreundliche Stimme an. »Such dir gefälligst selbst was zusammen! Haste mal 'ne Kippe für mich?«, fügt er mit lauerndem Blick an, nachdem er sie aufmerksam gemustert hat und offenbar zu dem Schluss gekommen ist, dass von der kleinen, geschmackvoll gekleideten Person keine Gefahr droht.

Chrissie greift in die Tasche und holt die ›angebrochene‹ Zigarettenschachtel hervor. »Hier, die kannste alle haben«, imitiert sie seine Sprechweise. »Wollte das Rauchen sowieso aufgeben.«

»Und das Saufen willste dir nicht zufällig auch abgewöhnen?«, fragt der Mann listig, nachdem er die Glimmstängel blitzschnell in der Hosentasche verschwinden ließ. »Könnte 'nen ordentlichen Schluck vertragen.«

»Kommt darauf an«, lässt Chrissie sich auf das Spiel ein. Es beginnt ihr langsam Spaß zu machen. Sie fördert den Flachmann aus der Jackentasche zutage. »Ich hätte nämlich eine Frage an dich, ich suche da jemanden.« Kurz entschlossen reicht sie ihm den Schnaps. »Hier, nimm schon mal 'nen Schluck!«

»Mann, ist das ein guter Tropfen!« Der Mann schnalzt genießerisch mit der Zunge. »Siehst überhaupt nicht aus wie ein Bulle!«, bemerkt er dann übergangslos mit einem zugekniffenen Auge.

»Äh ... wie kommst du darauf, dass ich ein Bulle bin?«, versucht Ohlsen, ihre Überraschung zu überspielen. Offenbar hat sie sich durch irgendetwas verraten.

»Hab die Knarre unter deinem schicken Blazer gesehen. Damit magst du ja die anderen täuschen, aber ich war selbst mal bei der Truppe. Hab das sofort geschnallt!«

»*Du* warst bei der Polizei?«, fragt Chrissie ungläubig. »Was ist passiert?«

»Ist lange her, Kindchen. Ich hab damals einen erschossen, 'nen jungen Burschen, der 'ne Tanke überfallen hatte und wild um sich ballerte, als wir auftauchten. Hab dann das Saufen angefangen, und irgendwann fand ich mich hier auf der Straße wieder ...« Er wischt sich über die Augen, wie um die Schatten der Vergangenheit zu verjagen. »Dann mal raus mit der Sprache: Wen suchst du?«

Ohlsen zieht die Phantomzeichnung aus der Tasche. »Kennst du den? Nennt sich Richie. Laut seinem Kumpel ist er seit zwei Wochen abgetaucht.«

»Etwa der Schorsch?«, lacht der immer noch namenlose Mann. »Das Kerlchen läuft dem Richie wie ein Hündchen hinterher ... Aber jetzt, wo du es sagst: Gesehen hab ich den auch schon 'ne halbe Ewigkeit nicht mehr, das wird wohl tatsächlich so um die zwei Wochen her sein ... Tut mir leid, da kann ich dir nicht weiterhelfen.«

»Hat er was gesagt, als ihr euch das letzte Mal gesehen habt? Dass er vorhatte, zu verschwinden? Oder könnte er vor irgendwas davongelaufen sein?«

»Der Richie? Der hatte vor niemandem Angst! Aber warte ... irgendwas Merkwürdiges sagte er schon beim letzten Mal ... sowas wie, ›er würde sich für eine Weile abseilen, weil er dringend was Geschäftliches zu erledigen habe‹ oder etwas in der Art. Da war aber der Schorsch ausnahmsweise mal nicht in seinem Orbit. Das hörte sich für mich nach was Großem an. Aber ich dachte, der will sich bloß wichtig machen.«

»Große Geschäfte?«, dehnt Chrissie und hebt überrascht die Augenbrauen. Was ist mit dieser Information anzufangen? Ungeachtet dessen ist Richard Lohmeier aber, wie es scheint, freiwillig untergetaucht und somit wäre ihr Auftrag erledigt. *Aber was hat einer wie er für ›große Geschäfte‹ zu erledigen?*, grübelt sie, greift ein letztes Mal in die Tasche und gibt dem Mann eine ihrer Visitenkarten. »Hier, nimm diese Karte von mir. Falls du mal in die Nähe eines Telefons kommst und dir noch etwas zu Richie einfällt. Kannst aber auch einfach laufen, das Revier ist ja gleich um die Ecke.«

»Christina«, liest er ihren Vornamen vor. »Schöner Name. Passt zu dir!«

»›Chrissie‹ für dich. Und vielen Dank für das Gespräch«, verabschiedet sie sich lächelnd von ihrem Gesprächspartner und wendet sich zum Gehen.

»Ich habe zu danken!«, ruft er ihr hinterher. »Für den Schnaps und die Kippen! Ach, übrigens ...

Wenn du mich nochmal suchst: frag am besten nach dem alten Mike!«

* * *

»Gibt es schon etwas Neues von Ferdinand Weber?«, fragt Tobias Heller als Erstes auf der kurz vor Feierabend aufgrund der Ereignisse des Tages nochmals einberufenen Besprechung. Seine Frage ist an die Oberkommissare Weiland und Müller gerichtet.

»Wir sind selbstverständlich mit ins Krankenhaus gefahren«, berichtet Horst Weiland. »Webers Zustand sei äußerst kritisch, sagte der diensthabende Arzt. Wenn der Patient die Nacht übersteht, habe er aber gute Überlebenschancen. Wir werden umgehend benachrichtigt, sobald Weber das Bewusstsein wiedererlangt hat und ansprechbar ist.«

»Wie schätzt ihr die Sache ein? Könnte es ein Anschlag auf sein Leben gewesen sein? Oder ein aus dem Ruder gelaufener Einbruch?«

»Keine Ahnung, Tobias«, gibt Wolfgang Müller zurück. »Offensichtliche Spuren haben wir so auf Anhieb nicht gesehen. Er könnte demnach auch einfach bloß unglücklich die Treppe hinuntergefallen sein.«

»In Anbetracht der Tatsache, dass die Kamera entfernt wurde, erscheint mir die Unfall-Theorie nicht sehr wahrscheinlich!«, äußert sich Denise Malowski dazu. »Das wäre ein zu großer Zufall. Ich gehe eher davon aus, dass die Entführer sich daran erinnert haben, den Mann am Montag auf der Bank vor dem Haus gesehen zu haben und am nächsten Tag oder in der Nacht zurückkamen, um einen gefährlichen Mitwisser zu beseitigen.«

»Der Arzt sagte, Weber sei total dehydriert gewesen, so als habe er mindestens zwei Tage und Nächte dort am Fuße der Treppe gelegen«, nickt Horst Weiland bestätigend. »Das könnte demnach hinkommen. Es käme aber nur der späte Dienstagabend oder die Nacht in Betracht, da wir zuvor noch bei ihm waren, um die Aufzeichnungen zu holen.«

»Habt ihr diesbezüglich etwas für uns?«, wendet Heller sich an den Leiter der Forensik.

Jürgen Vogel erhebt sich umständlich von seinem Stuhl, wie immer, wenn er mehr als ein paar Sätze vorzubringen gedenkt. »Als Erstes ist uns die zertrümmerte Hintertür aufgefallen. Aber wie ich hörte, ist das ja hinreichend geklärt«, grinst er in Richtung Müller, der ein unbeteiligtes Gesicht aufgesetzt hat.

»Die Videokamera am Vordach der Garage wurde gewaltsam entfernt«, fährt Vogel ungerührt fort. »Die abgerissenen Kabelenden sprechen eine mehr als deutliche Sprache. Ist alles mit Fotos in meinem Bericht dokumentiert. Was die Hintertür angeht, wurde sie vor dem ungestümen Eindringen unseres jungen Kollegen mindestens schon einmal unsachgemäß geöffnet. Und zwar haben meine Leute Spuren eines Dietrichs oder eines Lock-Sets festgestellt. Allerdings ist das Schloss in dieser Hinsicht nicht sonderlich anspruchsvoll, das hätte meine Oma aufbekommen!«

»Fingerabdrücke?«, hakt Heller nach.

»Nur die des Hausherrn, der Eindringling wird Handschuhe getragen haben. Im Obergeschoss waren Schränke und Schubladen durchwühlt worden, es könnte sich daher um einen aus dem Ruder gelaufenen Einbruch gehandelt haben. Mehr ist dazu aus unserer Sicht nicht zu sagen. Lohnender für euch wird aber sein, was wir in dem sichergestellten Honda an Spuren fanden«, wechselt der Forensiker das Thema. »Und zwar belegen einige Kopfhaare und Hautschuppen eindeutig, dass ein Mensch im Kofferraum dieses Fahrzeugs transportiert wurde! Ob es sich dabei um Alma Braun gehandelt hat, wird die DNA-Analyse ergeben, die ich bereits in Auftrag gegeben habe.«

»Okay, das deckt sich mit unseren eigenen Ermittlungsergebnissen und Vermutungen«, nickt Heller. »Gibt es sonst noch irgendwelche Erkenntnisse?«, erkundigt er sich lauernd. Jeder der Anwesenden weiß, dass Vogel brisante Informationen gerne bis zum Schluss zurückhält.

»Und ob! Die Reifenabdrücke am Fundort der Leiche passen haargenau zum Profil des Honda. Es dürfte daher so gut wie gesichert sein, dass die Tote am Mittwoch mit diesem Fahrzeug transportiert wurde. Auf der Beifahrerseite fanden wir außerdem haufenweise Fingerabdrücke auf Seitenfenster und Konsole. Ein Abgleich mit denen der Besitzerin und ihres Ehemannes war negativ, für die Abfrage der *INPOL* Datenbank seid jetzt ihr zuständig. Ist alles in meinem Bericht dokumentiert. Übrigens fanden wir ein ausgeschaltetes Handy im Handschuhfach, Amara untersucht es gerade. Fingerabdrücke sind zwar keine darauf, aber ich denke, es wird sich herausstellen, dass es der Toten gehörte.«

»Danke Jürgen. Ich hoffe, dass uns das weiterbringen wird. Wobei das Handy selbst dann eher Nebensache ist, wenn es Alma Braun gehörte. Wäre es in der Zwischenzeit eingeschaltet worden, hätten wir dies ja durch die stille SMS mitgeteilt bekommen. Allenfalls besteht Interesse an den Daten, die sich darauf befinden. Kontakte und so weiter. Wenn wir die bitte schnellstmöglich bekämen, wäre das toll! Und was ist mit deinem verschwundenen Obdachlosen?«, wendet er sich Chrissie Ohlsen zu, die einen äußerst zufriedenen Eindruck macht und es kaum erwarten kann, ihren Bericht abzugeben.

»Das war relativ easy«, beginnt sie fröhlich. »Die Identität des Herrn war über *INPOL* schnell herausgefunden. Richard Lohmeier wurde 2006 zu zehn Jahren Haft verurteilt. Er hatte einen Mann, der Frau und Tochter bei einem Verkehrsunfall tötete und anschließend Fahrerflucht beging, in eigener Regie aufgespürt und gerichtet. Er hatte Glück, mit einer Verurteilung wegen Totschlags einigermaßen glimpflich davonzukommen. Nach Verbüßung seiner Haftstrafe tauchte er unter. Er lebt auf der Straße und ist mit dem gesuchten Richie identisch.«

Anschließend gibt Chrissie Ohlsen eine kurze Zusammenfassung über ihr Gespräch mit dem obdachlosen Ex-Polizisten ab, wobei sie ihre Einschätzung betont, dass Lohmeier freiwillig dem Milieu zumindest vorübergehend den Rücken kehrte, um etwas für ihn offenbar immens Wichtiges zu erledigen. »Eine Straftat liegt somit nicht vor«, beendet sie den Bericht. »Auftrag ausgeführt!«

»Danke Chrissie, dann ist das ja wenigstens schon mal vom Tisch«, schließt Tobias Heller das Thema ab. »Deine Auslagen für die Zigaretten und den Schnaps kannst du als Spesen geltend machen, ich werde den Antrag befürworten. Und was diesen ›Mike‹ angeht, glaube ich zu wissen, wer das ist. Es tut zwar nichts zur Sache, aber der Vollständigkeit halber will ich euch seine Geschichte nicht vorenthalten.«

Hellers Blick scheint in weite Ferne zu gehen. »Das wird jetzt an die fünfzehn Jahre her sein«, erinnert er sich. »Ich selbst war damals noch nicht bei der Polizei, aber die Geschichte wurde jahrelang allen Neulingen brühwarm aufgetischt. Michael Gerlach war ein gewissenhafter und engagierter Streifenpolizist in Bonn. Er war gerade erst zum Polizeikommissar befördert worden, als er mit mehreren Kollegen zu einem bewaffneten Überfall auf eine Tankstelle gerufen wurde. Der Täter - ein Sechzehnjähriger - schoss wild um sich, als die Beamten eintrafen.«

Tobias stößt einen tiefen Seufzer aus und schaut seine Kollegen der Reihe nach ernst an. »Gerlach versuchte, ihn mit einem Schuss in den Oberschenkel zu stoppen. Aber das Geschoss zerfetzte eine Arterie, der Junge verblutete in seinen Armen, bevor der Rettungswagen eintraf. Er hat den sinnlosen Tod des jugendlichen Täters nie verwunden und fing das Trinken an. Ein Jahr später quittierte er den Dienst und verschwand spurlos. Ich denke, du hast ihn heute wiedergefunden, Chrissie!«

Betretenes Schweigen folgt Hellers Worten. Sie alle, die heute hier mit am Tisch sitzen - Jürgen Vogel ausgenommen - wissen, dass ihnen etwas Ähnliches jederzeit passieren kann. Auf einen Menschen geschossen hat aber außer Christina Ohlsen bislang niemand. Und diese fast drei Jahre zurückliegende Geschichte ging zum Glück für alle Beteiligten relativ glimpflich aus.

Ein Räuspern holt sie alle auf den Boden der Tatschen zurück. Es kommt von Denise. »Kommen wir zum Abschluss zur Vernehmung der Angestellten der Volksbank«, bringt sie mit rauem Ton vor, der belegt, dass ihr das soeben Gehörte nicht in den Kleidern hängengeblieben ist.

»Tobias und ich haben die Mitarbeiter und Mitarbeiterinnen Brauns durchleuchtet und keine verdächtigen Momente feststellen können«, fährt sie nach einem weiteren Räuspern fort. »Eine der Kundenberaterinnen, Eleonore Wichartz, hatten wir ja anfangs im Verdacht, eine Affäre mit Braun zu haben. Wie sich herausstellte, handelt es sich dabei aber eher um eine Obsession, die beim letzten Betriebsausflug darin gipfelte, dass sie ihren Vorgesetzten offen anbaggerte, sich aber eine Abfuhr einhandelte.«

»Sie könnte aber dennoch in die Entführung verwickelt sein«, mutmaßt Ohlsen. »Das wäre ja nicht ungewöhnlich. Verschmähte Liebe kann ein starker Antrieb sein!«

»Das ist schon richtig«, gibt Heller ihr recht. »Auf jeden Fall kannte sie seine Frau persönlich, sagte Thomas Braun. Sie sei einmal bei ihm zu Hause gewesen, um ihm irgendwelche Unterlagen zu bringen. Und nach ihren eigenen Angaben war Alma Braun im letzten Jahr bei ihr, um gemeinsam mit ihrem Mann gegenseitig Lebensversicherungen zugunsten des Ehepartners abzuschließen. Sie hat jedoch für alle Zeiten, die etwas mit der Sache zu tun haben, ein Alibi. Und eine Verbindung zu anderen eventuell verdächtigen Personen müssten wir ihr erst nachweisen! Ich schlage vor, wir gehen jetzt alle in das verdiente Wochenende. Bevor die Ergebnisse der DNA-Analysen vorliegen, geht es ohnehin nicht weiter. Wir sehen uns dann Montagmorgen in alter Frische!«

KAPITEL 6

»So eine Giftnatter!«, ruft Tobias Heller aufgebracht aus und klatscht den *Rhein-Sieg-Echo* vom Wochenende unbeherrscht auf den Schreibtisch, wobei er um ein Haar die zum Glück noch leere Kaffeetasse umgeworfen hätte, die vor ihm steht. Was ihm wiederum ein missbilligendes Kopfschütteln seitens seiner Kollegin Denise Malowski einbringt.

»Wer ist eine Giftnatter? Die Leitner?«, fragt sie mit einem wissenden Blick auf die aufgeschlagene Tageszeitung. »Aber das wussten wir doch längst! Warum liest du den Mist überhaupt? Was hat sie denn jetzt wieder abgesondert?«

»Was die Leitner dieses Mal von sich gibt, setzt allem, was sie sich bisher geleistet hat, absolut die Krone auf. Ich hätte nicht übel Lust, ihr eine fette Verleumdungsklage anzuhängen! Hier, lies selbst«, brummt Tobias missgelaunt und schiebt ihr die Zeitung zu.

»Schau doch mal nach, ob sie noch unbezahlte Strafzettel wegen Falschparkens offen hat«, schlägt Denise grinsend vor und greift zur Zeitung, um sich dem Artikel zu widmen.

»Dagegen können wir nichts unternehmen, Tobi!«, meint Denise und gibt ihm die Zeitung zurück. »Namen hat sie ja keine genannt, und Mutmaßungen sind vor Gericht als Straftatbestand der Verleumdung nicht relevant. Die Klage kannst du dir also sparen. Mich würde viel mehr interessieren, wen die mit ›zuverlässiger Quelle‹ meint! Von uns kommt das nämlich nicht!«

»Das ist mir vollkommen klar, Denise! Ich könnte mir aber durchaus vorstellen, dass Thomas Braun sich aus eigenem Antrieb an die Presse gewandt hat. Jetzt, wo seine Frau tot ist, hat er nichts mehr zu verlieren und besonders gut auf uns zu sprechen ist er garantiert auch nicht. Was unsere Namen betrifft: In dem Artikel von Freitag, auf den die Leitner sich ja hier ausdrücklich bezieht, sind wir beide sehr wohl namentlich genannt! Das war garantiert von Anfang an von ihr so geplant. Geschickt eingefädelt!«

»Warum gehst du nicht schon mal zur Haupt-poststelle runter und schaust nach, ob die Humangenetik sich übers Wochenende gemeldet hat?«, schlägt Denise ihm vor. »Wir könnten die Ergebnisse heute gut gebrauchen, jetzt, wo wir mal wieder festhängen. Ich versuche in der Zwischen-zeit, in *INPOL* reinzukommen. Die waren am Frei-tag offline, sodass ich die Fingerabdrücke, die Jür-gens Leute in dem Honda sichergestellt haben, nicht mehr mit der Datenbank vergleichen konnte.«

»Ist gut«, brummt Tobias, wohl wissend, was die Partnerin ihm eigentlich sagen will: »*Du gehst mir heute Morgen mit deinem Herumgemeckere mächtig auf den Zeiger.*« Zumal Denise frühestens nach der ersten Tasse Kaffee ansprechbar ist, und die Maschine läuft noch. Ein weiterer Grund, sich unverzüglich auf den Weg zu machen!

* * *

Als Tobias Heller eine Viertelstunde später mit einem Stapel Papieren unterm Arm erneut das gemeinsame Büro betritt, findet er Denise mit fins-terem Gesicht vor ihrem Computer sitzend vor. Einen halbvollen Becher Kaffee in der Hand hal-tend, hadert sie offenbar mit dem, was auf dem Bildschirm zu sehen ist.

»Ist der Kaffee nicht in Ordnung?«, neckt er sie und legt die am Wochenende eingegangene Post zur Durchsicht auf seinem Schreibtisch ab. »Oder was ist dir für eine Laus über die Leber gelaufen?«

»*INPOL* ist immer noch offline!«, schimpft sie.

»Hast du mal beim BKA angefragt? Das ist doch nicht normal!«

»Meine Schwester habe ich vorhin angerufen. Die hatten am Freitag einen großangelegten Hackerangriff im System, der die Verantwortlichen in helle Aufregung versetzte. Der Angriff wurde zwar durch die Firewall abgewehrt, aber bis zur endgültigen Klärung haben die das Auskunftssystem erstmal aus Gründen der Sicherheit abgeschaltet.«

»Hm.« Heller überlegt einige Sekunden angestrengt. »Dann frag doch mal in Düsseldorf nach!«, schlägt er dann vor. »Immerhin ist unser Computergenie Klaus Dreyer dort jetzt eine ziemlich große Nummer. Der wird uns sicher unbürokratisch weiterhelfen. Wenn wir Glück haben, sind die gesuchten Fingerabdrücke ja in deren Datenbank gespeichert.«

Der Vorschlag entbehrt nicht einer gewissen Logik, ist doch das *INPOL* Auskunftssystem beim Bundeskriminalamt in Wiesbaden im Grunde ohnehin nur ein länderübergreifendes Netzwerk der angeschlossenen Landeskriminalämter, die jedes für sich ein eigenes *INPOL* System betreiben. »Da hätte ich auch selber drauf kommen können«, verzieht Denise, verärgert über die eigene Dussligkeit, das Gesicht und greift zum Telefon.

Derweil widmet sich Tobias seiner Post. Gleich obenauf liegt ein dicker brauner, offiziell aussehender DIN-A4-Umschlag, der sofort sein Interesse erregt. Und tatsächlich: Absender ist das humangenetische Institut in Bonn und er enthält mehrere

Blätter, die er umgehend genauestens unter die Lupe nimmt. Ein zufriedenes Lächeln zaubert die bislang griesgrämige Miene hinfort, als er erkennt, was er da in den Händen hält.

»Wenn du damit fertig bist, ist gleich anschließend eine Fallbesprechung fällig!«, informiert er gutgelaunt seine Partnerin, die angeregt mit Klaus Dreyer telefoniert und zum Zeichen, dass sie ihn verstanden hat, nur die Hand hebt und mit dem Kopf nickt. »Danke, Klaus!«, hört er sie sagen. »Ich weiß deine schnelle Hilfe sehr zu schätzen. Du schickst mir die Zugangsdaten für euer System per Email? Prima!«

* * *

»Es kommt endlich Bewegung in die Angelegenheit!«, begrüßt Tobias Heller seine Leute aufgeräumt. »Und zwar haben wir heute Morgen sämtliche Auswertungen von der Humangenetik in Bonn erhalten, sogar einschließlich der erst am Freitag übersandten genetischen Spuren aus Alma Brauns Auto! Sie helfen uns zwar nicht unmittelbar, den Fall zu lösen, runden aber die bisherigen Ermittlungsergebnisse insofern ab, dass vormalige Vermutungen jetzt zur Gewissheit geworden sind!«

»Bedeutet das im Klartext, wir wissen immer noch nicht, welchen Personen namentlich die DNA-Hinterlassenschaften in der Sturmhaube und in der Garage zuzuordnen sind?«, präzisiert Chrissie Ohlsen die Aussage des stellvertretenden Kommissariatsleiters.

Heller schaut seine jüngste Kollegin sinnend an. »Zu dir kommen wir später«, erwidert er geheimnisvoll, was ihr ein ratloses Stirnrunzeln entlockt. »Aber zunächst möchte ich euch die Ergebnisse der DNA-Analysen zu Gehör bringen! Macht euch dann am besten eure eigenen Gedanken dazu.« Er wendet sich ohne ein weiteres Wort zur Tafel und beginnt zu schreiben. »Folgendes ist ab heute bekannt:

→ die DNA-Proben aus der Garage und der Innenseite der Sturmhaube sind identisch.

→ die abgeschnittenen Haare, die die Entführer in der Tiefgarage für uns zurückließen, gehören Alma Braun.

→ die Haare und Hautpartikel im Kofferraum ihres Autos stammen ebenfalls von ihr.«

»Und wie soll uns das jetzt weiterbringen?«, hinterfragt Chrissie die an das Whiteboard notierten Fakten kritisch, nachdem Tobias den Stift weggelegt hat. »Ich sehe da keinen Benefit für uns!«

»Indem wir zu den drei zugegebenermaßen für sich alleine nicht so aussagekräftigen Punkten einen Vierten hinzufügen!«, lächelt Tobias und nimmt den Stift wieder zur Hand. »In Zusammenhang mit den anderen Hinweisen wird er uns hoffentlich ein gutes Stück voranbringen:

→ die auf der Beifahrerseite in Alma Brauns Auto sichergestellten Fingerabdrücke gehören einer uns allen seit Freitag zumindest namentlich bekannten Person: Richard Lohmeier!«

Verblüfftes Schweigen breitet sich unter den Anwesenden aus. Ohlsen, Müller und Weiland, für die diese Information ja neu ist, starren ungläubig zur Tafel, als könne man allein dadurch die geschriebenen Worte ungeschehen machen. Die Konsequenz, die sich daraus ergibt, ist ohnehin allen klar.

»Das mit Lohmeier wissen wir erst seit ein paar Minuten«, hebt Tobias Heller zu einer Erklärung an. »*INPOL* ist nämlich beim BKA seit Freitag wegen eines Hackerangriffs abgeschaltet. Denise hat daher vorhin mit Dreyers Hilfe direkt die Datenbank in Düsseldorf angezapft. Wir waren selbst nicht wenig überrascht, als wir das Ergebnis der Anfrage erhielten, das könnt ihr mir glauben! Ich werde umgehend einen Haftbefehl gegen Herrn Lohmeier bei Staatsanwalt Stein beantragen und eine Fahndung nach ihm herausgeben.«

»Vielleicht ist ja heute unser Glückstag!«, bringt sich Wolfgang Müller ein. »Vorhin, als wir schon auf dem Weg hierher in den Besprechungsraum waren, rief das Krankenhaus an, in das wir am Freitag den schwerverletzten Weber einliefern ließen. Er ist über den Berg und wohl auch eingeschränkt vernehmbar, hieß es. Wir könnten ihn also zu dem Vorfall in seinem Haus befragen.«

»Das ist eine überaus positive Nachricht!«, freut sich Tobias Heller. »Ihr zwei fahrt dann gleich im Anschluss dorthin. Denise und ich werden in der Zwischenzeit analog dazu versuchen, im Obdachlosenmilieu etwas mehr über Lohmeier zu erfahren. Irgendwo in diesem Umfeld hat die Entführungsgeschichte ihren Anfang genommen, da bin ich mir sicher! Solltet ihr vor uns wieder im Kommissariat sein, befasst ihr euch schon mal mit etwaigen Verbindungen zwischen Lohmeier und den Eheleuten Braun. Es wäre ja möglich, dass die sich von früher kennen und unser Obdachloser eine Rechnung mit dem Herrn Bankdirektor oder seiner Frau offen hat. Durchleuchtet das gesamte bisherige Leben von den Dreien, wenn es sein muss! Chrissie, du nimmst dir die Videoaufnahmen aus der Tiefgarage vor. Speziell geht es mir darum, ob Lohmeier zur fraglichen Zeit dort gewesen ist! Vorher kommst du aber mit Denise und mir mit und stellst den Kontakt zu Gerlach für uns her. Dich kennt er schon und er vertraut dir. Gehen wir ans Werk!«

* * *

Dr. Ramir Farshid, Chefarzt der Neurochirurgie des Marienhospitals, empfängt Wolfgang Müller und Horst Weiland mit einem Lächeln. Nachdem die Kommissare ihr Kommen angekündigt hatten, bestand der Hirnchirurg auf einer persönlichen Unterredung, bevor er sie zu seinem Patienten Ferdinand Weber lassen wolle, wie er es ausdrückte.

Der heute sechsundvierzigjährige Iraner ist zumindest Müller kein Unbekannter, war er doch vor dreieinhalb Jahren maßgeblich an der vollständigen Genesung seiner Freundin beteiligt. Chrissie Ohlsen, damals als Kommissaranwärterin zur Probe in Donners Kommissariat überstellt, zog sich während einer ungenehmigten Ermittlung in ihrer Freizeit ein schweres Schädel-Hirn-Trauma infolge eines brutalen Überfalls zu und schwebte mehrere

Tage in Lebensgefahr, bevor die Hirnschwellung durch Dr. Farshids Behandlung zurückging.

»Herr Müller!«, begrüßt Farshid den Oberkommissar freudestrahlend und reicht ihm zur Begrüßung die Hand. »Dann sind Sie sicher Herr Weiland«, wendet er sich Müllers Begleiter zu. »Nehmen Sie doch bitte einen Augenblick Platz«, fügt er dann ernster hinzu und weist auf zwei Besucherstühle vor seinem Schreibtisch.

»Sie erinnern sich noch an mich?«, wundert sich Müller.

»Wie könnte ich Sie denn vergessen!«, lacht der Mediziner. »Sie saßen ja damals stundenlang am Krankenbett Ihrer Kollegin, als sie im Koma lag. Jeden Tag sind sie vorbeigekommen. Auch später, als Frau Ohlsen außer Lebensgefahr war, wie ich mich erinnere. Wie geht es übrigens meiner Patientin?«

»Sie ist etwas ruhiger geworden«, brummt Müller, dem das Thema sichtlich unangenehm ist. An die schreckliche Zeit voller Ungewissheit, als das Leben seiner späteren Freundin buchstäblich am seidenen Faden hing, wird er nicht gerne erinnert. Obwohl es gleichzeitig der Beginn ihrer wunderbaren und harmonischen Beziehung war. »Wie steht es denn nun um das Befinden des Herrn Weber?«, kommt er daher geschwind auf den Grund ihrer beider Anwesenheit zu sprechen.

»Sie haben natürlich recht!«, gibt Farshid dienstbeflissen zurück. »Wir sind nicht hier, um in Erinnerungen zu schwelgen. Was Herrn Weber betrifft, hatte er bei seinem Unfall unverschämtes

Glück. Aus medizinischer Sicht sind die Frakturen an Armen und Beinen nahezu vernachlässigbar, sie werden heilen und der Patient wird keine bleibenden Schäden davontragen. Innere Organe sind ebenfalls kaum in Mitleidenschaft gezogen, nur einige Nieren- und Leberquetschungen. Auch die Rückenprellungen sind eher eine schmerzhafte Angelegenheit. Was mir wesentlich mehr Sorgen bereitet, ist sein Kopf!«

»Wie darf ich das verstehen?«, beeilt sich Horst Weiland, zu fragen. »Hat er Hirnschäden davongetragen?«

»Nicht physisch, Herr Kommissar. Die Schädelverletzung, die er sich beim Sturz von der Treppe zuzog, war zunächst nicht lebensbedrohlich. Eine mittelschwere Gehirnerschütterung und ein Schädel-Hirn-Trauma zweiten Grades sind die unmittelbaren Folgen des Sturzes. Aber Sie dürfen nicht außer Acht lassen, dass Herr Weber mindestens zwei volle Tage und Nächte hilflos dort lag, bevor Sie ihm zu Hilfe kamen. Er war dementsprechend dehydriert und dem Tode näher als dem Leben. Die stark blutende Kopfwunde verursachte zudem einen recht hohen Blutverlust. In solchen Situationen, den sicheren Tod vor Augen und ohne Hoffnung auf Hilfe, flüchtet sich der menschliche Verstand gerne in abgelegene Regionen, um keinen Schaden zu erleiden.«

»Und das heißt im Klartext?«

»Das bedeutet, Herr Weiland«, entgegnet der Arzt ernst, »dass Herr Weber sich an alles, was in Zusammenhang mit dem Unfall passierte, nicht mehr erinnern kann. Dies gilt ebenso für den Auslöser für den Treppensturz. Ich fürchte, seine Aussage wird Ihnen keine allzu große Hilfe sein!«

* * *

Ferdinand Weber gleicht beinahe einer ägyptischen Mumie: Beide Arme und das rechte Bein sind eingegipst und der dicke Verband um den Kopf lässt nur das Gesicht frei. So sind Wolfgang Müller und Horst Weiland beim Betreten des Krankenzimmers wenigstens nicht auf das Namensschild an seinem Bett angewiesen. Ferdinand Weber ist bei Bewusstsein und schaut die Kommissare fragend an.

»Wie geht es Ihnen heute, Herr Weber?«, fragt Horst Weiland mitfühlend mit einem bezeichnenden Blick auf die Verbände. »Das ist ja gerade noch einmal gut für Sie ausgegangen!«

»Ich hatte schon bessere Tage«, murmelt Weber mit einem verkniffenen Gesichtsausdruck. »Der Arzt meinte, Sie beide haben mich gefunden?«

»Das stimmt. Wir hatten vor, Ihnen einige Fragen zu Ihrem Nachbarn, Herrn Braun, zu stellen. Leider haben wir aber zunächst eine schlechte Nachricht für Sie: Sie benötigen nämlich eine neue Hintertür. Wir haben sie aufgebrochen, als wir durch ein Fenster sahen, was mit Ihnen passiert war. Wir hatten aber kaum eine andere Wahl, da wir davon ausgingen, dass buchstäblich jede Minute zählte.«

»Machen Sie sich da mal keinen Kopf«, versucht der Patient ein Lächeln. »Ich bin gegen Einbruch versichert. Und Ihre Aktion war ja sowas in der Art, denke ich.« Er schaut zu Wolfgang Müller, der verlegen den Blick abwendet und stattdessen den Fußboden fixiert.

Horst Weiland nimmt sich einen der Besucherstühle, die um einen kleinen Tisch herum stehen und setzt sich vor das Krankenbett. Sein Freund und Kollege tut es ihm gleich. »Kommen wir zu Ihrem Unfall«, erhebt er zum ersten Mal seit seiner Anwesenheit die Stimme. »Woran erinnern Sie sich?«

»Bei dem Festnetzanschluss im Obergeschoss hing der Telefonhörer herunter, als wir am Freitag dort waren«, ergänzt Weiland. »Hatten Sie vor, zu telefonieren, als Sie die Treppe hinabgestürzt sind?«

Ferdinand Weber schüttelt verzweifelt den Kopf, nachdem er zuvor lange und intensiv über die Fragen der Kommissare nachgedacht hatte. »Ich vermag es wirklich nicht zu sagen«, klagt er. »Es ist, als läge ein dichter Nebel über meinem Verstand. Aber irgendetwas in mir sagt, dass ich nach oben gegangen bin, weil ich etwas Wichtiges zu erledigen hatte. Es wäre also durchaus möglich, dass ich vorhatte zu telefonieren.«

Er versucht, die Stirn in Falten zu legen, wie es viele Menschen unbewusst tun, wenn sie angestrengt nachdenken. Indes wird dieses Vorhaben durch den dicken Verband um seinen Kopf wirksam verhindert. »Ich sehe immer wieder eine dunkle Gestalt mit einer schwarzen Skimaske vor meinem inneren Auge«, flüstert er schließlich.

»Meist kurz vor dem Einschlafen, oder auch im Traum. Ich weiß aber nicht, ob es eine reale Erinnerung ist. Es tut mir leid!«

Müller schaut seinen Partner an, der bestätigend mit dem Kopf nickt. Beide denken sie dasselbe: In Verbindung mit den von Jürgen Vogel erwähnten Einbruchsspuren an der Hintertür ergibt ein maskierter Täter, der Weber in der eigenen Wohnung auflauerte, durchaus einen Sinn. Er könnte im Haus nach Speicherchips für die Videokamera gesucht haben und wurde von Ferdinand Weber dabei gestört. Zudem spielte eine Sturmhaube wie die soeben erwähnte bei Alma Brauns Entführung schon einmal eine Rolle.

»Das ist in Ordnung«, tröstet Müller den verzweifelten Mann. »Ihre Erinnerungen werden bald wiederkommen.« Es ist mehr als ein Trost, denn der Oberkommissar weiß, wovon er spricht. Seine Freundin Chrissie machte vor ein paar Jahren ja etwas Ähnliches durch und ihr Gedächtnis fing schon nach wenigen Wochen wieder an zu funktionieren.

»Können Sie uns denn wenigstens sagen, ob Sie die Kamera an der Garage selbst entfernt haben?«, stellt er seine letzte Frage. Mehr an Informationen wird hier und heute aus dem Mann nicht herauszuholen sein. »Sie befand sich nämlich nicht mehr an Ort und Stelle, als wir am Freitag bei Ihnen waren. Es sah aber für uns so aus, als wäre sie mit Gewalt aus der Wand gerissen worden.«

Der Patient schaut ihn mit großen Augen an. »Die Kamera?«, haucht er verständnislos. »Aber nein, ich würde sie niemals ... Ich kann mich ja noch an alles erinnern, was ich tat, bevor ich die Treppe nach oben ging. Da war die Kamera definitiv noch da!«

* * *

Trotz intensiver Suche und der Befragung etlicher ›Kollegen‹ Gerlachs, sowohl in der weitläufigen Fußgängerzone als auch im Umfeld des Bahnhofs, ist dieser auch nach über einer Stunde einfach nicht aufzutreiben. Niemand konnte oder wollte Tobias Heller und seinen Kolleginnen sagen, wo der Gesuchte zuletzt gesehen wurde, von einer konkreten Auskunft zu Michael ›Mike‹ Gerlachs aktuellem Aufenthaltsort ganz zu schweigen.

Unverhohlene Ablehnung schlug den Kommissaren dabei ohnehin des Öfteren entgegen. Auf die Polizei ist man in diesen Kreisen bekanntermaßen meist weniger gut zu sprechen. Jetzt stehen Heller, Malowski und Ohlsen vor dem Eingang eines großen Kaufhauses am Anfang der Fußgängerzone. Nachdem sie den ganzen infrage kommenden Bereich abgegrast hatten, erhofften sie, Gerlach hier im Getümmel des Einkaufszentrums anzutreffen. Am Bahnhof, wo Chrissie ihn beim letzten Mal fand, war er dieses Mal nicht.

»Ich denke, wir geben für heute auf«, schlägt Tobias Heller resigniert vor. »Wer weiß, wo der Kerl sich herumtreibt, und von seinen Kumpels ist offenbar keine Hilfe diesbezüglich zu erwarten.« Er schaut sich ein letztes Mal um, aber ein Mann mit einem Einkaufwagen voller Gerümpel, das für einen von der Straße aber einen Wert besitzen mag, wäre schon sehr auffällig. »Verschwinden wir von hier!«, gibt er das Kommando und wendet sich zum Gehen.

»Warte noch, Tobias«, hält Christina Ohlsen ihn zurück. »Wenn mich nicht alles täuscht, kommt da soeben Richard Lohmeiers ›spezieller Freund‹ Georg Kasper, genannt Schorsch, um die Ecke geschlichen!« Sie zeigt auf ein schmächtiges Männchen, kaum größer als sie selbst, das schräg gegenüber ihrer Position aus einer Seitenstraße kommt und sich ihnen mit schlurfenden Schritten nähert. Wirre, ungekämmte Haare, eine viel zu weite Hose, die ihm unter den Achseln kneift und ausgelatschte Schuhe: Es besteht kein Zweifel über die Identität des Kerlchens. Chrissie winkt ihm freundlich zu.

Statt jedoch seinen Schritt zu beschleunigen, reagiert Kasper völlig irrational, als er die Kommissarin erkennt: Er bleibt zuerst mit schreckgeweiteten Augen stocksteif stehen, um im nächsten Moment in die Gegenrichtung zu türmen. Ohlsen benötigt zwei oder drei Zehntelsekunden, um sich von ihrer Überraschung zu erholen, dann sprintet sie ebenfalls los.

»Los, den schnappen wir uns!«, ruft sie über die Schulter, während sie dem Mann nachsetzt. Denise und Tobias folgen ihr deutlich langsamer. Das mitunter überschäumende Temperament ihrer jüngsten Kollegin sind sie seit Jahren gewohnt und sie wissen, dass Chrissie den Flüchtenden in wenigen Augenblicken gestellt haben wird. Es besteht also kein Grund, sich übermäßig zu beeilen.

* * *

Unmittelbar vor der gläsernen Pforte der Kreispolizeibehörde an der Frankfurter Straße stehen
zwei Teenager im Alter von etwa sechzehn oder
siebzehn Jahren und diskutieren leise, aber offenbar recht aufgeregt miteinander, ihren lebhaften
Gesten zufolge.

Weiland und Müller nähern sich zügig dem
Gebäude, in dem auch ihr Kommissariat untergebracht ist, in Gedanken immer noch bei ihrem eher
erfolglosen Besuch im Marienhospital. Der halblaut
geführten Unterhaltung der beiden jungen Leute
schenken sie zwar keine Beachtung, kommen
jedoch nicht umhin, einige Wortfetzen im Vorbei-
gehen zu erhaschen.

»Komm, lass uns abhauen, Lara«, fordert der
Junge von seiner Freundin und wedelt aufgeregt
mit den Armen. »Das war am Ende garantiert nur
wieder so ein Angeber, der sich an dich ranmachen
wollte. Wir werden uns hier nur lächerlich
machen!«

»Du bist doch bloß wieder eifersüchtig!«, zischt
das Mädchen ihm aufgebracht ins Gesicht. »Aber
ich sage dir, der Kerl hat was mit dieser Entführung
zu tun, von der wir in der Zeitung gelesen haben!
Was bist du nur für ein elender Feigling, Noah!«

Bei dem Wort ›Entführung‹ bleiben die Kommissare wie vom Donner gerührt stehen. Wolfgang
Müller, der den beiden am nächsten ist, dreht sich
abrupt zu ihnen um. »Entschuldigt mal kurz,

Leute!«, spricht er das Pärchen an und zieht gleichzeitig den Dienstausweis aus der Tasche.

»Habe ich da soeben etwas von einer Entführung gehört?« Beiläufig legt er dem Jungen eine seiner Pranken auf die Schulter. »Wenn ich das recht verstanden habe, seid ihr hier, um eine Aussage zu tätigen ... Na, dann kommt doch bitte mal mit, ihr beiden!«

Dieser Geste in Verbindung mit der imposanten Gestalt des Polizisten haben Lara und vor allem Noah wenig entgegenzusetzen. Wortlos folgen sie ihm und Horst Weiland ins Innere des Gebäudes. Das Mädchen hocherhobenen Hauptes, der Junge mit gesenktem Kopf. *Das wird garantiert lustig!,* denkt Wolfgang Müller und lächelt still in sich hinein.

* * *

Die Jugendlichen gleichen optisch den meisten ihrer Altersgenossen. Beide stecken in zerrissenen Hosen - *Designerjeans,* berichtigt sich Wolfgang Müller in Gedanken - das Mädchen trägt obenherum ein buntes, mehrere Nummern zu großes Herrenhemd, das ihr locker über die Hose fällt. *Womöglich dem Papi aus dem Schrank geklaut,* vermutet der Oberkommissar.

Der Oberkörper des Jungen steckt in einem ebenfalls zu großen Pulli. Die Frisuren der beiden sind kaum zu definieren. Eben das, was die Jugend heutzutage als *cool* empfindet. Eine enorme Menge Haargel spielt dabei zumindest bei Noah eine keineswegs untergeordnete Rolle. *Und weshalb die*

Natur uns Menschen mit zwei Augen ausgestattet hat, wenn eines davon ständig hinter einem Vorhang aus Haaren verborgen ist, wird auf ewig ein ungelöstes Geheimnis bleiben, amüsiert sich Müller über Laras höchst asymmetrische Haartracht. Irgendwelche auffälligen Piercings sind aber nicht zu sehen.

»Jetzt rückt mal raus mit der Sprache!«, fordert Horst Weiland die beiden auf. Lara Becker und Noah Ziegler, so stellten sie sich ihnen vor, sitzen nebeneinander auf den Besucherstühlen vor den Kommissaren, wobei Noah nervös auf dem Hintern herumrutscht. Seine Worte sind daher eher an das Mädchen gerichtet, das einen offeneren Eindruck auf die Ermittler macht.

»Ihr hattet draußen vor dem Gebäude von einer Entführung gesprochen«, erinnert Müller die zwei, weil keiner der beiden Anstalten macht, etwas dazu zu sagen. »Und es war, wenn ich mich recht erinnere, die Rede von einem Typen, der euch irgendetwas darüber erzählt hat. Ist das so korrekt?«

»Kommt schon, Leute«, lockt sein Partner. »Wo ihr einmal hier seid, ist es doch jetzt nur noch ein kleiner Schritt. Ihr würdet uns mit einer Aussage eventuell sehr helfen!«

»Wir wissen eigentlich überhaupt nicht, ob da was war«, bequemt sich ausgerechnet der etwas schüchtern wirkende Noah Ziegler zu einer Antwort. »Ich glaub' nämlich, der hat sich bloß aufplustern wollen. Und ganz nüchtern war der auch nicht mehr.«

»Lass das unsere Sorge sein. Wer war denn der Mann? Einer aus eurer Clique? So sagt man doch, oder?«, versucht sich Müller in der Ausdrucksweise der heutigen Jugend.

»Nee, Mann. Das war so'n alter Sack, mindestens Dreißig, wenn nicht sogar noch älter!«, schüttelt Lara Becker augenrollend den Kopf. Die Kommissare unterdrücken mühsam ein Grinsen. »Das war am Samstag. Noah und ich waren abends in der *Rockbar* zum Abhängen.«

»Ist das eine Kneipe?«, hakt Müller ein, dem der Name nichts sagt. »Und wo genau befindet die sich?«

»Na, in Troisdorf, Mann! Alte Poststraße. Die Pinte kennt doch wirklich jeder!«

»Da kam also dieser *unglaublich alte Mann* zu euch an den Tisch«, nimmt Weiland den Faden wieder auf und grinst die beiden jetzt offen an. »Was genau sagte er denn?« Offenbar hat er den richtigen Ton getroffen: Noah setzt sich schlagartig ordentlich hin und schaut fragend zu seiner Freundin, die ihm auffordernd zunickt. Dann fängt er an, zu erzählen.

* * *

Zwei Tage zuvor

Gaststätte Rockbar, *21:26 Uhr*

Die *Rockbar* ist beinahe überfüllt, wie es an den Wochenenden für die meist von jungen Menschen besuchte Pinte die Regel ist. Trotzdem haben Noah und Lara, seit Jahren eng miteinander befreundet -

ohne ein Paar zu sein - einen der wenigen Tische für sich in Beschlag nehmen können. Ein halbvolles Glas Cola steht vor jedem der beiden, Alkohol lehnen die Teenager im Gegensatz zu einigen ihrer Altersgenossen strikt ab.

Was jedoch mit Sicherheit nicht für einen glatzköpfigen, dem Alter gemäß eigentlich nicht so recht hierher passenden Mann jenseits der Dreißig gilt, der mit mäßigem Erfolg reihenweise die Gäste an der Theke zutextet und reichlich angetrunken zu sein scheint. Er hält sich mit einer Hand an einem Glas Hochprozentigem fest und mit der anderen an der Theke.

Die Musik dröhnt in ihren Ohren, Bässe wummern und erzeugen ein wohliges Gefühl in der Magengegend. Der Glatzkopf steuert jetzt ihre Richtung an. »Schade, schon so spät!«, ruft Lara ihrem Freund nach einem Blick auf die Uhr über den Lärm hinweg zu. »Ich muss langsam los. Ausgang bis Zehn, da kennen meine Alten nichts!«

»Ach, komm! Du hast es doch nur ein paar hundert Meter bis nach Hause. Wir haben noch eine halbe Stunde!«, schmollt Noah, dessen Eltern nicht so streng sind und ihm am Wochenende schon mal eine etwas spätere Heimkehr erlauben. »Sag mal«, versucht er jetzt ebenfalls, die dröhnenden Bässe zu übertönen, »hast du eigentlich etwas von dem Polizeieinsatz mitbekommen, von dem in der Zeitung zu lesen war? Du wohnst doch in der Nähe der *Galerie*. Das war sicher 'ne große Sache, da wär' ich gern dabei gewesen!«

»*Ich* war dabei«, lallt der Glatzkopf ungefragt und stützt sich sicherheitshalber auf ihrem Tisch ab. Schwankend steht er vor ihnen.

»Schieb ab, Opa!«, zischt Lara ihm zu. »Das hier ist 'ne Privatparty!«

»Hey! Wer wird denn gleich so unfreundlich sein?« Ein heftiger Schluckauf schüttelt den Betrunkenen. »Ihr wisst ja nicht, was euch entgeht, Leute«, flüstert er anschließend verschwörerisch. Die Musik macht gerade Pause. »Ich war nämlich nicht nur während der Aktion anwesend. Ich war *dabei*!«, betont er das letzte Wort und wackelt bezeichnend mit seinen buschigen Augenbrauen.

»Da, dann schieß mal los, Alter!«, fordert Noah ihn auf. Er ist jetzt doch neugierig geworden, ganz im Gegensatz zu seiner Freundin, die genervt mit den Augen rollt.

* * *

»Ja, und dann laberte der Kerl was von einer Geldübergabe, an der er beteiligt gewesen sein will«, beendet Lara Becker den von ihrem Freund begonnenen Bericht. »Er gab unheimlich an und meinte, es sei ein Kinderspiel gewesen, dem Einsatzkommando eine lange Nase zu drehen und unerkannt durch das Einkaufszentrum zu verschwinden. Erst war ich unheimlich genervt von dem Typ, er war ja auch reichlich abgefüllt. Aber als ich dann später die Zeitungsberichte im *Rhein-Sieg-Echo* las, wo es hieß, dass eine entführte Frau tot aufgefunden wurde ... Ja, und jetzt sind wir hier!«

»Das habt ihr vollkommen richtig gemacht!«, lobt Horst Weiland die jungen Leute. »Könnt ihr den Mann beschreiben? Gut genug, dass unsere Polizeizeichnerin eine Phantomzeichnung von ihm anfertigen kann?«

»Na, dann kommt mal mit mir«, fordert Wolfgang Müller sie auf, nachdem beide begeistert mit dem Kopf genickt haben. »Wir statten der Dame unverzüglich einen Besuch ab. Ihr habt doch noch Zeit?«

* * *

»Aus welchem Grund sind Sie vorhin geflüchtet, als Sie uns sahen, Herr Kasper?«, beginnt Tobias Heller die Befragung. Außer ihm selbst sind im Vernehmungsraum noch Denise Malowski und Christina Ohlsen anwesend. Sie war es auch, die den jetzt wie Espenlaub zitternden Georg Kasper in der Fußgängerzone stellte, nachdem dieser aus unerfindlichen Gründen zu flüchten versuchte, als sie ihn befragen wollten.

Für die Kommissarin, die die hundert Meter in wenig mehr als zwölf Sekunden läuft, war es nahezu ein Kinderspiel, den wesentlich langsameren Kasper innerhalb von Augenblicken einzuholen und mit einer klassischen Grätsche von den Beinen zu holen. Tobias Heller beorderte dann einen Streifenwagen dorthin, um den nunmehr Verdächtigen aufs Revier zu bringen. Sie selbst waren die wenigen Schritte zurück zum Kripogebäude zu Fuß gegangen.

»Warum antworten Sie nicht?«, hakt Heller nach endlosen Sekunden des Schweigens ungeduldig nach. Kasper starrt weiterhin auf einen imaginären Punkt auf der Tischplatte und schluchzt leise vor sich hin.

»Ich glaube, der weiß gar nicht, dass du mit ihm sprichst«, vermutet Chrissie Ohlsen. »Warum sind Sie vor uns weggelaufen, *Schorsch*?«, wendet sie sich dann an den zitternden Mann. »Wir wollten nur mit Ihnen reden. Sie selbst waren es doch, der uns gebeten hat, nach Ihrem Kumpel Richie zu suchen!«

Offenbar bewirken ihre Worte etwas, denn der Angesprochene hebt endlich den Kopf und schaut die Kommissare der Reihe nach an. »War nur ein Reflex, ehrlich!«, betont er mit treuherzigem Augenaufschlag an Hellers Adresse. Zu aufgesetzt, um aufrichtig zu wirken. »Wenn ich die Bullen sehe, haue ich ab. Das war immer schon so!«

Das Kerlchen macht seinem Namen alle Ehre, denkt Tobias Heller. *Das ist schon ein kleiner Kasper. Aber nicht mit mir!* »Verarschen kann ich mich alleine!«, knurrt er ungehalten, worauf das dümmliche Grinsen nahezu zeitgleich aus Kaspers Gesicht verschwindet. »Wissen Sie, was *ich* denke? Ich glaube, dass Ihr Kumpel Richie überraschend wieder aufgetaucht ist. Und *Sie* kennen seinen derzeitigen Aufenthaltsort! Deshalb - und *nur* deswegen - sind Sie getürmt, als Sie uns vorhin sahen. Habe ich recht?«

Er greift in die Jackentasche und fördert ein amtlich aussehendes Dokument zutage, das er vor sich auf den Tisch legt. »Wissen Sie was das ist, Herr Kasper? Das ist ein Haftbefehl! Ihr feiner Kumpel steckt nämlich knietief in der Scheiße! Und wenn Sie nicht mit uns kooperieren, wandern Sie ebenfalls wegen Beihilfe für viele Jahre in den Knast! Haben Sie das verstanden?«

Georg Kasper ist bei jedem seiner Worte ein Stück kleiner geworden. Bleich wie eine Wand schaut er Heller mit großen Augen an. »Aber ... aber ich hab doch bloß ein Päckchen Zigaretten geklaut!«, jammert er. »Deshalb bin ich getürmt. Ich dachte, ihr drei wärt deswegen da gestanden!«

Heller schaut zu seinen Kolleginnen und kann sich ein Lachen gerade eben verkneifen. *Ob dieser Mensch tatsächlich glaubt, dass zwei Hauptkommissare und eine Kommissarin wegen geklauten Kippen ermitteln?*, denkt er belustigt. »Zigarettendiebstahl? Das ist ein schweres Vergehen. Sie bleiben vorerst unser Gast!«, teilt er Georg Kasper anschließend seine Entscheidung mit, wobei er sich um einen besonders grimmigen Gesichtsausdruck bemüht. Malowski und Ohlsen fordert er mit einem Wink auf, ihm nach draußen zu folgen.

* * *

»Was haltet ihr von der Sache?«, will Heller wenige Augenblicke später von ihnen wissen. Durch die einseitig verspiegelte Scheibe beobachten sie Georg Kasper, der unruhig auf seinem Stuhl herumrutscht.

»Schwer zu sagen, ob der uns etwas vorzumachen versucht«, überlegt Denise Malowski.

»Chrissie, du hattest doch schon mit ihm zu tun. Was denkst du?«

»Der Hellste scheint er ja nicht zu sein, es wäre also durchaus möglich, dass es tatsächlich bloß um einen Ladendiebstahl geht. Trotzdem sollten wir zur Sicherheit jemand hinter ihm herschicken. Hierbehalten können wir ihn sowieso nicht und für den Fall, dass Lohmeier wieder aufgetaucht ist, führt er uns vielleicht zu ihm!«

»Eine Observierung?«, nickt Tobias Heller. »An sowas hatte ich ebenfalls gedacht. Aber uns drei kennt er ja jetzt leider.« Er denkt kurz und konzentriert nach. »Ich sage euch, wie wir vorgehen«, teilt er ihnen dann das Ergebnis seiner Überlegungen mit. »Horst und Wolfgang sind zwar wieder aus dem Krankenhaus zurück, haben aber selbst momentan eine Vernehmung, wie ich vorhin mitbekommen habe. Wir lassen Kasper noch eine Weile zappeln und schicken ihn dann mit ein paar gutgemeinten Ratschlägen, was das Klauen betrifft, wieder auf die Straße. Horst und Wolfgang hängen sich unauffällig an ihn dran. Die beiden sind ihm gegenüber bislang nicht in Erscheinung getreten, er wird sie demnach nicht kennen.«

* * *

»Was hältst du davon, Tobi?« Denise Malowski hält die Phantomzeichnung hoch, die von der Polizeizeichnerin Alex Stein nach den Angaben der beiden Jugendlichen angefertigt wurde. Wolfgang Müller und Horst Weiland gaben neben dieser Zeichnung eines Unbekannten einen kurzen Abriss über die Aussage von Noah Ziegler und Lara Becker ab, bevor sie sich vor wenigen Minuten zur von Tobias Heller angeordneten Observierung des Obdachlosen Schorsch verabschiedeten.

»Was ich davon halte?«, echot Tobias Heller und hebt resigniert die Arme. »Ich denke, dass wir mittlerweile eine Inflation an Verdächtigen haben, Denise! Ich weiß langsam nicht mehr, wie wir das mit den uns zur Verfügung stehenden Leuten schaffen sollen!«

»Was ist mit deiner Frau?«

»Melanie? Die habe ich schon gefragt. Aber so sehr sie sonst gerne bereit ist, mit einem oder zwei ihrer Leute auszuhelfen ... Dieses Mal kann sie niemanden erübrigen, ihr Kommissariat steckt mitten in den Ermittlungen zu einem Internetbetrug riesigen Ausmaßes. Wir müssen wohl alleine zurechtkommen.«

»Du hast recht, das wird nicht leicht. Aber wir schaffen das!«, gibt seine Partnerin sich kämpferisch. »Aufgeben ist keine Option. Wir teilen die infrage kommenden Personen unter uns auf: Chrissie wird sich um den Lebenslauf von Lohmeier kümmern und wir beide nehmen die Vergangenheit von Alma und Thomas Braun auseinander. Wäre doch gelacht, wenn wir keine Gemeinsamkeiten entdecken, sofern welche vorhanden sind!«

»Und unser unbekannter Freund?«, zeigt Tobias auf das Phantombild. »Wer kümmert sich um den?«

»Wir lassen uns klonen«, grinst Denise, um gleich darauf wieder ernst zu werden: »Die Kneipe macht ohnehin erst um 17:00 Uhr auf, das habe ich schon nachgeschaut. Dort fragen wir uns nachher als Erstes durch, womöglich kennt den da einer. Und an Lohmeier sind indirekt Horst und Wolfgang dran.«

Tobias atmet tief durch. Denise hat es wieder einmal auf den Punkt gebracht und ihn erfolgreich ›eingenordet‹. »In Ordnung, so machen wir das. Zur Not schreiben wir den Kerl ebenfalls zur Fahndung aus, immerhin hat er den beiden jungen Leuten gegenüber damit geprahlt, an der Entführung mitgewirkt zu haben«, sprüht Tobias jetzt förmlich vor lauter Tatendrang. »Nimmst du dir Alma Braun vor? Ich kümmere mich dann um ihren Mann. Ich unterrichte nur schnell Chrissie über ihre neue Aufgabe, dann können wir loslegen!«

* * *

Die gemeinsam mit Christina Ohlsen durchgeführten Recherchen bezüglich etwaiger Überschneidungen im Leben der Eheleute Braun und ihrem derzeitigen Hauptverdächtigen Richard Lohmeier nahmen nicht nur den ganzen Nachmittag in Anspruch, sie waren bisher auch leider völlig ergebnislos.

Aus geografisch unterschiedlichen Regionen der Republik stammend, scheint es keinerlei Gemeinsamkeiten zwischen den drei Personen zu geben, von der ehelichen Verbindung von Alma und Thomas Braun einmal abgesehen. Gänzlich abgeschlossen sind ihre diesbezüglichen Ermittlungen zwar nicht, aber man hatte ja für heute noch einen Besuch der Gaststätte *Rockbar* auf der Agenda, der jedoch ebenfalls kein befriedigendes Ergebnis brachte.

Der Wirt besagter Kneipe identifizierte den Mann zwar sofort anhand des Phantombildes, gab aber an, diesen nicht zu kennen. Er sei ihm zwar aufgefallen, weil er mehrfach Gäste belästigte, und er habe deshalb schon erwogen, ihn des Lokals zu verweisen. Allerdings sei es seines Wissens dessen erster und bislang einziger Besuch in der *Rockbar* gewesen.

Jetzt, etwa eine Stunde später, stehen Tobias Heller und Denise Malowski vor Thomas Brauns Haus. Ihn wollen sie - wo sie schon unterwegs sind - ebenfalls ein weiteres Mal befragen. Außerdem wurde seitens der Staatsanwaltschaft Alma Brauns Leiche heute endlich freigegeben, was sie ihrem Mann ebenfalls mitteilen möchten. Er wird sich jetzt vornehmlich um die Beerdigung zu kümmern haben.

Ein Blick in die offene Garage belegt, dass Braun zu Hause ist. Denise Malowski legt ihren Finger auf den Knopf der Türglocke, es ertönt in angemessener Lautstärke der verspielte Klang der Westminster Kathedrale.

* * *

Sie finden Thomas Braun in seinem Garten hinter dem Haus, auf einer Holzbank sitzend. Nachdem ihnen auch nach dem zweiten Läuten niemand öffnete, versuchten Denise und Tobias ihr Glück an der zur Terrasse führenden Tür in der Garage, die sogar weit offen stand.

Braun schaut ihnen mit leerem Blick entgegen, als sie sich ihm nähern. Eine erkennbare Reaktion erfolgt nicht. Offenbar steht ihm der Sinn nicht nach einem Besuch der Polizei oder sonst irgendwem. Er scheint weggetreten zu sein, nicht einmal ein Erkennen ist in seinen Augen zu lesen. Die überaus laute Türglocke muss er aber hier im Garten gehört haben, da sind sich die Kommissare sicher.

Die Bank ist eine von der Sorte, die man heutzutage auf vielen Terrassen findet: Eine Kombination aus zwei Sitzflächen und einem Tisch dazwischen, alles aus massivem Holz und miteinander verschraubt. Denise und Tobias nehmen ohne große Umstände auf der Braun gegenüberliegenden Bank Platz, ohne eine explizite Aufforderung des Hausherrn abzuwarten. Jetzt endlich belebt sich dessen Gesichtsausdruck, er scheint aus weiter Ferne zurückzukehren und schaut die Ermittler fragend an.

»Es ist gut, dass wir Sie heute zu Hause antreffen«, beginnt Denise Malowski das Gespräch. »Wir haben Ihnen etwas mitzuteilen.«

»Ich habe mir für den Rest der Woche freigenommen«, erklingt es müde aus Brauns Mund. »Was gibt es denn so immens Wichtiges, dass Sie extra dafür hier erscheinen?« Er schaut auf die Uhr. »Um diese Uhrzeit.«

»Wenn es um Verbrechensbekämpfung geht, gibt es keinen Feierabend«, gibt Tobias Heller launig zurück. »Wir möchten Sie davon in Kenntnis setzen, dass der Leichnam ihrer Frau von der Staatsanwaltschaft freigegeben wurde. Sie können jetzt also ein Bestattungsinstitut beauftragen, alles weitere zu veranlassen. Wir dachten, das wird Sie interessieren!«

»Danke! Aber das hätten Sie mir auch am Telefon sagen können. Gehe ich recht in der Annahme, dass das nicht alles gewesen ist?«

»Ihr Gefühl hat Sie nicht getäuscht, Herr Braun«, ergreift Denise wieder das Wort und legt einen Umschlag auf den Tisch, dem sie die beiden Phantomzeichnungen entnimmt. Die des Richard Lohmeier und die des Unbekannten aus der *Rockbar*. »Wir haben in der Tat einige Fragen an Sie.« Sie schiebt die Zeichnungen zu ihm hinüber. »Im Zuge unserer Ermittlungen sind diese beiden Männer in den Verdacht geraten, an der Entführung ihrer Frau beteiligt gewesen zu sein. Schauen Sie sich die Bilder bitte genau an. Erkennen Sie einen davon? Oder beide?«

Immer, wenn polizeiliche Ermittler jemanden auffordern, sich ein Foto oder eine Phantomzeichnung anzuschauen, achten sie automatisch ganz besonders auf das Gesicht desjenigen. So entgeht ihnen auch nicht das leichte Augenzucken, als Thomas Braun die Zeichnung Lohmeiers in Augenschein nimmt. Beim vorherigen Betrachten des anderen Bildes war eine solche Reaktion nicht zu erkennen gewesen.

Tobias Heller beugt sich vor und tippt mit dem Finger heftig auf die Zeichnung. »Sie kennen diesen

Mann?«, konfrontiert er Braun sofort mit seiner Einschätzung, ihm bewusst keine Zeit zum Nachdenken lassend.

»Äh ... ja ... nein«, stammelt Braun, offenbar verwirrt. »Um ehrlich zu sein, Herr Kommissar: Ich bin mir nicht sicher. Nicht hundertprozentig jedenfalls. Aber als ich das Bild vorhin sah, da war mir, als hätte ich den Mann schon einmal gesehen. Und zwar hier vor dem Haus!«

Er nimmt die Zeichnung wieder zur Hand und nickt heftig mit dem Kopf. »Ja, ich bin mir jetzt auf den zweiten Blick fast sicher: Einer, der dem hier zumindest sehr ähnlich war, lungerte mehrere Tage vor der Entführung hier in der Straße und vor dem Haus herum. Und er trug haargenau so eine Mütze wie der auf der Zeichnung!«

»Wir haben eine weitere Bitte an Sie«, wechselt Denise Malowski das Thema. »Und zwar wäre es hilfreich, wenn wir uns im sozialen Umfeld Ihrer Frau umhören könnten. Sie hatte doch bestimmt Freundinnen, würden Sie uns bitte deren Namen nennen?«

»Ich muss Sie enttäuschen, Frau Kommissarin«, schüttelt Braun den Kopf. »Ich weiß allenfalls ein paar Vornamen, und da bin ich mir auch nicht hundertprozentig sicher. Und bevor Sie fragen: Nein, ich kenne keine von denen persönlich!«

»Was ist mit dem Computer?«, fragt Tobias Heller. »Als unsere Forensiker Ihr Haus durchsuchten, fanden Sie lediglich den Laptop in Ihrem Arbeitszimmer. Besaß Ihre Frau keinen eigenen Rechner?«

»Nein, sie benutzte tagsüber meinen Computer, wenn ich in der Bank war. Sie meinte, das genüge ihr. Was wollen Sie überhaupt damit?«

»Vornehmlich suchen wir nach Hinweisen. Wir ermitteln derzeit in alle Richtungen und Ihren Laptop haben unsere Spezialisten letzte Woche nur oberflächlich untersucht, wir ...«

Thomas Braun hebt den Kopf und fixiert den Ermittler überrascht. »Sie haben *meinen* Rechner überprüft? Warum? War ich etwa verdächtig?« Zwei tiefe senkrechte Falten erscheinen auf seiner Stirn.

»Bitte beruhigen Sie sich!«, beschwichtigt Denise Malowski ihn. »Ihr Haus war zu dieser Zeit ein frischer Tatort, da ist es absolut üblich, *alle* etwaigen Spuren zu untersuchen, und Sie selbst gaben ja Ihr Einverständnis dazu. Aber wie mein Kollege schon sagte, war die Überprüfung Ihres Rechners nur oberflächlich. Es wäre jedoch möglich, dass wir in den Emails Ihrer Frau irgendwelche Hinweise finden. Wir bitten Sie daher, uns den Computer für eine weitere Untersuchung zur Verfügung zu stellen.«

»Das ist eine höchst ungewöhnliche Bitte«, runzelt Braun die Stirn. »Aber ich muss Sie ohnehin enttäuschen. Mein schon etwas betagter Laptop gab am Wochenende endgültig seinen Geist auf. Er sei nicht mehr zu reparieren, sagte mir der Mann im Computerladen. Ich habe mir dann sofort einen neuen Rechner gekauft, der alte wurde in meinem Beisein geschreddert.«

KAPITEL 7

»Tobias?« IT-Spezialistin Amara Jones schiebt sich durch die zur Hälfte geöffnete Tür in das Büro der Hauptkommissare. Sie wirkt verlegen. »Ich weiß ja, dass ihr alle Hände voll zu tun habt ... Hast du den GPS-Transponder noch, den ich dir vergangene Woche gegeben habe? Jürgen hat schon mehrfach nach dessen Verbleib gefragt.«

»Den Sender?«, wundert sich Tobias Heller. »Der ist doch in dem Geldkoffer, den ich euch nach der Geldübergabe am Mittwoch zur Untersuchung gegeben habe. Ich hatte ihn unter dem Futter versteckt. Übrigens warte ich immer noch auf den Bericht deines Chefs!«

»Den Koffer haben wir gründlich untersucht«, gibt die Forensikerin zurück. »Jürgen lässt ausrichten, dass daran nur die Fingerabdrücke von Thomas Braun zu finden waren. Es geht momentan etwas chaotisch zu bei uns, da ist er noch nicht dazu gekommen, einen Bericht zu schreiben. Aber der Sender war da nicht drin, wir haben gründlich nachgeschaut!«

»Das ist merkwürdig, aber ich habe ihn nicht. Das Teil kann sich doch nicht in Luft aufgelöst haben!«, gibt Heller ungehalten zurück und widmet sich wieder seiner Arbeit.

»Ist gut, ich suche dann eben noch einmal alles ab.« Amara Jones dreht sich enttäuscht um und wäre fast mit Denise Malowski zusammengestoßen, die soeben von Chrissie Ohlsen zurückkommt, mit der sie ihre bisherigen Rechercheergebnisse austauschte. Mit einem gemurmelten »Sorry« weicht die Informatikerin ihr aus und verlässt eilig das Zimmer.

»Was war das denn jetzt?«, wundert sich Denise und nimmt ihren Platz ein.

Tobias erklärt es ihr mit knappen Worten. »Die werden das Teil verschludert haben«, vermutet er abschließend. »Amara meinte, die Forensik wäre derzeit ziemlich überlastet, da kommt sowas schon mal vor. Ist nicht unser Problem!«, zuckt er mit den Schultern und widmet sich wieder seiner Recherche zu Thomas Brauns Leben, die durch Amara Jones unterbrochen wurde.

Denise greift gewohnheitsmäßig zu ihrer Kaffeetasse, die aber leer ist, wie sie zu ihrer Enttäuschung feststellt. Das Telefon klingelt. »Malowski, Kripo Siegburg«, meldet sie sich mit gefurchter Stirn. Eine Kölner Nummer ist im Display zu sehen. Ihre Laune bessert sich schlagartig, als sie die markante Stimme von Kriminalhauptkommissarin Anna Stahl vernimmt. Da die Leiterin des Kölner Kriminalkommissariats 11 im Allgemeinen wenig Sinn für Small Talk hat, vermutet Denise einen eher dienstlichen ›Überfall‹ der ehemaligen Kollegin.

»Hallo Anna!«, ruft sie erfreut aus. Sofort wird Tobias aufmerksam und stellt seine Tätigkeit am Computer vorübergehend ein. Mit fragend hochgezogenen Augenbrauen schaut er Denise an. »Warte, ich stelle dich auf Lautsprecher«, reagiert sie auf seine stumme Bitte, am Gespräch teilnehmen zu wollen. »Dann kann Tobias gleich mithören. Ich vermute doch mal, du rufst nicht an, um dich nach dem Wetter hier in Siegburg zu erkundigen?«

»Hallo Anna!«, macht Tobias sich ebenfalls bemerkbar, nachdem Denise die Taste zum Mithören betätigt hat. »Womit dürfen wir der Kripo Köln denn dieses Mal weiterhelfen?« Ihre beiden Kommissariate hatten in der Vergangenheit öfter miteinander Kontakt, was wegen der räumlichen Nähe ihrer Zuständigkeitsbereiche aber nichts Ungewöhnliches ist.

»Die Frage ist, was *wir* für *euch* tun können! Ihr habt doch vor ein paar Tagen eine DNA in die *INPOL* Datenbank des BKA hochgeladen. Ich will es kurz machen: Wir haben den dazugehörigen Körper!«

»Lebendig, hoffe ich?«

»Leider nicht, Tobias. Bergungstaucher der DLRG fanden im Rahmen einer Übung am Freitag eine männliche Leiche im Rhein. Sie war mit Steinen beschwert und wäre unter normalen Umständen sicher erst in einigen Monaten oder sogar Jahren aufgetaucht.«

»Wir hörten davon«, erinnert sich Denise an eine entsprechende Mitteilung Balensiefens während der Leichenschau am vergangenen Freitag.

»Nachdem es keine Vermisstenanzeige gab und auch sonst niemand den Mann zu kennen schien, habe ich einen DNA-Abgleich angeordnet«, fährt Hauptkommissarin Stahl fort. »Heute kam das Ergebnis: Es handelt sich definitiv um den von euch gesuchten Mann, den Namen wissen wir aber natürlich immer noch nicht!«

»Der Mann ist aber nicht ertrunken, nehme ich an?«, vermutet Denise.

»Er wurde erstochen, bevor ihn jemand in den Fluss geworfen hat. Wo genau das gewesen ist, wissen wir nicht. Abhängig von den Strömungsverhältnissen und der seitdem verstrichenen Zeit käme ein recht großer Bereich in Betracht, sagte uns der Leiter der Bergungsmannschaft. Ich schicke euch heute noch eine digitalisierte Version der Akte mitsamt dem Obduktionsbericht per Email zu. Viel Spaß damit, es ist nämlich ab sofort euer Fall!«

* * *

Die versprochene Fallakte kommt schon eine halbe Stunde später und genau zur rechten Zeit: Die tägliche Fallbesprechung beginnt in einer Viertelstunde und Denise und Tobias sind schon damit beschäftigt, ihre eigenen sowie Chrissies Rechercheergebnisse für die geplante Präsentation zu ordnen. Mit einem hellen Glockenton kündigt Denises Rechner den Eingang einer Email an.

»Hier ist die Akte, die Anna uns zur Verfügung stellen wollte«, informiert sie ihren Partner, nachdem sie den Absender erkannt hat. Mit einem

Mausklick öffnet sie voller Ungeduld den umfangreichen Anhang, der aus einigen Protokollen, einem Autopsiebericht und mehreren Bildern vom Fundort der Leiche besteht. Sowie Nahaufnahmen des Leichnams aus verschiedenen Perspektiven.

Die Fotografien nimmt sie sich als Erstes vor, auch wenn diese aufgrund der Tatsache, dass der Tote etliche Tage im Rhein lag, reichlich unappetitlich sind. Wasserleichen sind niemals schön anzusehen. Von den Gesichtszügen ist nicht mehr viel übrig geblieben, überhaupt ist der ganze Körper aufgedunsen und verformt.

Wie sollen wir bei dem Zustand der Leiche bloß herausfinden, wer das ist?, zweifelt sie und scrollt zum nächsten Bild. Eine Nahaufnahme seines Gesichts. Eine Teilaufnahme nur und sie fragt sich zunächst, was der Fotograf an der Nasenpartie so interessant fand, dass er sie ablichtete. Dann begreift sie. »Das musst du dir unbedingt sofort anschauen!«, fordert sie Tobias auf und dreht den Monitor in seine Richtung.

»Heilige Scheiße!«, entfährt es ihm, als er das Foto sieht. Im Gegensatz zu Denise fällt ihm die Besonderheit der Aufnahme sofort ins Auge, und dies im wahrsten Sinne des Wortes!

* * *

»Eine eindeutige Aussage darüber, wie lange die Leiche im Wasser lag, bevor sie am Freitag von Tauchern der DLRG gefunden wurde, ist laut dem vorliegenden Obduktionsbericht nicht möglich«, zitiert Tobias Heller aus der Kölner Akte. »So, wie es hier von Frau Doktor de Luca, die in diesem Fall für die Stadt Köln tätig war, dargestellt ist, macht es einen großen Unterschied, ob eine Leiche in stehendem oder in fließendem Gewässer gelagert war. Bei Letzterem seien zur Bestimmung der Liegezeit ebenfalls solche Faktoren wie Wassertemperatur und Strömungsgeschwindigkeit von großer Bedeutung. Die sind aber in diesem speziellen Fall naturgemäß nicht bekannt, da sich dies täglich ändert.«

»Um es auf den Punkt zu bringen«, fügt Denise Malowski an, »haben wir ein opulentes Zeitfenster zwischen minimal vier und maximal zehn Tagen.« Sie schaut triumphierend in die Runde. »Welches sich aber auf den unteren Wert eingrenzen lässt, da wir etwas wissen, das Frau Doktor de Luca unbekannt war!«

»Jetzt mach es schon nicht so spannend!«, schimpft Christina Ohlsen ungehalten. »Wer ist der Kerl?«

Denise Malowski hängt ungerührt über den Gefühlsausbruch ein Foto an die Tafel. »Seht euch den mit einem Marker eingekreisten Bereich am linken Auge des Toten bitte genau an!«, fordert sie ihre Kollegen auf. »Na, was seht ihr?«

Chrissie, Wolfgang und Horst starren minutenlang ungläubig auf die Fotografie. Sicher, das Rheinwasser, von dem böse Zungen behaupten, man könne fotografische Filme darin entwickeln, hat reichlich viel Unheil im Gesicht des Toten angerichtet. Das etwa einen Zentimeter große, tropfenförmige Tattoo unter seinem Auge ist demzufolge zwar stark verblasst, aber trotzdem noch ausreichend gut zu erkennen. Eine Träne!

»Ist das etwa Richard Lohmeier?«, vergewissert sich Chrissie Ohlsen, nachdem sie den Schock einigermaßen verdaut hat. Wolfgang Müller und Horst Weiland schütteln immer noch fassungslos die Köpfe.

»Nach Lage der Dinge müssen wir leider davon ausgehen«, nickt Tobias Heller. »Die Fakten sprechen eine mehr als deutliche Sprache. Die DNA der Wasserleiche stimmt mit der in Brauns Garage und mit der aus der Skimaske überein. Es ist zwar aus naheliegenden Gründen nicht möglich, seine Fingerabdrücke zu vergleichen, aber sagt selbst: Wie groß ist die Wahrscheinlichkeit, dass jemand, dessen DNA identisch ist mit der einer der Entführer, die gleiche Tätowierung aufweist wie einer, der im Auto der Entführten seine Fingerabdrücke hinterließ? Das bedeutet demnach im Klartext, dass wir Richard Lohmeier gefunden haben. Nur, dass er leider tot ist, und wie es aussieht, schon eine ganze Weile!«

»Wie gesagt«, ergreift Denise Malowski wieder das Wort. »Wir wissen, dass der Mann, zu dem diese DNA gehört, am Montag in Brauns Garage gewesen ist. Und da er laut Rechtsmedizin mindestens vier Tage tot war, als er am Freitag gefunden wurde, muss er am Montag im Laufe des Tages irgendwann nach der Entführung im Rhein gelandet sein. Alles andere ergibt keinen Sinn!«

»Die Sturmhaube fanden wir aber am Dienstag!«, erinnert Wolfgang Müller sie vorsichtig.

»Dann war der Kerl eben vorher schon einmal dort, Wolfgang! Wir wissen ja nicht, wann die Maske dort verloren wurde. Er wird die Gegend für die geplante Geldübergabe einen Tag zuvor ausgekundschaftet haben. Anschließend bekamen die Entführer untereinander Streit und einer erstach den anderen. Fakt ist jedenfalls: Richard Lohmeier war am Dienstag schon tot!«

»Jetzt ist mir wenigstens klar, warum Wolfgang und ich gestern stundenlang wie die Blöden hinter diesem Schorsch hergelaufen sind, ohne dass er uns zu seinem verschollenen Kumpel Richie geführt hat«, stellt Horst Weiland trocken fest. »Ihr glaubt ja nicht, was das Kerlchen für ein Langweiler ist. Und geklaut hat er wie ein Rabe!«

»Ihr wart wenigstens an der frischen Luft, während wir uns hier durch die kompletten Lebensläufe der Eheleute Braun und Richard Lohmeier gekämpft haben«, relativiert Denise die Beschwerde des Kollegen. »Und gebracht hat die ganze Sache praktisch nichts. Lohmeier ist in Essen geboren und aufgewachsen, wo er bis zu seiner Verurteilung lebte. Alma Braun ist eine geborene Engels und stammt aus Bergisch Gladbach. Ihr späterer Ehemann lebte bis zur Eheschließung in Neunkirchen-Seelscheid. Nach menschlichem Ermessen gibt es bei keinem der beiden eine Überschneidung mit unserem Hauptverdächtigen Lohmeier. Eine offene Rechnung wird daher auszuschließen sein, denke ich.«

»Bei der Gelegenheit möchte ich der Vollständigkeit halber erwähnen, dass Lohmeier in der Zeit vor unserem Einsatz am Mittwoch definitiv *nicht* auf dem Überwachungsvideo der Tiefgaragenausfahrt erscheint«, fügt Chrissie Ohlsen hinzu. »Nutzen tut uns diese Information jetzt nämlich nichts mehr!«

»Und was ist mit dem anderen Verdächtigen?«, fragt Wolfgang Müller. »Der aus der Kneipe? Er könnte der Komplize von Lohmeier gewesen sein. Ihn selbst können wir ja jetzt wohl nicht mehr befragen.«

»Die Spur ist kalt, Wolfgang. Tobias und ich waren gestern bei Braun und haben ihm die Phantomzeichnungen gezeigt. Lohmeier glaubte er in den Tagen vor der Entführung in der Straße vor seinem Haus herumlungern gesehen zu haben. Den Anderen kannte er nicht. Weber danach zu befragen, halte ich momentan für keine gute Idee, da sein Gedächtnis gerade nicht vernünftig funktioniert. Seine Aussagen würden uns nichts nützen. Wo sollen wir nach dem Mann suchen?«

»Wir könnten uns aber das Überwachungsvideo der Parkgarage noch einmal vornehmen und nach dem Kerl Ausschau halten«, überlegt Müller. »Wenn schon Lohmeier aus einleuchtenden Gründen nicht an der Aktion am Mittwoch beteiligt war, war sein mutmaßlicher Komplize ja womöglich vor Ort. *Irgendjemand* muss schließlich dort gewesen sein, oder? Das Geld kann ja nicht von alleine verschwunden sein!«

»Unter Umständen haben wir gestern doch noch etwas in der Angelegenheit aufgetan«, meldet sich Horst Weiland zögernd wieder zu Wort. »Wir hatten dem zunächst keine Bedeutung beigemessen, aber unter diesen Umständen ... Und zwar sind wir auf dem Rückweg zum Revier unverhofft auf Michael Gerlach getroffen, den ihr gestern vergeblich gesucht hattet. Er war sogar recht gesprächig, nachdem wir erwähnten, dass wir Chrissies Kollegen sind.«

»Ihm war im Nachhinein eine, wie er sagte, merkwürdige Begebenheit eingefallen«, fährt Wolfgang Müller anstelle seines Partners fort. »Und zwar sah er einen Tag, bevor Lohmeier abtauchte, diesen mit einem Mann zusammen, der ihm einen Brief oder etwas Ähnliches zusteckte. Den Mann habe er vorher aber noch nie mit Richie zusammen gesehen, sagte er. Er habe eine Kappe getragen, die er weit ins Gesicht gezogen hatte und eine Sonnenbrille mit großen Gläsern. Das war alles, was Gerlach zu seinem Aussehen sagen konnte.«

»Angenommen, in dem Umschlag war Geld«, überlegt Tobias Heller. »Dann sieht das für mich so aus, als habe jemand Lohmeier für die Teilnahme an der Entführung rekrutiert. Falls an der Geschichte überhaupt etwas dran ist, heißt das.« Er denkt einige Augenblicke konzentriert nach.

»Das wäre aber eine schlüssige Erklärung dafür, weshalb es keine Verbindung zu den Brauns gab«, führt Denise Malowski den Gedanken an seiner Stelle fort. »Richard Lohmeier wäre demnach in dieser Angelegenheit mehr so eine Art Söldner gewesen, dessen man sich nach getaner Arbeit wieder entledigte. So ergibt plötzlich alles einen Sinn!«

»Ich habe für den Unbekannten aus der *Rockbar* vorhin eine Fahndung herausgegeben«, gibt Heller bekannt. »Zusätzlich werde ich sein Phantombild auf unserer Internetseite veröffentlichen. Irgendwer wird den Kerl hoffentlich kennen, er wird ab sofort als neuer Hauptverdächtiger gehandelt!«

»Da fällt mir aber doch gleich noch jemand ein!«, meldet sich Chrissie zu Wort, bevor Tobias die Versammlung auflöst.

»Ach ja?« Der stellvertretende Kommissariatsleiter hebt erstaunt die Augenbrauen. »Und an wen speziell dachtest du da?«

»*Cui bono!*«, zitiert die Kommissarin ein bei polizeilichen Ermittlungen oft strapaziertes Sprichwort. »Wer hat denn alles einen Vorteil von der Entführung? Wenn es sich um einen Auftrag handelte, wie du vermutest, kann buchstäblich jeder dahinterstecken. Wie heißt es doch so schön: Folgen wir dem Geld!«

»Du spielst auf Thomas Braun an«, stellt Tobias Heller fest. »Wir können ihm eine Tatbeteiligung aber zum jetzigen Zeitpunkt nicht nachweisen! Zudem war er zur Tatzeit ja nicht einmal in der Nähe des Tatortes und an den darauffolgenden Tagen war immer mindestens einer von uns bei ihm. Falls er aber dennoch etwas damit zu tun hat, hatte er einen Komplizen. Womit wir wieder bei dem Mann aus der *Rockbar* angekommen wären.«

»Chrissie hat recht!«, unterstützt Wolfgang Müller erwartungsgemäß seine Freundin. »Wir dürfen das nicht außer Acht lassen. Auch wenn wir keinen Beschluss bekommen werden, sollten wir alle Informationen über Braun zusammentragen, die wir auf legalem Wege erhalten.«

»Ich habe mich in den letzten vierundzwanzig Stunden persönlich durch das Leben des Herrn Braun gegraben«, gibt Tobias Heller ungehalten zurück. »Schon vergessen?«

»Ich dachte da in erster Linie an seine finanzielle Situation«, erklärt Chrissie ihm. »Bankkonten, Lebensversicherungen, Geldbewegungen und so weiter.«

»Okay, dann macht das«, gibt Tobias seufzend nach, ordnet seine Unterlagen und erhebt sich zum Zeichen, dass die Besprechung beendet ist. »Und du kümmerst dich bitte um das Überwachungsvideo der Tiefgarage!«, weist er Horst Weiland an, bevor er den Raum verlässt.

* * *

»Du hättest die beiden vorhin nicht gleich so anfahren müssen!«, tadelt Denise das Verhalten ihres Partners, nachdem sie wieder unter sich sind. »Chrissies Einwand war nämlich durchaus berechtigt. Und Wolfgang gibt ihr, wie du weißt, nicht automatisch recht, nur weil sie seine Freundin ist!«

»Ich werde mich nachher bei Chrissie und Wolfgang entschuldigen«, entgegnet Tobias abwesend und klappert zunächst weiter auf seiner Computertastatur herum, legt dann aber doch eine Pause ein.

»Selbstverständlich haben die zwei recht!«, verteidigt er Denise gegenüber seinen Standpunkt. »Ich wüsste im Augenblick nur nicht, wo wir da ansetzen könnten. Thomas Braun ist bisher in keiner Weise auffällig geworden. Einen Beschluss, der uns erlaubt, seine gesamten persönlichen Verhältnisse zu untersuchen, werden wir also nicht erhalten, Denise!«

Er lässt einen tiefen Seufzer hören. »Ich bewundere unseren Chef, wie er das alles immer zu stemmen versteht. *Ich* jedenfalls weiß momentan nicht, wo mir der Kopf steht.«

»Der Chef konzentriert sich ausschließlich auf die Bündelung unserer Fähigkeiten und die Koordinierung der Ermittlungen, Tobi. Draußen sieht man ihn eher selten. Er ist damit aber ausgesprochen erfolgreich. *Du* wiederum hast jetzt nicht nur deine bisherige Arbeit zu erledigen, sondern seine gleich mit. Da bleibt ein wenig Stress eben nicht aus!«

»Wie ich Chrissie kenne, wird sie sich jetzt mit Hochdruck um alles kümmern, was sich über Braun herausfinden lässt«, entgegnet Heller lächelnd. Jeder im Kommissariat weiß, wie sehr die junge Kommissarin sich in etwas verbeißen kann, wenn sie von der Richtigkeit ihres Tuns überzeugt ist.

»Sie kann dabei zwar nur an der Oberfläche kratzen, aber wer weiß? Vielleicht findet sich ja doch das eine oder andere!«

»Wenn es denn überhaupt etwas gibt, das sich finden lässt«, bleibt Tobias skeptisch und schiebt entschlossen die Tastatur von sich weg. »So, der Aufruf mit dem Phantombild auf unserer Internetseite wäre erledigt. Weißt du was? Ich brauche dringend mal frische Luft! Kommst du mit? Wir könnten versuchen, diesen Gerlach aufzutreiben und ihm das Phantombild des Kerls zeigen, den die beiden Jugendlichen uns gemeldet haben. Was meinst du?«

* * *

»Tobias meinte das nicht so, Liebes!«, versucht Wolfgang Müller seine Freundin zu beschwichtigen, die immer noch verstimmt wegen Hellers Reaktion vorhin in der Dienstbesprechung ist. Wütend malträtiert sie ihre Computertastatur, obwohl ihr Rechner gar nicht eingeschaltet ist.

»So? Wie meinte er es denn dann?«, zischt sie aufgebracht. »Wer predigt denn immer, dass im sozialen Umfeld die meisten Verbrechen begangen werden? Da ist es doch absolut logisch, beim Ehemann anzufangen!«

»Tobias ist eben auch nur ein Mensch und keine Maschine«, gibt ihr Freund zu bedenken. »Und er ist für den Laden hier verantwortlich, solange der Chef in Urlaub ist. Dass wir nicht vorankommen, geht ihm genauso an die Nieren wie uns allen. Und dass wir es nicht geschafft haben, Alma Braun lebend zu ihrem Mann zurückzubringen, wird er sich so schnell auch nicht verzeihen!«

»Hast ja recht!«, lenkt Chrissie widerstrebend ein, jetzt schon wesentlich ruhiger. »Hast du irgendeine Idee, wie wir ohne richterlichen Beschluss an die Bankkonten von Braun kommen? Ich fürchte, ich habe diesbezüglich den Mund mal wieder zu voll genommen!«

»Was du nicht sagst!«, lacht Wolfgang, wird aber gleich ernst, als er ihren säuerlichen Gesichtsausdruck sieht. Es gibt für ihn ja noch ein ›nach dem Feierabend‹ mit ihr! »Okay, an die Umsätze und Kontostände kommen wir nicht so ohne weiteres heran«, beeilt er sich zu sagen. »Keine Chance! Aber eine behördliche Auskunft, wer wo welche Bankkonten hat, ist durchaus zu erhalten, das machen die Finanzämter bei ihren Steuerprüfungen ständig. Fahr deinen Rechner hoch, dann zeige ich dir, wie das geht. Und anschließend holen wir eine Auskunft bei der *SCHUFA* ein, dann kennen wir seinen Schuldenstatus. Offene Kredite zum Beispiel. Alles völlig legal!«

* * *

Im Foyer fallen Denise und Tobias zwei Teenager auf, die vor dem Empfangstresen stehen und wild gestikulierend einen Wachmann zutexten. Der Diensthabende hört den aufgeregten jungen Leuten geduldig zu, hat dabei aber ein unübersehbar ratloses Gesicht aufgesetzt. Dies mag vor allem daran liegen, dass die zwei, ein Junge und ein Mädchen, gleichzeitig auf ihn einreden.

»Sind das nicht die beiden, die gestern bei Horst und Wolfgang eine Aussage zu diesem Kerl aus der *Rockbar* gemacht haben?«, wendet sich Heller an seine Kollegin, die dazu nur mit den Schultern zuckt, da sie die zwei ja selbst nicht zu Gesicht bekommen haben. Aber Tobias Heller hat die Beschreibung, die Wolfgang Müller ihm gab, noch gut im Gedächtnis. Zielstrebig steuert er den Tresen an. »Das schauen wir uns mal an, Denise!«, beschließt er spontan.

»Wisst ihr, wie viele Kriminalkommissare wir hier haben?«, hören sie den Wachmann beim Näherkommen mit leicht genervtem Tonfall sagen. »Das ist das Kripogebäude, Leute! Wir haben hier haufenweise davon!«

»Was liegt denn an?«, mischt sich Tobias Heller ein, bevor die zwei vor dem Tresen den armen Mann mit einem erneuten Wortschwall bombardieren. »Vielleicht können *wir* den jungen Leuten ja weiterhelfen«, lächelt er in Richtung der beiden.

»Sie wollen zu zwei Kommissaren, bei denen sie wohl gestern schon einmal gewesen sind, Herr Hauptkommissar«, antwortet der Beamte dienstbeflissen. »Leider erinnern sie sich aber nicht mehr an die Namen.«

»Ihr seid doch die aus der *Rockbar*?«, erkundigt sich Tobias Heller bei dem Mädchen, das auf ihn einen lebhafteren Eindruck macht als der Junge. »Dann wart ihr gestern bei Kollegen von uns, einer davon ein reichlich großer Kerl?« Mit den Händen malt er ein Rechteck von den Ausmaßen eines Kleiderschranks in die Luft. Die Teens nicken synchron mit den Köpfen.

»Ich bin Kriminalhauptkommissar Heller und das ist Kriminalhauptkommissarin Malowski«, zeigt er auf Denise an seiner Seite. »Was wollt ihr denn von unseren Kollegen? Und solltet ihr jetzt nicht in der Schule sein?«

»Freistunde!«, behauptet Lara Becker frech, während Noah Ziegler seinen Blick auf den Fußboden richtet, als gäbe es dort Interessantes zu sehen. »Wir haben etwas über den Mann aus der Kneipe herausgefunden, das Sie garantiert interessieren wird!«, platzt es dann aus ihr heraus.

* * *

»Und? Habt ihr was herausgefunden?«, wird Wolfgang Müller von seinem Partner empfangen, als er das gemeinsame Büro betritt. Horst Weiland macht einen überaus zufriedenen Eindruck und lehnt sich entspannt in seinem Bürostuhl zurück. Eine dringende Aufgabe, die er zu erledigen hätte, kann sein Freund auf Anhieb nicht erkennen.

»Wie man es nimmt«, gibt er zurück, während er seine zweihundert Pfund Lebendgewicht umständlich auf den Stuhl wuchtet. »Wir haben zumindest herausgefunden, dass Braun uns bezüglich der 250.000 Euro, die er angeblich bei der Commerzbank abgehoben hat, nicht die Wahrheit sagte«, berichtet er. »Er hat nämlich dort überhaupt kein Konto, sondern gemeinsam mit seiner Frau eines bei der Volksbank, wo er der Bankdirektor ist!«

»Und was wollte der Kerl dann bei der Konkurrenz?«, wundert sich Weiland. »Wir haben ihn dort am Mittwoch mit dem Geld herauskommen sehen, du erinnerst dich? Dazu wurde sogar extra ein Geldtransporter angefordert.«

»Laut *SCHUFA* liegt auf dem Wohnhaus der Brauns eine hohe Hypothek, die erst etwa zur Hälfte abbezahlt ist. Und jetzt halte dich fest: Seit genau letztem Mittwoch ist ein weiterer Kredit in Höhe von einer Viertelmillion hinzugekommen! Na, was sagst du dazu?«

»Ein Beweis dafür, dass Braun Dreck am Stecken hat, ist es für sich gesehen nicht. Es belegt eher, dass der Kerl pleite ist und das Geld überhaupt nicht hatte«, vermutet Weiland. »Und weil ihm das peinlich war, ist er nach nebenan zur Konkurrenz, um sich das Geld in aller Heimlichkeit dort zu beschaffen. Deshalb dauerte das auch so lange. Du weißt selbst, was da an Papierkram zu erledigen ist.«

»Ich?«, echot Müller. »*Ich* habe keine Schulden! Aber was ist mit dir? Du wirkst so zufrieden, hast du etwa was herausgefunden?« Horst war ja weisungsgemäß seit der Besprechung vorhin mit der erneuten Sichtung des Videos von der Tiefgaragenzufahrt in der Wilhelmstraße beschäftigt. Dass er jetzt so entspannt ist, lässt ein positives Ergebnis vermuten.

»Und ob!« Weiland dreht den Computermonitor zu ihm. Auf dem Bildschirm ist das Standbild eines weißen Opel zu sehen, der an der Schranke steht, weil sein Fahrer gerade ein Parkticket zieht. Dessen Gesicht ist der Kamera zugewandt und daher deutlich zu erkennen. Horst hält die Phantomzeichnung des Unbekannten aus der *Rockbar* daneben.

»Tataaa!«, macht er theatralisch eine Fanfare nach. »Wir haben unseren Mann!« Der Zeitstempel am unteren Bildrand lautet *11:26:03*. Die SMS der Entführer, mit der sie Braun aufforderten, den Geldkoffer in der Tiefgarage zu deponieren, kam um exakt 11:30 Uhr!

»Was ist mit dem Nummernschild?«

»Ist dermaßen verdreckt, dass es nicht einmal ansatzweise zu erkennen ist«, dämpft Weiland den aufkommenden Optimismus. »Leider!«

* * *

Wir haben etwas über den Mann aus der Kneipe herausgefunden, das Sie garantiert interessieren wird!, sagte Lara Becker vor nicht einmal einer Stunde zu Tobias Heller.

Dass es sich dabei um die Untertreibung des Jahrhunderts handelte, sollte sich schon mit den nächsten Sätzen der jungen Frau herausstellen: Auf dem Weg zur Schule, gab das Mädchen an, sei ihr und Noah ein Mann aufgefallen, der unmittelbar vor ihnen aus einer Bäckerei kam und sie beide beinahe umgerannt hätte.

Mensch, Lara!, hatte ihr Freund ihr aufgeregt ins Ohr geflüstert und sie dabei heftig am Arm gepackt. *Das ist doch der Kerl aus der Kneipe!*

Und tatsächlich: Beim zweiten Hinsehen bemerkte auch Lara den Ring im linken Ohr des glatzköpfigen Mannes. Genau so einen trug der in der *Rockbar* nämlich auch! Der Kerl, der sie jetzt um ein Haar angerempelt hatte, erkannte sie aber zum Glück nicht, da er den Kopf gesenkt hielt, als er an ihnen vorbeilief.

Schnell, und ohne lange über etwaige Risiken nachzudenken, fassten die beiden den Entschluss, ihm vorsichtig zu folgen, und waren so nur wenige Augenblicke später in der Lage, das Nummernschild des weißen Opel zu notieren, in den der Verdächtige einstieg.

Tobias Heller rief umgehend Horst Weiland an, der versprach, das Kennzeichen sofort zu checken. Dessen Information, erst vor wenigen Minuten den vermutlich selben Wagen zur fraglichen Zeit auf dem Überwachungsvideo der Troisdorfer Tiefgarage identifiziert zu haben, schlug dabei wie eine Bombe ein.

Ohne das Ergebnis der Halterfeststellung abzuwarten, eilten Heller und Malowski zum Parkplatz und zu ihrem Dienstwagen, um keine weitere Zeit mehr zu verlieren. Lara Becker und Noah Ziegler wurden angewiesen, sich in das dritte Obergeschoss zu Kriminaloberkommissar Weiland zu begeben und ihre Aussage dort zu Protokoll zu geben. Eine eindringliche Belehrung, solche Detektivgeschichten in Zukunft der Polizei zu überlassen, gab Denise Malowski ihnen aber noch mit auf den Weg.

Jetzt, kaum eine Dreiviertelstunde später, stehen sie vor der Wohnungstür eines Burghard Krüger, vierunddreißig Jahre alt, ledig, und Hartz-IV-Empfänger. Horst Weiland hatte ein wahres Meisterstück vollbracht, all diese Informationen innerhalb kürzester Zeit während ihrer Fahrt hierher zusammenzutragen. Den weißen Opel, ein schon etwas betagtes Modell, fanden die Kommissare vor dem Haus auf der Straße geparkt vor, Burghard Krüger sollte demnach zu Hause sein.

Tobias zieht schnüffelnd die Luft durch die Nase. Ein unverkennbarer Geruch nach ›Gras‹ liegt in der Luft. Nicht intensiv, aber dennoch deutlich vernehmbar.

»Ich setze meine BMW gegen deinen Smart, dass der Kerl abzuhauen versucht, sobald er uns sieht«, grinst er seine Partnerin an und betätigt die Türklingel.

»Nee, lass mal stecken. Wir könnten beide mit dem Gewinn nichts anfangen«, gibt Denise trocken zurück.

* * *

Der Mann, der ihnen kurz darauf die Tür öffnet, entspricht im Aussehen nahezu exakt der Beschreibung, die von den Teenagern abgegeben wurde, was zum einen sicher an deren ausgezeichneter Beobachtungsgabe liegt, aber natürlich ebenso am zeichnerischen Talent der Polizeizeichnerin, die das Konterfei des Verdächtigen erstellte.

Der gravierendste Unterschied zu den Angaben, die Lara und Noah lieferten, ist seine Kleidung: Er trägt nämlich keine und steht mehr oder weniger in Unterwäsche vor ihnen, was wohl der frühsommerlich hohen Temperatur geschuldet ist, die seit einigen Tagen herrscht und die kaum aus den Wohnungen herauszubekommen ist.

Na, das wird lustig werden!, denkt Denise amüsiert und zückt ihren Dienstausweis, den sie Krüger für ihn gut lesbar hinhält. »Malowski und Heller, Kripo Siegburg!«, stellt sie sich und ihren Partner vor, der seinen Ausweis ebenfalls mit einem leicht belustigten Gesichtsausdruck vorzeigt. »Herr Krüger?«

Aus irgendeinem Grund scheint der Mann, der in Unterhosen vor ihnen steht, für die freundlich

193

lächelnden Beamten vor seiner Tür wenig Sympathien übrigzuhaben. In Sekundenschnelle verwandelt sich sein fragender Gesichtsausdruck in eine panische Fratze, mit weit aufgerissenen Augen. Im nächsten Augenblick fällt die Wohnungstür mit einem lauten Knall vor Malowski und Heller ins Schloss.

»Meinst du, der haut jetzt durchs Fenster ab?«, fragt Tobias seine Kollegin, ohne den Blick von der Tür zu nehmen.

»Auf jeden Fall!«, lautet die Antwort.

»Das hier ist doch eine Parterrewohnung, oder?«

»Jep!«

»Und die Fenster sind auf der Straßenseite?«

»Davon ist auszugehen.«

»Es ist heute zu heiß, um hinter einem Kerl in Unterhosen herzurennen, oder was meinst du?«

»Und total überflüssig wäre es auch. Lass uns gehen.«

Nach diesem für Außenstehende recht eigentümlich anmutenden Dialog drehen Denise und Tobias sich synchron auf den Absätzen um und steuern gemessenen Schrittes und mit einem grimmigen Lächeln auf den Lippen die Haustür an.

Der Grund für die entspannte Haltung der Kommissare offenbart sich wenige Augenblicke später: Zwei grinsende uniformierte Polizeibeamte stehen vor einem weit offenen Fenster auf dem Gehweg und halten einen heftig zappelnden Mann in

Unterwäsche zwischen sich fest, der ihnen förmlich in die Arme gelaufen - oder besser gesagt - geklettert ist.

Selbstverständlich hatte Tobias Heller auf der Fahrt hierher zwei Streifenwagen zur Unterstützung angefordert und die Kollegen vor dem Betreten des Hauses angewiesen, vor und hinter dem Gebäude Posten zu beziehen. »Sie sollten sich etwas anziehen, bevor Sie uns aufs Revier begleiten, Herr Krüger«, rät Denise Malowski dem Mann. »Es wird garantiert länger dauern!«

* * *

»Und der ist tatsächlich in Unterwäsche auf die Straße getürmt?«, lacht Chrissie, nachdem Denise die Story von der Festnahme Krügers zum Besten gegeben hatte. »Da wär' ich gern dabei gewesen«, grinst sie, was ihr einen kritischen Seitenblick ihres Freundes Wolfgang einbringt.

»So, wärst du das?«, brummt er. »Aber wenn einer so verzweifelt ist, hat er auch ganz sicher etwas zu verbergen. Was aber im Übrigen ebenfalls für den ehrenwerten Thomas Braun gilt! Da kann Chrissie euch gleich was zu sagen.«

»Das hat Zeit bis später!«, bestimmt Tobias Heller. »Jetzt ist es erst einmal angesagt, den Krüger in die Mangel zu nehmen, er wartet schon im Vernehmungsraum.« Er hält ein Dokument hoch: »Das ist ein Durchsuchungsbeschluss für seine Wohnung. Zwei von euch fahren mit der SpuSi gleich anschließend dorthin. Wer übernimmt das freiwillig?«

»Wenn niemand etwas dagegen einzuwenden hat, würde ich das gerne mit Chrissie zusammen erledigen«, meldet sich Wolfgang Müller nach einem abstimmenden Blick zu seiner Freundin, die begeistert mit dem Kopf nickt. Horst Weiland zuckt gleichgültig mit den Schultern dazu.

»Dann wäre das ja geklärt. Achtet auf Hinweise für eine Anwesenheit Alma Brauns in den Räumlichkeiten, vor allem im Keller! Denise und ich werden uns jetzt auf die Vernehmung vorbereiten. Drückt uns die Daumen, dass wir von dem Kerl ein Geständnis erhalten! Horst, du fährst in der Zwischenzeit zu Lara Becker und Noah Ziegler und holst die zwei hierher. Es wird vor dem Verhör zur Sicherheit eine Gegenüberstellung geben. Anschließend nimmst du dir Alma Brauns Handy vor, die Forensik hat es heute Morgen freigegeben. Such nach Kontakten, die wir eventuell befragen könnten. Ihr Mann war diesbezüglich ja nicht sonderlich auskunftsfreudig.«

* * *

Die Stunde, die Horst Weiland benötigte, die beiden jungen Leute zu Hause abzuholen und hierher zu bringen, verwendeten Denise Malowski und Tobias Heller damit, im Haus geeignete ›Vergleichskandidaten‹ für die Gegenüberstellung zusammenzutrommeln. Mindestens vier weitere männliche Personen, in Alter und Statur möglichst dem Verdächtigen ähnlich, sind hierfür erforderlich. Da es heutzutage unter den Männern fast schon die Regel ist, sich den Kopf zu rasieren, sind sogar einige Glatzköpfe darunter.

So stehen jetzt fünf Männer im Vernehmungsraum einträchtig nebeneinander, jeder mit einer
Nummerntafel in den Händen, die er gut sichtbar
vor sich hält. Auf der anderen Seite des Einwegspie-
gels warten Lara Becker und Noah Ziegler im Beisein von Denise Malowski und Tobias Heller auf
ihren Einsatz. Beiden ist die Aufregung anzusehen,
die mit dieser für sie neuen Erfahrung verbunden
ist.

Nach etwa zehn Minuten, in denen jeder der
Kandidaten auf Zuruf einmal vortrat, sich von
vorne, in den Profilen und von hinten den Zuschau-
ern präsentierte, sind sich Lara und Noah einig: Sie
deuten auf den zweiten von rechts und sagen wie
aus einem Mund: »Die Nummer Vier dort! Der
war's!« Es handelt sich um Burghard Krüger.

»Vielen Dank, meine Herren!«, gibt Tobias Heller
über die Sprechanlage durch. Er ist sichtlich zufrieden mit dem Ergebnis. »Alle bis auf die Nummer
Vier können jetzt gehen.«

* * *

Sinnend betrachtet Horst Weiland das Smartphone in seiner Hand, das ihm von Amara Jones,
die nicht mit zur Wohnung des Verdächtigen gefahren ist, vorhin in die Hand gedrückt wurde. Der
Code zum Entsperren sei identisch mit dem
Geburtsdatum der Eigentümerin, mehr sagte sie
nicht dazu. Offenbar gab es keine forensischen Spuren daran. Nun, das war auch nicht zu erwarten
gewesen, wenn man das insgesamt zugegebener-

maßen höchst professionelle Vorgehen der Entführer berücksichtigt.

Seine Aufgabe besteht jetzt ohnehin weisungsgemäß darin, in der umfangreichen Kontaktliste des Handys nach Personen zu suchen, die Alma Braun nahestehen könnten. Nahe genug, sie zu intimeren Einzelheiten aus ihrem Leben zu befragen, als ihr Ehemann bereit oder in der Lage war, auszusagen. Dies stellt den nächsten logischen Schritt in der laufenden Ermittlung dar. Ärzte, Friseure, Nagelstudios und so weiter fallen daher schon einmal weg.

Weiland hat aber eine Idee, die seiner Meinung nach zielführender sein dürfte, als alle Kontakte zu sichten und die Nummern einzeln abzutelefonieren: Eine beste Freundin, so überlegt er, hätte doch in den acht Tagen seit dem Verschwinden der Alma Braun ganz bestimmt mehrere Male versucht, diese telefonisch oder per *WhatsApp* beziehungsweise SMS zu erreichen.

Und tatsächlich: Sowohl in der Liste der verpassten Anrufe als auch im Nachrichteneingang finden sich haufenweise Einträge einer einzigen Telefonnummer, die in den Kontakten einer *Renate* zugeordnet ist. Mit einem zufriedenen Lächeln auf den Lippen wählt er diese Nummer mit seinem eigenen Telefon. Nach dem dritten Klingelton hebt jemand ab.

* * *

Die Wohnung, die Christina Ohlsen und Wolfgang Müller im Beisein von Jürgen Vogel und zwei seiner Mitarbeiter betreten, besteht aus einem Wohnbereich mit integrierter, winziger Küche, einem kleinen Bad und einem Schlafzimmer. Die beiden einzigen Fenster befinden sich an der Straßenseite, durch eins davon versuchte der Wohnungsinhaber vor wenigen Stunden zu flüchten.

Wer vor der Polizei abhaut, hat etwas zu verbergen!, schlussfolgert Chrissie, während sie mit ihrem Partner die Räume inspiziert. *Und ich bin gespannt darauf, zu erfahren, was das ist!* Aufmerksam schaut sie sich um. Weil es sich hierbei im weitesten Sinne um einen Tatort handeln könnte, haben sie und Wolfgang entsprechende Schutzmonturen übergestreift.

Einen ausgeprägten Ordnungssinn kann man dem Mann, der hier wohnt, schon einmal nicht attestieren. Überall liegen irgendwelche Sachen herum, die normalerweise in Schränke und Schubladen gehören. Ein voller Aschenbecher auf dem Tisch erregt sofort ihre Aufmerksamkeit. Wolfgang Müller schnüffelt an einem vermeintlichen Tabakbeutel, der daneben liegt und verzieht angewidert das Gesicht. »Das ist Gras!«, stellt er naserümpfend fest und legt den Beutel wieder hin.

»Das hier könnte eventuell etwas für uns sein, Wolfie!«, ruft Chrissie ihm zu. Sie hat ein Smartphone zur Hand genommen, welches sie auf einer Kommode in einer Zimmerecke liegen sah. Wolfgang tritt hinzu und schaut ihr neugierig über die Schulter, während sie zuerst durch den Nachrichten- und Anrufverlauf der letzten Tage scrollt und sich anschließend die Foto-App vornimmt. »Schade, auf Anhieb ist nichts Belastendes zu sehen«, äußert sie sich nach einer Weile enttäuscht und lässt das Handy in einen Spurensicherungsbeutel fallen.

Wolfgang Müller nimmt derweil einen großen Umschlag zur Hand, der ebenfalls auf der Kommode lag, und schaut hinein. Sein anerkennender Pfiff durch die Zähne lässt Chrissie Ohlsen aufmerksam werden. »Hast du was gefunden?«, fragt sie und dreht sich zu ihm um.

Er greift in den Umschlag. »Das will ich doch meinen!« Als seine Hand wieder zum Vorschein kommt, befindet sich ein dickes Geldbündel darin. »Na, was sagst du dazu?«, grinst er sie an. »Das ist doch ein Volltreffer, oder etwa nicht? Das sind lauter Hunderter, und sie sehen verdammt neu aus!«

»Wow, das müssen mehrere Tausend Euro sein!«, schätzt Christina Ohlsen. »Wie kommt einer, der von Stütze lebt, denn an so viel Kohle?«

»Gute Frage ... Es könnte sich um einen Teil des Lösegeldes handeln.«

»Vielleicht ... Verdächtig ist es aber auf jeden Fall! Was hältst du denn davon, wenn wir beide uns schon mal in seinem Keller umschauen? Dann stehen wir den Jungs von der SpuSi nicht im Weg herum. Und wer weiß, vielleicht gibt es da unten ja ebenfalls etwas zu sehen!«

Müller nimmt sein Handy zur Hand. »Gib mir eine Minute, ich unterrichte vorher nur schnell Tobias von unserem Fund. Er wird zwar mitten in der Vernehmung Krügers sein, aber das mit dem Geld wird ihn auf jeden Fall interessieren!«

* * *

»Wo waren Sie am vergangenen Mittwoch, in der Zeit zwischen 11:30 Uhr und 11:45 Uhr, Herr Krüger?«, schießt Tobias Heller seine erste Frage auf den Mann ab, der ihm und Denise Malowski - jetzt vollständig bekleidet - am Vernehmungstisch gegenübersitzt. Krügers Gesichtsausdruck ist dabei eine Mischung aus Angst und Trotz, offenbar ist er sich über den Grund seiner Festnahme nicht vollständig im Klaren. Wogegen wiederum der Fluchtversuch spräche.

»Sie wissen es nicht?«, fragt Heller nach, weil Burghard Krüger keine Anstalten macht, die Frage zu beantworten und stattdessen weiterhin verbissen schweigt. »Dann will ich Ihrem Gedächtnis ein wenig auf die Sprünge helfen. Das sind doch Sie, oder etwa nicht?«, schiebt er ein vergrößertes Standbild aus dem Überwachungsvideo der Troisdorfer Tiefgarage zu dem Verdächtigen hinüber.

Jetzt beginnt es im Gesicht Krügers zu arbeiten, als er sich über die Aufnahme beugt. »Ich ... ich verstehe nicht ...«, stottert er verwirrt. »Was hat das denn jetzt mit meiner Festnahme zu tun?«

»Bei der Sie es übrigens dermaßen eilig hatten, das Haus zu verlassen, dass Sie nicht einmal Zeit fanden, sich etwas anzuziehen!«, bemerkt Denise Malowski mit sarkastischem Unterton. Eine Antwort erhält sie darauf erwartungsgemäß nicht.

»Was das damit zu tun hat?«, ergreift Tobias Heller wieder das Wort. »Schauen Sie sich die Aufnahme bitte genau an: Um 11:26 Uhr fuhren Sie mit ihrem Wagen in die Tiefgarage an der *Galerie Troisdorf*, wie Sie an der eingeblendeten Uhrzeit unschwer erkennen können. Nur wenige Minuten später stürmte ein Sondereinsatzkommando der Polizei besagte Tiefgarage, nachdem kurz vorher ein Geldkoffer dort abgestellt wurde. Als wir dort ankamen, war der Koffer leer! Wo befanden *Sie* sich zu diesem Zeitpunkt?«

Bevor Krüger eine Antwort darauf geben kann, meldet das auf lautlos gestellte Handy Hellers mit einem Summen einen eingehenden Anruf. Nach einem Blick auf die Anruferkennung nimmt er das Gespräch an. »Wolfgang? Habt ihr schon etwas für uns?« Nach einer Minute konzentrierten Zuhörens legt er mit einem »Danke, das ist äußerst hilfreich!« wieder auf.

Flüsternd informiert er Denise Malowski über die von Wolfgang Müller durchgegebene Information. Sein Gegenüber lässt er dabei keinen Augenblick aus den Augen, was die ohnehin vorhandene psychologische Wirkung des vorangegangenen Anrufs noch verstärkt. Anschließend fixiert er Krüger mit durchdringendem Blick. Der hat jetzt ein eindeutig sorgenvolles Gesicht aufgesetzt. Und etwas blass um die Nase geworden ist er auch, wie die Kommissare mit einiger Zufriedenheit zur Kenntnis nehmen. Viel Zeit zum Nachdenken lassen sie ihm aber nicht.

»In Ihrer Wohnung wurde eine reichlich große Summe Bargeld gefunden!«, konfrontiert Denise Malowski ihn mit den neuen Erkenntnissen. »Einer unserer Ermittler, der in diesem Augenblick gemeinsam mit Spezialisten der Spurensicherung Ihre Wohnung durchsucht, fand vorhin ein dickes Bündel funkelnagelneuer Banknoten. Lauter Hunderter! Wie kommen Sie als Sozialhilfeempfänger an so viel Geld, Herr Krüger?«

»Außerdem haben wir die Aussage zweier Zeugen, dass Sie herumerzählt haben, Sie seien am vergangenen Mittwoch in besagter Tiefgarage an einer Lösegeldübergabe, bei der solche Geldbündel ebenfalls eine maßgebliche Rolle spielten, beteiligt gewesen!«, fügt Tobias Heller hinzu. »Wollen Sie nicht endlich ein Geständnis ablegen? Aus dieser Nummer kommen Sie sowieso nicht wieder heraus!«

Burghard Krüger ist bei jedem der Worte Malowskis und Hellers ein wenig mehr in sich zusammengesackt und sitzt jetzt wie ein Häufchen Elend vor den Ermittlern. »Ich möchte eine Aussage machen«, flüstert er kaum hörbar.

KAPITEL 8

08:30 Uhr

Kriminaloberkommissar Weiland weist höflich auf den Besucherstuhl vor seinem Schreibtisch. »Bitte, nehmen Sie doch Platz, Frau Koch!«, fordert er die frühe Besucherin freundlich auf. »Und nochmals einen herzlichen Dank, dass Sie es so kurzfristig einrichten konnten, hierherzukommen! Hatten Sie denn eine angenehme Fahrt?«

Horst Weiland ist derzeit allein. Wolfgang Müller und Christina Ohlsen haben einen privaten Termin und werden deshalb heute ausnahmsweise erst um 9:00 Uhr zum Dienst erscheinen und Denise Malowski und Tobias Heller nehmen sich zur Stunde den tatverdächtigen Burghard Krüger ein weiteres Mal vor. Dieser hatte in seiner gestrigen Aussage zum Tatvorwurf der Geiselnahme keine Stellung bezogen, sondern ihnen stattdessen eine hanebüchene Geschichte zu dem bei ihm gefundenen Geld aufgetischt, die es zu widerlegen gilt.

Die Forensik ist daher zurzeit mit Hochdruck dabei, in den Ergebnissen der Wohnungsdurchsuchung Hinweise zu finden, die ihn hoffentlich dennoch der ihm zur Last gelegten Tat überführen.

Wenn sich beispielsweise Brauns Fingerabdrücke auf den in Krügers Wohnung gefundenen Banknoten befänden, wäre dies ein Volltreffer. Denn ohne überzeugende Beweise für eine Mittäterschaft wird der zuständige Staatsanwalt keinen Haftbefehl ausstellen, sodass Krüger spätestens morgen früh auf freien Fuß gesetzt werden müsste.

»Wie Sie sehen, komme ich auf dem direkten Weg vom Bahnhof«, gibt Renate Koch müde zurück und zeigt auf den mitgebrachten Koffer. Sie wirkt abgespannt und fahrig. »Nach Ihrem Anruf habe ich unverzüglich meinen Urlaub an der Nordsee abgebrochen und den nächsten Zug genommen. Ich war die halbe Nacht unterwegs.«

Sie wischt sich über die Augen, als wolle sie einen schlimmen Albtraum abschütteln. »Und es besteht wirklich kein Zweifel, dass es sich bei der gefundenen Leiche um meine Freundin Alma handelt?« Ein kleiner Hoffnungsfunke glimmt in den Augen der Besucherin auf. Wie die meisten Angehörigen von Mordopfern klammert auch sie sich verzweifelt an die minimale Möglichkeit eines Irrtums.

Um Zeit zu gewinnen, unterzieht Weiland die Frau einer kurzen, unauffälligen Musterung. Alles an ihr sieht nach Geldadel aus, allein der Diamantring an einem ihrer Finger kostete sicher mehr, als er oder irgendein anderer in diesem Haus in einem Jahr verdient. Von ihrer exquisiten Kleidung ganz zu schweigen.

»Leider nein, Frau Koch«, entschließt er sich endlich zu einer Antwort. »Wir haben einen DNA-

Vergleich durchgeführt, und ihr Ehemann hat sie zudem zweifelsfrei identifiziert.«

Über das Gesicht der Frau legt sich ein Schatten, als er den Ehepartner der Toten erwähnt. Ganz kurz zwar nur, aber Horst Weiland ist ein aufmerksamer Beobachter. Er nimmt sich vor, später darauf zurückzukommen, greift aber zunächst zu den beiden Phantomzeichnungen. »Haben Sie einen dieser Männer schon einmal gesehen, Frau Koch?«, fragt er und gibt ihr die Zeichnungen von Richard Lohmeier und Burghard Krüger in die Hand.

Renate Koch unterzieht die Bilder einer eingehenden Musterung und gibt sie anschließend kopfschüttelnd zurück. »Tut mit leid, die habe ich noch nie gesehen«, bedauert sie. »Haben diese Männer etwas mit dem Tod meiner Freundin zu tun?«

»Wir wissen es nicht mit Bestimmtheit«, weicht Horst Weiland aus. »Sagen Ihnen denn die Namen Richard Lohmeier und Burghard Krüger etwas?«, wird er für den Fall konkret, dass Alma Braun diese Personen irgendwann einmal ihrer Freundin gegenüber erwähnte. Aber auch hier erntet er wieder nur ein entschiedenes Kopfschütteln. Einige Sekunden verstreichen, in denen er sorgfältig über sein weiteres Vorgehen nachdenkt.

»Ich könnte mir aber sehr gut vorstellen, dass ihr feiner Ehemann da mit drinsteckt!«, holt ihn Renate Koch aus den Überlegungen zur Formulierung seiner nächsten Frage. Weiland wölbt überrascht die Augenbrauen, denn um genau dieses Thema drehten sich die eigenen Gedanken!

»Würden Sie das bitte konkretisieren?«, fordert er die Frau auf, wobei er einen betont neutralen Tonfall anschlägt. »Gab es in der Vergangenheit Hinweise auf gewalttätige Auseinandersetzungen? Oder hatte Ihre Freundin Eheprobleme, von denen Sie wissen?«

Frau Koch schaut ihn lange sinnend an, bevor sie sich dazu äußert: »Alma vertraute mir kürzlich einige Dinge an, die im Nachhinein jetzt für mich einen vollkommen anderen Sinn ergeben. Und eine spezielle Beobachtung, die ich bezüglich ihres feinen Herrn Gemahl selbst vor einiger Zeit machen durfte, erscheint mir nun ebenfalls in einem völlig anderen Licht, damals dachte ich mir nichts weiter dabei. Aber lassen Sie mich von Anfang an berichten ...«

* * *

08:36 Uhr

Vor ihnen sitzt wieder Burghard Krüger, der aber im Gegensatz zur gestrigen Vernehmung heute einen ganz und gar entspannten Eindruck auf Denise und Tobias macht. Offenbar ist er trotz einer sicherlich unbequemen Nacht in der Arrestzelle der Ansicht, aus dem Gröbsten heraus zu sein. Lächelnd schaut er den Kommissaren beim Ordnen ihrer Unterlagen auf dem Vernehmungstisch zu.

Dir wird das Grinsen auch noch vergehen, Freundchen!, denkt Denise Malowski und startet gleich ihre erste Offensive: »Herr Krüger, ich werde zunächst verlesen, was sie gestern aussagten, als wir Sie zu dem bei Ihnen gefundenen Bargeld befragten. Nur, damit es im weiteren Verlauf der Vernehmung nicht zu Missverständnissen kommt!« Sie greift zum Vernehmungsprotokoll. »*Ich gebe zu, in meinem Keller Hanf anzubauen, Sie werden die Plantage ohnehin bei der Durchsuchung finden. Das Geld, das Sie in der Wohnung fanden, stammt aus dem Verkauf von Marihuana. Mit einer Entführung habe ich nichts zu tun*«. Bleiben Sie bei dieser Version, oder haben Sie Ihrer Aussage etwas hinzuzufügen beziehungsweise zu korrigieren?«

»Selbstverständlich bleibe ich dabei«, nickt Krüger selbstgefällig. »Es ist schließlich die Wahrheit!«

»Ich habe hier einige Fotos, die unsere Leute von Ihrer ›Plantage‹ gemacht haben.« Denise malt dabei mit den Fingern Anführungszeichen in die Luft und schiebt einige ausgedruckte Fotos aus dem Keller des Beschuldigten zu diesem hinüber. »Wie Sie sicher sehr wohl selbst wissen, handelt es sich dabei um exakt vierundzwanzig Hanfpflanzen, einzeln in einer identischen Anzahl von Tontöpfen gezogen.«

»In Ihrer Wohnung fanden wir 5.000 Euro in nagelneuen ungebrauchten Banknoten zu je hundert Euro«, fügt Tobias Heller hinzu. »Der Schwarzmarktpreis für Marihuana liegt hierzulande derzeit zwischen sieben und zehn Euro für das Gramm. Ich gehe einmal vorsichtig davon aus, dass Sie für Ihr selbst angebautes Gras allerhöchstens fünf Euro bekommen haben. Das wäre dann bei der Summe ein sattes Kilogramm! Wie viele Jahre haben Sie benötigt, um mit den paar Pflänzchen im Keller diese Menge zusammenzubekommen?«

»So lange hat das nicht gedauert, Herr Kommissar«, berichtigt Krüger ihn amüsiert. »Ich habe eben einen außergewöhnlich guten Preis damit erzielt. Das war auch der Grund dafür, warum ich am Abend in die *Rockbar* ging, um den Deal zu feiern.«

»Das heißt, die Übergabe war am Samstag?«, hakt Denise Malowski ein. »Und was taten Sie dann am Mittwoch in der Tiefgarage?«

»Dasselbe, was ich Ihnen schon gestern sagte«, entgegnet Krüger ruhig. Malowskis Frage zielt ohnehin nur darauf ab, den Verdächtigen zu widersprüchlichen Aussagen zu verleiten. »Ich war in der *Galerie*, weil ich mich bei dem Discounter im Obergeschoss nach einem Großbildfernseher umschauen wollte, den ich mir ja jetzt leisten kann! Fragen Sie den Verkäufer! Er wird sich garantiert an mich erinnern, weil ich ihn mit meiner Fragerei genervt habe und dann doch nichts kaufte.«

»Kommen wir zu Ihrem Kneipenbesuch«, lässt Malowski die Worte unkommentiert. Sie decken sich fast wörtlich mit der gestrigen Aussage. »Sie sprachen am Samstagabend in der *Rockbar* mit zwei Teenagern und behaupteten ihnen gegenüber, an einer Geldübergabe in der Tiefgarage am Mittwoch beteiligt gewesen zu sein.«

»Ich hatte gewaltig einen im Tee, Frau Kommissarin«, gesteht Krüger. »Ich kann mich auch gar nicht mehr an alles erinnern, was ich denen aufgetischt habe. Hab mich eben was aufgeplustert, nachdem ich beinahe Augenzeuge Ihres Großeinsatzes geworden war. Den Rest hab ich mir aus der

Zeitung zusammengereimt, es gab ja mehrere Artikel darüber im *Rhein-Sieg-Echo*!«

»Das bedeutet dann, dass wir die Fingerabdrücke des Ehemannes des Entführungsopfers auf gar keinen Fall an Ihren Geldscheinen finden werden?«, wird Tobias Heller konkret. »Er hat die Scheine selbst in den Koffer gepackt und somit auch angefasst!«

»Ich kann natürlich nicht ausschließen, dass einer der Entführer später auch mein Kunde war«, grinst Krüger siegessicher. »Aber Sie wissen selbst, wie unwahrscheinlich das wäre! Also nein!«

»In Ordnung!« Tobias Heller sammelt nach einem abstimmenden Blick zu Denise Malowski seine Unterlagen zusammen und erhebt sich. »Bis zur endgültigen Klärung der Angelegenheit bleiben Sie weiterhin unser Gast!«

»Ohne Haftbefehl können Sie mich nicht länger festhalten!«, ruft Krüger ihm aufgebracht hinterher.

Denise Malowski erhebt sich ebenfalls. »Das nicht, Herr Krüger«, bescheidet sie ihm. »Aber wir werden Sie an das Kommissariat für Drogendelikte weiterreichen, und die nehmen dann eine erneute Festnahme vor. Ich könnte mir vorstellen, dass der Staatsanwalt in diesem Fall einen Haftbefehl wegen ›Drogenhandels in erheblichem Umfang‹ ausstellen wird! Bringen Sie den Mann in seine Zelle!«, weist sie den Wachmann an der Tür an, bevor sie ihrem Partner nach draußen folgt. Burghard Krüger schaut ihr mit offenem Mund hinterher.

* * *

Tobias Heller betritt hinter Denise Malowski als Letzter den Besprechungsraum und nimmt mit Verwunderung zur Kenntnis, dass außer dem Leiter der Forensik auch dessen Mitarbeiterin Amara Jones anwesend ist, die den Platz neben ihrem Vorgesetzten eingenommen hat und in einigen mitgebrachten Unterlagen blättert.

Nanu, denkt er, *soweit ich weiß, ist doch gar nichts mehr aus ihrem Bereich offen! Krüger hat ja keinen Computer. Ob sie auf seinem Handy etwas gefunden hat?* Nachdenklich nimmt er den Platz neben Denise ein. Der Datenstick, den die IT-Spezialistin griffbereit vor sich auf dem Tisch liegen hat, entgeht ihm dabei ebenso wenig, wie die angespannte Haltung von Kollege Weiland, die ihn erahnen lässt, dass dieser im Besitz einer wichtigen Information ist.

»Was hat die Forensik heute für uns?«, fordert er aber trotzdem zunächst deren Leiter Jürgen Vogel auf, seinen Bericht abzugeben. Die Ergebnisse aus Burghard Krügers Wohnung haben jetzt absoluten Vorrang, da eine weitere Inhaftierung des Verdächtigen ohne konkrete Beweise zumindest fragwürdig scheint.

»Ich fürchte, das wird euch nicht gefallen!«, brummt Vogel und erhebt sich umständlich von seinem Platz, wie immer, wenn er einen längeren Vortrag zu halten gedenkt. »Fangen wir mit dem Auto des Verdächtigen an: Weder im Fahrgastraum noch im Kofferraum waren Spuren wie beispielsweise DNA oder Fingerabdrücke zu finden, die eine Anwesenheit von Alma Braun oder Richard Lohmeier belegen. Wir schließen daher mit großer Gewissheit aus, dass diese Personen mit dem Fahrzeug transportiert wurden. Eine nachträgliche Spurenbeseitigung durch den Eigentümer ist aufgrund des Gesamtzustandes des Autos ausgeschlossen, es wurde nämlich längere Zeit nicht mehr gereinigt.«

»Was ist mit dem Keller?«, erkundigt sich Denise Malowski, obwohl sie die Antwort bereits zu kennen glaubt.

»Wenn du meinst, ob man dort eine Leiche mehrere Tage kühl lagern kann, wie es wahrscheinlich bei Frau Braun der Fall war, muss ich euch auch in diesem Fall enttäuschen. Der Kellerraum liegt in unmittelbarer Nachbarschaft zum Heizungskeller. Und da die Gastherme auch für die Warmwasserversorgung des Hauses zuständig ist, herrscht dort ganzjährig ein recht tropisches Klima, um es einmal so auszudrücken. Dafür ist der Raum hervorragend geeignet zur Aufzucht von Hanfpflanzen, wovon wir uns selbst überzeugen konnten.«

Jürgen Vogel blättert in seinem Bericht eine Seite um, bevor er fortfährt: »Wir haben uns natürlich auch die Kleidung des Verdächtigen vorgenommen, wobei wir ein besonderes Augenmerk auf die Schuhe richteten. Ich will es kurz machen: Sie passen weder in der Größe noch im Sohlenprofil auf die Abdrücke, die wir im Umfeld der Leiche am Michaelsberg sicherstellten. Weiterhin haben wir das Geld auf Spuren untersucht«, schließt Vogel seinen Vortrag ab. »Es waren nur die Fingerabdrücke von Burghard Krüger und einer weiteren, unbekannten Person darauf zu finden. Das ist alles!« Vogel nimmt seinen Platz neben Amara Jones wieder ein.

»Wir werden Krüger also nichts nachweisen können!«, konstatiert Tobias Heller mit finsterem Gesicht. »Seine Einlassung, mit der Beteiligung an der Geldübergabe in der Tiefgarage nur angegeben zu haben, ist ohne Gegenbeweis genauso wenig zu widerlegen wie die Behauptung, für ein paar hundert Gramm Marihuana 5.000 Euro erhalten zu haben, obwohl er uns den Käufer partout nicht nennen kann oder will. Und da Staatsanwalt Stein sich weigert, für einen Kleinkriminellen wie Krüger einen Haftbefehl wegen Drogenhandels auszustellen, werden wir ihn spätestens heute um Mitternacht auf freien Fuß setzen müssen. Eine Strafanzeige wegen des Handels mit Betäubungsmitteln wird es aber auf jeden Fall geben, sagte Hauptkommissar Bachmann vom Kommissariat drei.«

»Ich habe da noch etwas für euch!«, meldet sich Amara Jones schnell zu Wort, bevor ihr jemand zuvorkommt. »Zwar habe ich auf Krügers Handy nichts Belastendes finden können, aber ich habe jetzt endlich die Analyse des Telefonanrufs abgeschlossen, den Thomas Braun von einem der Entführer erhielt! Ich weiß, es ist über eine Woche her«, entschuldigt sie sich, weil alle sie fragend anschauen, »aber ich habe trotzdem noch etwas herausgefunden!« Erwartungsvoll schaut sie in die Runde.

»Hast du etwa die Stimme des Anrufers identifiziert?«, erkundigt sich Heller hoffnungsvoll.

»Das nicht, Tobias. Aber lass es mich erklären, ich muss dazu nur etwas weiter ausholen. Und zwar war ich zunächst wie wir alle davon ausgegangen, dass die Stimme des Anrufers durch eine entsprechende App auf dem Handy verzerrt worden war.«

»Und das war sie nicht? Aber normal hörte sie sich für mich nicht an!«, erinnert sich Denise Malowski.

»Du hast recht, mit hoher Wahrscheinlichkeit wurde sie künstlich generiert. Ich hätte es eigentlich gleich erkennen müssen, weil die Umgebungsgeräusche auf der Aufnahme unverfälscht waren«, bekennt Jones freimütig. »Und das bedeutet, dass die Stimme eine Aufzeichnung war. Jemand hat einen Rekorder oder ein anderes Mobiltelefon, auf dem die Nachricht gespeichert war, während des Telefonats an das Mikro gehalten. Und die Stimme gehört überhaupt keinem realen Menschen, sondern wurde mit einem Computerprogramm generiert. Ich habe es anhand gewisser Merkmale erkannt.«

»Das ist ja alles schön und gut, Amara«, bemerkt Tobias Heller skeptisch, »Aber ich weiß nicht, was uns diese Erkenntnis bringen soll!«

»Das war ja auch nur die Einleitung«, grinst die IT-Spezialistin ihn offen an und reicht ihm den mitgebrachten Datenstick. »Das Beste kommt ja erst noch! Würdest du den bitte in den Rechner einstecken? Es ist die bereinigte Datei, bei der ich mit einem speziellen Filter die Sprache komplett entfernt habe.«

Tobias tut, wie geheißen und wenige Augenblicke später lauschen die Anwesenden konzentriert der exakt sechsundzwanzig Sekunden dauernden Aufnahme. Zu hören ist jetzt aber nicht viel, da die Sprache ja ausgeblendet wurde. Die Geräusche einiger vorbeifahrender Autos sind im Grunde alles, was zu vernehmen ist. Erst ganz zum Schluss, fast zeitgleich mit dem Ende der Sequenz, ertönt ein zweimaliger hochfrequenter Ton, der auf der ursprünglichen Aufnahme nicht zu hören war.

»Ich halte es für das Signal eines Timers, wie er in manchen Armbanduhren zu finden ist«, versucht Jones eine Erklärung. »Ob etwas damit anzufangen ist, müsst ihr selbst entscheiden.«

»Stimmt, das hört sich verdammt nach einem Timer an«, nickt Heller. »Ich hatte selbst einmal so eine Uhr. Es könnte bedeuten, dass der Unbekannte sehr viel Wert auf ein exaktes Timing bei der Übermittlung der Nachricht legte, aus welchem Grund auch immer. Ich weiß zwar nicht, ob uns das in der Sache weiterbringen wird, aber ... Danke, Amara! Das war hervorragende Arbeit!« Er wendet sich Horst Weiland zu: »Und nun zu dir: Ich sehe dir doch an der Nasenspitze an, dass du etwas auf der Pfanne hast, also heraus damit!«

Weiland entspannt sich sichtlich und beginnt zu berichten, was er erst vor weniger als einer Stunde erfuhr, wobei er die von Renate Koch unterschriebene Aussage zu Hilfe nimmt. »Als ich mir gestern Nachmittag das wiedergefundene Handy von Alma Braun vornahm, fielen mir sofort die verpassten Anrufe und SMS im Verlauf der letzten acht Tage auf«, teilt er den Kollegen einleitend mit. »Es waren sehr viele und die Telefonnummer war jedes Mal dieselbe, sodass ich mich entschloss, dort anzurufen. Frau Renate Koch, eine Freundin von Alma Braun, war vorhin wegen einer Aussage bei mir. Sie hat sogar extra ihren Urlaub an der Nordsee dafür abgebrochen und wusste einige höchst aufschlussreiche Dinge zu berichten!«

»An denen du uns sicher unverzüglich teilhaben lässt«, ermuntert Tobias Heller ihn mit einem bezeichnenden Blick zur Uhr, sich ein wenig zu beeilen.

»Frau Koch wusste beispielsweise von einer hohen Lebensversicherung, die Alma Braun vor etwa einem Jahr zugunsten ihres Mannes abschloss«, fährt Weiland ungerührt fort. »Eine Versicherung über eine halbe Million Euro!«

»Das wussten wir aber doch schon von einer Mitarbeiterin Brauns in der Bank, Horst!«, unterbricht Heller ihn ungehalten. »Es schlossen sogar *beide* eine solche Versicherung jeweils zugunsten des Ehepartners ab.«

»Das ist korrekt. Was du aber nicht weißt, ist, dass Alma Braun auf Drängen ihres Ehemannes *ihre* Versicherung vor kurzem erst um einen kleinen, aber feinen Zusatz erweiterte! Und dieser neue Passus besagt, dass die Versicherungssumme jetzt alle Folgen einer Entführung mit Ausnahme von Lösegeldforderungen abdeckt. Mit anderen Worten: Die Zahlung fällt doppelt so hoch aus, falls Alma Braun das Opfer einer Entführung wird und infolgedessen zu Tode kommt! Na, was sagt ihr nun?«

»Wusste deine Zeugin auch, welchen Grund Braun seiner Frau gegenüber für diese Zusatzklausel nannte?«, erkundigt sich Denise Malowski.

»Nein, das wusste Frau Koch nicht. Sie meinte nur, dass ihre Freundin es schon sehr befremdlich fand, dem Drängen ihres Mannes aber schließlich nachgab. Es gibt aber noch eine weitere Ungereimtheit: Und zwar ging Alma Braun ihrer Freundin zufolge regelmäßig in ein Fitnesscenter und mehrmals die Woche joggen!«

»Aber sagte ihr Mann nicht, dass sie an Asthma litt?«, wundert sich Chrissie Ohlsen.

»Eben! Aber das ist immer noch nicht alles«, erwidert Horst Weiland und macht eine bedeutungsvolle Pause. »Renate Koch ist reich. Und zwar weiß diese Frau vor lauter Geld nicht, wohin damit und besucht deswegen einmal im Monat ein Spielcasino, um es unter die Leute zu bringen. Und ratet mal, wen sie dort ebenfalls in schöner Regelmäßigkeit antrifft!«

»Angenommen, Thomas Braun ist spielsüchtig«, entwickelt Chrissie Ohlsen auf die Schnelle eine erste Theorie aus dem soeben Gehörten. »Wir wissen, dass er bei der Commerzbank kein Konto hat, er aber dort bekanntermaßen das Lösegeld beschaffte. Weiterhin wissen wir, dass er für die 250.000 Euro einen Kredit aufnahm, was bedeutet, dass sein Konto bei der Volksbank nicht über diese Summe verfügte. Sein Haus ist mit einer hohen Hypothek belastet und wurde garantiert für den neuen Kredit erneut verpfändet. Er ist demnach pleite und hat die Spielsucht womöglich mit dem

Geld eines Kredithais finanziert. Als dieser sein Geld zurückforderte, inszenierte er die Entführung seiner Frau und vielleicht sogar deren Ermordung. Oder aber er nahm an illegalen Glücksspielen teil und verschuldete sich dort. Wir wissen alle, zu welchen Maßnahmen diese Leute mitunter greifen, um ihre Forderungen durchzusetzen.«

»Deine blühende Fantasie in allen Ehren, aber nichts davon lässt sich derzeit beweisen!«, holt Tobias Heller die Kommissarin auf den Boden der Tatsachen zurück. »Am Tag der Entführung haben wir Brauns Haus auf Spuren untersucht und nichts außer der DNA von einem der Kidnapper gefunden. Und der ist bekanntlich mittlerweile ebenfalls tot! All das, was wir heute über Thomas Braun erfahren haben, ist für sich genommen ja nicht strafbar, und selbst wenn er sich mit kriminellen Elementen einließ: Wer sagt uns denn, dass nicht *diese* Leute für die Entführung verantwortlich sind? Außerdem, und das sagte ich bereits mehr als einmal, war seit Montag letzter Woche praktisch ständig mindestens einer von uns in Brauns Nähe. Falls er dennoch hinter allem steckt, hatte er Helfer. Haben wir die erst in Gewahrsam, bekommen wir den Rest auch heraus!«

»Dazu kommt, dass wir bei einer erneuten Hausdurchsuchung - für die wir aber bei der derzeitigen Faktenlage ohnehin keinen Beschluss erhalten - höchstwahrscheinlich gar nichts finden würden, da das Haus ja schon abgesucht wurde«, ergänzt Denise Malowski die Ausführungen ihres Partners. »Allenfalls Brauns Computer wäre womöglich aufschlussreich, aber den hat er praktischerweise vor ein paar Tagen verschrottet, wie er uns am Montag bei unserem letzten Besuch sagte. Selbst, wenn dies zu diesem Zeitpunkt gelogen war, wird er es anschließend nachgeholt haben. Immer vorausgesetzt natürlich, dass er da mit drin hängt. Wir haben also nichts gegen ihn in der Hand, das uns erlauben würde, tiefer zu graben.«

»Und wenn wir eine Kopie seiner Festplatte hätten?«, meldet sich Amara Jones zaghaft zu Wort.

Tobias Heller legt die Stirn in Falten. »Haben wir denn eine?«, fragt er in strengem Ton, weil er den Grund für die Frage der Forensikerin zu kennen glaubt.

»Ja, schon ...«, dehnt sie. »Also, wir hatten doch das Einverständnis von Braun, alles im Haus zu untersuchen. Da hab ich mir, bevor ich an seinem Laptop loslegte, sicherheitshalber eine Kopie der Festplatte erstellt. Für den Fall, dass im Rahmen meiner Arbeit Daten verloren gehen. Ich gehe eigentlich immer so vor, um späteren Schadenersatzansprüchen zuvorzukommen.«

»Und diese Kopie existiert noch, nehme ich an?« Tobias denkt konzentriert nach. »Wir werden sie nicht verwenden!«, eröffnet er dann Amara und den Kollegen, was ihm einige enttäuschte Gesichter beschert.

»Das Einverständnis galt nur für diesen speziellen Fall«, belehrt er die Anwesenden. »Daher wurde die Kopie zwar nicht rechtswidrig erstellt, darf aber nicht gegen Braun benutzt werden, solange wir keinen entsprechenden Gerichtsbeschluss haben.«

»Wir sind demnach gezwungen, ein mögliches Beweisstück zu ignorieren?«, entrüstet sich Chrissie lautstark und schüttelt unwillig den Kopf. »Ich glaub's ja nicht!« Da sie vor ihrem Wechsel zur Kriminalpolizei ein Jurastudium angefangen hatte, ist dieser Ausbruch eher ihrem Frust geschuldet als einem Unverständnis gegenüber der Rechtslage.

»Das sind wir in der Tat!«, nickt Tobias daher mit einem milden Lächeln. »Wir bewahren die Kopie aber trotzdem erst einmal auf. Ich werde Staatsanwalt Stein bitten, die Situation in Verbindung mit den anderen heute bekanntgewordenen Fakten rechtlich zu bewerten. Bis dahin konzentrieren wir uns weiter auf das verschwundene Geld. Eine Viertelmillion Euro löst sich nicht einfach so in Luft auf, oder?«

Bevor jemand auf seine Worte reagieren kann, gibt das Handy vor ihm auf dem Tisch einen hellen Glockenton von sich. Tobias nimmt das Mobiltelefon stirnrunzelnd zur Hand, weil sowohl SMS als auch Emaileingänge sich normalerweise mit einem anderen Signal melden. Diesen Ton hört er jetzt zum ersten Mal.

Kopfschüttelnd schaut er sich die soeben eingegangene Nachricht an, wischt über den Bildschirm und ist anschließend eine volle Minute in die Betrachtung der Anzeige versunken, bevor er das Telefon mit undurchdringlicher Miene wieder zurück auf den Tisch legt. Denise Malowski, die sich neugierig darüber beugt, sieht nur einen Kartenausschnitt mit einem kreisförmigen Symbol in der Mitte auf dem Display.

»Suchst du nicht schon seit Tagen nach dem verschwundenen GPS-Transponder?«, erkundigt sich Tobias Heller in beinahe beiläufigem Tonfall bei der IT-Spezialistin. »Wenn mich nicht alles täuscht, haben wir ihn in soeben gefunden!«

* * *

Sofort entsteht ein Tumult im Besprechungsraum. Alle reden wild durcheinander, bis Tobias dem mit einem »Ruhe, Leute! Nicht alle auf einmal!« ein Ende setzt. Dass er dabei in den Tonfall seines Vorgesetzten Donner verfällt, wird ihm gar nicht bewusst. Die nachfolgende Stille ist beinahe körperlich spürbar.

»Aber ... Wie ist das denn möglich?«, meldet sich Denise als Erste zu Wort. »Der Sender war in dem Geldkoffer, und der ist hier bei uns!« Beifälliges Gemurmel seitens der Kollegen begleitet ihre durchaus berechtigte Frage.

Statt einer Antwort greift Tobias zur Fernbedienung für die Motorleinwand, die sich surrend herabsenkt. Ein weiterer Tastendruck setzt den Beamer an der Zimmerdecke in Betrieb. »Diese Frage vermag ich euch nicht zu beantworten«, erklärt er anschließend. »Was ich euch aber gleich zeigen werde, ist der Standort des GPS-Signals, das ich vor wenigen Augenblicken über die mit dem Transponder verbundene App erhielt.«

Unter den aufmerksamen Blicken der Kollegen gibt er die erhaltenen GPS-Koordinaten in die Suchmaske von *Google Maps* ein. Ein Kartenausschnitt erscheint, der dem auf dem Handy gleicht. Ein

Fähnchen markiert die Stelle, die den Suchvorgaben entspricht. Tobias ändert die Darstellung auf Satellitenbild und zoomt in das Bild hinein. »Hier ist es: Steinstraße 58 in Troisdorf, einundsechzig Meter über Normalnull!«

»So hoch?«, wundert sich Wolfgang Müller. »Ist das ein Hochhaus?«

»Troisdorf liegt im Mittel etwa sechsundfünfzig Meter über dem Meeresspiegel«, wird er von seinem Freund Horst Weiland belehrt. »Demzufolge dürfte das Signal aus dem zweiten Obergeschoss des Hauses kommen.« Er wendet sich fragend an Tobias Heller: »Ich gehe davon aus, dass wir der Adresse umgehend einen Besuch abstatten sollen. Wer von uns fährt?«

»Wir werden *alle* fahren«, beschließt Heller und greift zu seinem Handy. »Und zwar auf der Stelle!«

* * *

11:26 Uhr

Polizeihauptkommissar Ulf Meyer begutachtet mit professioneller Sachlichkeit die Anzeige der GPS-App auf Hellers Handy. Gemeinsam mit den Kommissaren und seinen eigenen Leuten beobachtet der Kommandant der SEK-Einheit im Sichtschutz einer überdachten Grundstückszufahrt aufmerksam das Haus mit der Nummer 58.

»Die Peilung kommt aus der rechten Wohnung im zweiten Obergeschoss«, zeigt Meyer selbstbewusst auf die gegenüberliegende Straßenseite. »Ein Irrtum ist nahezu ausgeschlossen, da diese GPS-

Transponder mit einer Genauigkeit von unter einem Meter arbeiten.«

Er holt eine Wärmebildkamera aus einer Umhängetasche und schaut mehrere Minuten angestrengt durch das Okular. »In der Wohnung hält sich momentan nur eine Person auf, und zwar in der Mitte des Raumes hinter dem Fenster rechts außen«, teilt er den um ihn und Heller herumstehenden Kollegen mit. »Ich halte es daher für angemessen, das Haus ohne größere Gewaltanwendung und dem damit verbundenen Aufsehen zu betreten. Die Ramme bleibt also vorerst im Einsatzwagen!«

»Wer geht rein, Kommandant?«, fragt einer der sechs schwer gepanzerten Männer hinter ihm in militärischer Knappheit.

Meyer dreht sich zu dem Sprecher um. »Wir gehen zu viert hinein!«, bestimmt er das weitere Vorgehen. »Klaus, Christian und Leo: Ihr drei kommt mit mir! Der Rest passt hier draußen auf, dass uns der Vogel nicht ausfliegt. Und die Zivilisten«, wendet er sich an Tobias Heller, »rühren sich nicht vom Fleck, bis wir die Zielperson festgesetzt haben und die Lokalität gesichert ist!«

Die Wärmebildkamera übergibt er einem der Männer, die weisungsgemäß auf der Straße verbleiben werden. »Überprüft eure Headsets, wir bleiben ab sofort in permanentem Sprechkontakt!«, weist er seine Mannschaft an. »Jürgen, du behältst die Zielperson im Auge«, ergeht die Order an den Mann mit der Infrarotkamera. »Ich will jederzeit darüber

Bescheid wissen, wo in der Wohnung sich der Kerl gerade aufhält. Und jetzt los!«

Nur wenig später sind die vier bis an die Zähne bewaffneten Polizisten unter der Führung ihres Kommandanten im Haus verschwunden. Das Öffnen der Haustür mittels eines Spezialgerätes, um das sie jeder Einbrecher beneiden würde, dauerte nur Sekunden.

Tobias Heller und seine Leute haben jetzt bis zur Vollzugsmeldung nichts weiter zu tun und wappnen sich mit Geduld. Aus Erfahrung mit Einsätzen wie diesem wissen sie aber, dass es höchstwahrscheinlich ohnehin nicht lange dauern wird.

* * *

11:42 Uhr

Die Festnahme ging ohne Blutvergießen und nahezu reibungslos vonstatten. Angeleitet von dem Mann mit der Wärmebildkamera, der ihnen über Funk ständig die Bewegungsdaten des Verdächtigen durchgab, war es für die Spezialisten kein Problem gewesen, die Wohnungstür lautlos zu öffnen und unter Beachtung sämtlicher Vorsichtsmaßnahmen einzudringen.

Klaus Holm, der Mieter der von Meyers Leuten vor wenigen Minuten gestürmten Wohnung, war dermaßen in die Betrachtung eines riesigen Geldstapels auf seinem Küchentisch versunken, dass er erst etwas von der ganzen Aktion mitbekam, als er von zwei Polizisten gepackt und ihm Handfesseln angelegt wurden. Nur wenige Augenblicke später gab Kommandant Ulf Meyer den erfolgreichen

Abschluss der Operation über Funk bekannt und erteilte den draußen wartenden Kriminalbeamten die Erlaubnis, die Wohnung zu betreten, was diese mit einem erleichterten Aufatmen zur Kenntnis nahmen.

Anschließend ließ Holm sich widerspruchslos abführen, nachdem Tobias Heller ihm den Grund für die Festnahme mitteilte und ihn über seine Rechte belehrte. Sichtlich unter Schock stehend, gab der Mann dabei keinen einzigen Ton von sich. Es ist eben nicht jedermanns Sache, sich in der vermeintlichen Sicherheit der eigenen vier Wände plötzlich und vollkommen unvorbereitet von vier schwarz gekleideten und bis an die Zähne bewaffneten Männern umringt zu sehen.

»Ihr begleitet den Transport und sorgt dafür, dass unser Paket ordnungsgemäß zugestellt wird«, ordnet Tobias Heller an, an die Oberkommissare Weiland und Müller gewandt. »Und sagt in der Forensik Bescheid, dass es hier etwas zu untersuchen gibt! Wir drei schauen uns hier derweil ein wenig um, das Geld haben wir ja offenbar schon gefunden«, zeigt er auf den ansehnlichen Stapel Banknoten auf dem Tisch, fein säuberlich nach Hundertern, Fünfzigern und Zwanzigern sortiert. Zwei Minuten später ist er mit Denise Malowski und Christina Ohlsen allein.

Während Chrissie Handschuhe überstreift und sich in der geräumigen Drei-Zimmer-Wohnung umzusehen beginnt, widmen Denise und Tobias sich dem auf dem Küchentisch angehäuften Bargeld. Es handelt sich ausschließlich um ungebrauchte, gebündelte Banknoten.

»Wenn die Geldbündel vollständig sind und niemand Scheine aus den Banderolen entnommen hat, ist dies exakt die gesuchte Summe«, stellt Denise nach einer auf die Schnelle durchgeführten Zählung fest. »Haben wir hier unseren Kidnapper gefunden, Tobi? Was meinst du?«

»Das würde mich doch sehr wundern«, antwortet eine Stimme hinter ihr an Stelle des Hauptkommissars. Chrissie Ohlsen kommt aus einem angrenzenden Zimmer zu ihnen an den Küchentisch, wobei sie etwas hinter ihrem Rücken versteckt hält.

»Ich glaube nämlich eher, dass wir es bei dem feinen Herrn mit einen Einbrecher zu tun haben«, folgt sogleich ihre Erklärung. »Ich habe nebenan in den Schränken einiges gefunden, das mir verdächtig nach Diebesgut ausschaut: Handys, Tablets, Laptops und so weiter. Und eine Überwachungskamera, die offenbar gewaltsam aus ihrer Verankerung gerissen wurde. Jede Wette, dass es sich dabei um die fehlende Kamera von Webers Garage handelt. Und eine schwarze Sturmhaube ist ebenfalls vorhanden!«

Sie macht eine bedeutsame Pause und wuchtet dann mit ungewohnt ernstem Gesichtsausdruck den voluminösen Gegenstand, den sie die ganze Zeit über hinter sich verborgen hielt, auf den Tisch. »Und dann war da unter anderem noch das hier! Ich denke, das gehört zu dem Geld irgendwie dazu!«

Tobias Hellers Blick wechselt von dem neu hinzugekommenen Gegenstand zu Chrissie Ohlsen und dann zu Denise Malowski. »Leute, ich glaube, wir haben ein ernstzunehmendes Problem!«, kommentiert er die Situation mit Grabesstimme.

»Das ist die Untertreibung des Jahrhunderts!«, bringt Chrissie Ohlsen es mit einem bezeichnenden Blick zu dem silberfarbenen Geldkoffer auf den Punkt. »Was meint ihr? Da ist doch eindeutig einer zuviel, oder nicht?«

»Du hast recht, da ist uns jemand eine Erklärung schuldig!«, knurrt Heller grimmig und erhebt sich geschmeidig von seinem Platz. »Ich denke, wir legen auf dem Weg zurück ins Kommissariat einen kleinen Zwischenstopp ein. Lasst uns fahren!«

* * *

13:10 Uhr

»Holm hat ein umfassendes Geständnis abgelegt!«, informiert Tobias Heller die Kollegen. »Er gab zu, letzte Woche in das Haus von Ferdinand Weber eingebrochen zu sein und ihn die Treppe heruntergestoßen zu haben, als dieser ihn beim Klauen erwischte. Die Kamera an der Garagenwand nahm er dann zur Sicherheit mit, bevor er das Weite suchte. Ihm droht jetzt zusätzlich eine Anklage wegen gefährlicher Körperverletzung und unterlassener Hilfeleistung.«

»Und was ist mit dem Koffer?«, will Wolfgang Müller wissen. »Woher hatte er den?«

»Tja, das ist irgendwie witzig«, antwortet Denise Malowski ihm, wobei ihr Gesichtsausdruck aber etwas ganz anderes sagt. »Holm war nämlich heute Nacht wieder auf Diebestour, nur dieses Mal im

Nachbarhaus bei Thomas Braun. Aber auch jetzt hatte er das Pech, kurz nach seinem Eindringen überrascht zu werden. Er hörte jemand die Treppe herunterkommen und flüchtete durch die Hintertür, bevor der Hausherr ihn erwischte. Vorher griff er sich einen Aluminiumkoffer, der dort auf dem Boden stand.«

»Den Koffer bekam er zunächst nicht auf, weil er abgeschlossen war«, fährt Tobias Heller fort. »Erst heute Vormittag gelang es ihm unter Einsatz roher Gewalt, die Schlösser zu sprengen. Mit welchem Erfolg, wissen wir alle: Das Signal des GPS-Transponders, den ich eigenhändig unter dem Geld versteckt hatte, verließ ungehindert den jetzt offenen Koffer und rief uns auf den Plan. Das Geld war übrigens noch vollzählig vorhanden.«

»Ihr wisst hoffentlich, was das bedeutet?«, meldet sich Horst Weiland zu Wort. »Der Schweinehund hat am Mittwoch vor der Geldübergabe die Koffer vertauscht und einen leeren Koffer in der Tiefgarage abgestellt! Und deswegen wurde seine Frau von den Kidnappern getötet!«

»Ich gebe dir vollkommen recht, Horst«, entgegnet Heller gefährlich leise. »Zumindest in der Sache mit dem vertauschten Koffer. Aber abgesehen davon, dass es im ganzen Strafgesetzbuch nicht einen einzigen Paragrafen gibt, der es unter Strafe stellt, ein gefordertes Lösegeld nicht zu zahlen - moralisch verwerflich, aber nicht strafbar - glaube ich persönlich nicht daran, dass Geiz der Grund für den Austausch war. Nein, ich denke, es gab überhaupt keine Entführung!«

»Wartet!«, hebt er die Hand, um dem erwarteten Proteststurm der Kollegen zu begegnen. »Wir sind derzeit leider nicht in der Lage, Thomas Braun nachzuweisen, dass er seine Frau tötete und anschließend eine Schmierenkomödie mit uns als Hauptdarsteller inszenierte. Noch nicht! Wenn aber eine Entführung nicht stattgefunden hat, ergeben die DNA-Spuren in seiner Garage überhaupt keinen Sinn! Und Lohmeier ist tot, gestorben entweder am Tag der angeblichen Entführung oder eine unbekannte Anzahl von Tagen davor. Sofern es uns gelingt, nachzuweisen, dass Lohmeier *vor* dem 10. Juni getötet wurde, haben wir Thomas Braun an den Eiern!«

»Er sitzt übrigens derzeit in unserer Arrestzelle«, ergänzt Denise Malowski die Ausführungen ihres Partners. »Wir haben ihn im Anschluss an die Aktion in der Steinstraße vorläufig festgenommen, da seit dem Auftauchen des Geldkoffers ein dringender Tatverdacht besteht. Wir werden ihn gleich im Anschluss vernehmen.«

»Ohne Haftbefehl sind wir gezwungen, ihn spätestens morgen um Mitternacht laufen zu lassen, sofern es uns nicht gelingt, bis dahin genügend belastendes Material gegen ihn zusammenzutragen«, beendet Tobias Heller die Besprechung. »Wir haben daher ab jetzt weniger als sechsunddreißig Stunden zur Verfügung! Ich habe zwar vorhin bei Staatsanwalt Stein angefragt, der aber einen Haftbefehl aufgrund der zugegebenermaßen dürftigen Anklagepunkte kategorisch ablehnte. Und dass der zuständige Richter einen Durchsuchungsbeschluss ausstellen wird, sei ebenfalls mehr als fraglich, meinte er.«

* * *

14:16 Uhr

Thomas Braun sitzt völlig entspannt auf seinem Platz und verfolgt in aller Seelenruhe, wie Denise Malowski und Tobias Heller ihm gegenüber am Vernehmungstisch Platz nehmen. Nach einem Anwalt verlangte er bislang merkwürdigerweise nicht. Offenbar fühlt er sich sehr sicher, was auch sein selbstsicheres Auftreten seit der Festnahme suggeriert.

»Bei Ihnen wurde gestern Nacht eingebrochen«, beginnt Denise Malowski in einem beiläufigen Tonfall. Thomas Braun hebt überrascht die Augenbrauen. »Wurde Ihnen etwas gestohlen?«

»Wenn das der Fall gewesen wäre, müsste ich es doch selbst am besten wissen!«, entgegnet Braun ruhig. »Wie kommen Sie überhaupt darauf, dass bei mir eingebrochen wurde?«

»Weil wir den Dieb heute Vormittag gefasst haben«, belehrt Tobias Heller ihn. »Sind wir nicht schnell? Und er legte nicht nur ein umfassendes Geständnis ab, sondern er hatte auch etwas in seinem Besitz, das es eigentlich gar nicht geben dürfte. Haben Sie eine Ahnung, was das sein könnte, Herr Braun?«

Die Ermittler vermeinen, bei der Erwähnung der Festnahme des Einbrechers ein kurzes Flackern im Blick ihres Gegenübers zu vernehmen. Er fängt sich aber sofort wieder. »Ich vermag Ihnen nicht zu folgen, Herr Kommissar«, entgegnet er gelassen. »Ich vermisse nichts! Und wenn dieser Herr etwas anderes behauptet ... Nun, dann steht hier wohl sein Wort gegen meines, oder haben Sie irgendeinen Beweis dafür, dass dieser ominöse Gegenstand in seinem Besitz aus meinem Haus entwendet wurde? Nein? Dann war's das wohl, Sie haben nichts gegen mich in der Hand!«

Tobias Heller beugt sich weit über den Tisch und schaut Braun fest in die Augen. »Ich will Ihnen ein kleines Geheimnis anvertrauen: Ich persönlich versah den Geldkoffer, den Sie am vergangenen Mittwoch in der Tiefgarage abstellen sollten, mit einem Peilsender!«

»Was würden Sie dazu sagen, wenn ich behaupte, dass sich besagter Sender in dem bei unserem Einbrecher sichergestellten Aluminiumkoffer befand, als wir diesen sicherstellten?«, ergänzt Denise Malowski. »Übrigens einschließlich der gesamten Summe in Höhe von 250.000 Euro. Der Koffer dagegen, den Sie in der Tiefgarage zurückließen, enthielt nicht nur kein Geld, sondern ebenfalls keinen Peilsender! Na, was sagen Sie dazu?«

»Das beweist gar nichts! Den Koffer können ebenso gut die Entführer meiner Frau ausgetauscht haben, um uns zu verwirren. Ihr Einbrecher wird einer von denen sein. Und selbst wenn es sich so verhielte, wie Sie sagen: Ich sehe darin keine strafbare Handlung. Und jetzt sage ich kein Wort mehr!«

»Wenn Sie nichts zu verbergen haben, können Sie uns ja gestatten, Ihr Haus noch einmal durch unsere Kriminaltechniker durchsuchen zu lassen«, versucht Heller einen letzten Vorstoß.

Thomas Braun schaut ihn nur mitleidig an. »Vergessen Sie's!«, stößt er zwischen den Zähnen hervor und lehnt sich selbstgefällig zurück.

* * *

15:09 Uhr

»Der verarscht uns nach Strich und Faden, Denise!« Tobias Heller knirscht mit den Zähnen vor lauter Wut. »Sitzt einfach da und grinst uns frech ins Gesicht. Als ob er genau wüsste, dass wir ihm nichts anhaben können!«

»Davon ist er auch garantiert felsenfest überzeugt«, gibt Denise Malowski ihm recht. »Und zwischen den Zeilen hat er vorhin sogar ganz klar gesagt: ›*Ich habe es getan, aber ihr könnt mir nichts nachweisen*‹. Nur laut ausgesprochen hat er es eben nicht. Ohne Gerichtsbeschluss, der es uns erlaubt, sein Privatleben auseinanderzunehmen, sind wir ja auch tatsächlich machtlos. Und das weiß er auch!«

»Das perfekte Verbrechen gibt es nicht!«, widerspricht Tobias Heller. »Irgendeinen Fehler macht jeder. Ich bin zwar davon überzeugt, dass wir in seinem Haus nichts finden werden, aber sein Auto wäre von Interesse, sofern er Lohmeier darin transportiert hat. Den Computer hat er ja schon verschwinden lassen, und das wird sicher nicht grundlos gewesen sein! Was er aber nicht weiß, ist, dass es eine Kopie gibt. Wenn wir doch bloß diesen Beschluss hätten! Uns läuft die Zeit davon!«

»So richtig belastend wären aber selbst Blutspuren in Brauns Auto nicht, Tobi!«, widerspricht Denise ihm. »Jedenfalls nicht bezüglich des Mordes an seiner Frau, denn sie sagen ja nichts darüber aus, *wann* das Blut dort hineinkam. Was wir daher dringend benötigen, ist ein unschlagbarer Beweis dafür, dass Lohmeier zur Zeit der ›Entführung‹ schon nicht mehr lebte. Dann wäre, wie du vorhin selbst sagtest, die gesamte Logik durchbrochen. Weil sich nämlich daraus zweifelsfrei ergibt, dass alle später entstandene diesbezügliche Spuren getürkt waren!«

Das Telefon auf Hellers Schreibtisch unterbricht die kleine Debatte. Malowski hört nur ein »Wir sind in einer Viertelstunde bei Ihnen!«. Dann legt ihr Partner den Hörer wieder aus der Hand. Eine Mischung aus Unglaube und Überraschung zeichnet sich auf seinem Gesicht ab. »Wir sollen sofort in das Büro des Staatsanwalts kommen, Denise!«, stößt er hastig hervor und greift nach seiner Jacke.

* * *

15:32 Uhr

»Sie haben großes Glück, dass Richter Franck heute für Gerichtsbeschlüsse zuständig ist«, eröffnet ihnen Staatsanwalt Dr. René Stein kurze Zeit später in seinem Büro. »Richter Biber hätte mich mit den wenigen Indizien, die auf eine Täterschaft des Herrn Braun hinweisen könnten, achtkantig hinausgeworfen.«

Stein lehnt sich selbstgefällig zurück und legt die Hände zu einer Pyramide zusammen, eine seiner Lieblingsgesten. »Richter Franck zögerte zwar zunächst ebenfalls, einen Beschluss auszustellen, ich konnte ihn aber letztendlich davon überzeugen, dass eine in aller Stille durchgeführte Hausdurchsuchung besser sei, als einen mutmaßlichen Mörder straffrei zu lassen.«

Er übergibt Tobias Heller den ersehnten Durchsuchungsbeschluss, den dieser mit sichtbarer Erleichterung entgegennimmt.

»Ich muss Sie aber ausdrücklich darum ersuchen, so diskret wie möglich vorzugehen«, ermahnt Stein ihn und Denise Malowski. »Und Sie sollten sich beeilen, Herr Hauptkommissar! Zögern Sie nicht, mich unverzüglich anzurufen, sobald Sie genügend Beweise für einen Haftbefehl haben. Notfalls auf meinem Privatanschluss!«

Stein reicht ihm eine seiner Visitenkarten. »Sie haben nur noch zweiunddreißig Stunden Zeit dafür, ich werde daher den Haftbefehl schon jetzt vorbereiten. Er gilt, wie Sie wissen, sobald er unterschrieben ist, und nicht erst mit seiner Aushändigung!«

* * *

16:14 Uhr

»Wir haben ihn!« Tobias Heller hält triumphierend den Durchsuchungsbeschluss in die Höhe. »Es gilt jetzt vor allen Dingen, keine Zeit mehr zu vertrödeln. Die Forensik ist schon unterwegs und wird sich vornehmlich um die Räume kümmern, die wir letzte Woche Montag unberücksichtigt ließen. Und natürlich um das Auto des Herrn Braun, davon verspreche ich mir am meisten. Horst und Wolfgang: Ihr kommt mit uns. Nehmt genügend Transportkisten mit, wir werden sämtliche Unterlagen aus dem Haus mitnehmen und uns einzeln vornehmen, und wenn es die ganze Nacht dauert! Chrissie, du bewaffnest dich mit dem Durchsuchungsbeschluss und kümmerst dich um Brauns Finanzen, also Kontobewegungen, Kreditkartenabrechnungen und so weiter. Denk aber daran, dass die Banken heute um 18:00 Uhr schließen!«

Mit einem einstimmigen »Aye, Chef!« und hektischem Stühlerücken stürmen die Ermittler des KK 1 aus dem Besprechungszimmer. Endlich gibt es etwas zu tun!

Amara Jones, die auf Bitten Hellers ebenfalls an der Besprechung teilgenommen hat, schaut diesen fragend an. »Du darfst dir jetzt die Sicherungskopie von Brauns Computer vornehmen«, beantwortet Tobias ihre unausgesprochene Frage. »Achte vor allem auf Emails und besuchte Internetseiten. Hast du auch Zugriff auf gelöschte Dateien?«

»Es handelt sich um eine Sektorkopie der Festplatte, also im Prinzip um einen Klon«, nickt die Informatikerin. »Ich kann so ziemlich alles wiederherstellen, sogar eine frühere Version des Betriebssystems!«

»Dann mach das!« Mit einem auffordernden Kopfnicken bedeutet der Hauptkommissar ihr, umgehend mit der Arbeit zu beginnen, bevor er den Kollegen eilig nach draußen folgt.

* * *

17:48 Uhr

Christina Ohlsen ordnet, mit sich und den von ihr erzielten Ergebnissen zufrieden, die Ausbeute der letzten neunzig Minuten auf ihrem Schreibtisch. Was sie in der kurzen Zeit zusammengetragen hat, kann sich durchaus sehen lassen: Neben Brauns Kreditkartenabrechnung, seinem vollständigen Kontostatus und den Ratenzahlungen für die beiden Hypotheken ist die Kommissarin seit wenigen Augenblicken im Besitz eines umfassenden Bewegungsprofils seines Handys, vom Provider erfreulich schnell zusammengestellt und soeben als PDF per Email übermittelt.

Leise vor sich hin pfeifend, begibt sie sich mit einer ausgedruckten Version dieser Liste und einem Stadtplan in den Besprechungsraum, wo sie den Plan an eine freie Fläche an der Wand hinter den Tischen pinnt. Sie wird nun in der Lage sein, für jeden Augenblick des laufenden Monats zu sagen, in welchen Funkzellen Brauns Mobiltelefon jeweils angemeldet war.

Chrissie geht sofort ans Werk und steckt auf dem Stadtplan an jede Stelle, die einen entsprechenden Eintrag in der Liste hat, ein farbiges Markierungsfähnchen. Schon bald ist das nähere Umfeld von Brauns Wohnhaus mit Fähnchen übersät, obwohl sie sich auf Aufenthalte von mehr als zehn Minuten beschränkt. Nachdenklich begutachtet sie anschließend ihr Werk.

Nimmt man die bekannten Lokalitäten wie den Weg zur Bank weg und begnügt sich mit den Zeiten, die einige Tage vor der Entführung und ebenso lange danach angesiedelt sind, bleiben nur wenige markante Punkte übrig, überlegt sie.

Eliminiert man jetzt noch die Orte, die Braun gemeinsam mit uns besuchte, bleibt exakt eine Stelle übrig, die er an mehreren Tagen aufgesucht hat, und zwar am 9. Juni, am 10. Juni und am 11. Juni, jeweils in den späten Abendstunden nach 23:00 Uhr. Und dann noch einmal am 13. Juni um 3:00 Uhr morgens. Das ist mehr als verdächtig!

Christina Ohlsen beugt sich vor, um diesen Ort einer genaueren Untersuchung zu unterziehen. Bis auf die Tatsache, dass er etwa zwei Kilometer von Brauns Wohnhaus entfernt liegt, fällt ihr aber zunächst nichts Ungewöhnliches auf. Die Kollegen sind von ihrer Hausdurchsuchung noch nicht wieder zurück, daher begibt sie sich in ihr Büro und widmet sich in der Zwischenzeit den übrigen Unterlagen. Und weil Kreditkartenabrechnungen immer für Überraschungen gut sind, nimmt sie sich diese zuerst vor.

* * *

19:42 Uhr

»Der Schlüssel passt, Tobias!«, ruft Chrissie Ohlsen erfreut aus. Mit einem kräftigen Ruck öffnet sie das Tor und schiebt es nach oben. Vor der komplett angerückten Mannschaft des KK 1 liegt eine leere Garage. Leer bis auf eine hölzerne Kiste oder Truhe, die fast die gesamte Stirnwand einnimmt, und einem großen Haufen Plastikfolie in einer Ecke.

Als die Kollegen vor einer Stunde schwer bepackt von ihrer Hausdurchsuchung zurückkamen, war Chrissie noch mit der Sichtung von Brauns Bankkonten beschäftigt. Ein Schlüssel, den man im Handschuhfach des Audi fand, und der mit einem Anhänger versehen war, auf dem ›Garage‹ stand, erregte sofort die Aufmerksamkeit der Kommissare, weil dieser Schlüssel weder auf das Garagentor passte noch auf die Tür, die von der Garage zur Terrasse führt.

Chrissie zeigte den Kollegen daraufhin ihre Auswertung der Handydaten, worauf Tobias Heller die verdächtige Stelle in *Google Maps* aufrief. In der Satellitendarstellung war einwandfrei zu erkennen, dass es sich bei der von Thomas Braun mehrfach angefahrenen Lokalität um eine Ansammlung von etwa einem Dutzend PKW-Garagen handelt. Und weil niemand zurückbleiben wollte, fuhren sie umgehend geschlossen dorthin.

Die Garage, in der sie jetzt stehen, ist die sechste nach nur fünf Fehlversuchen. Horst Weiland gibt Wolfgang Müller einen Wink und gemeinsam heben sie den schweren Deckel der Truhe an.

Ein Blick ins Innere genügt Tobias Heller. Er greift zum Handy und ruft den Staatsanwalt auf dessen Privatanschluss an: »Herr Doktor Stein? Hauptkommissar Heller hier! Wir haben soeben den Ort gefunden, an dem Braun die Leiche seiner Frau drei Tage lang versteckt hielt!«

KAPITEL 9

Donnerstag, 20. Juni

10:02 Uhr

»Unser gestriger Einsatz hat sich schon allein deshalb gelohnt, weil wir jetzt nicht nur ein weiteres Teil zu diesem vertrackten Puzzle gefunden haben, sondern auch endlich den ersehnten Haftbefehl erhielten.«

Tobias Heller schwenkt das genannte Dokument euphorisch über seinem Kopf. »Ein besonderes Lob geht daher an dich, Chrissie. Ohne deine hervorragenden Recherchen zum Bewegungsprofil von Brauns Mobiltelefon wäre die Garage so schnell nicht gefunden worden! Wenn wir sie denn überhaupt entdeckt hätten, denn einen entsprechenden Mietvertrag gibt in den Unterlagen, die wir bisher gesichtet haben, nicht.«

»Meine Leute sind zwar derzeit noch mit der forensischen Untersuchung der in der Garage vorgefundenen Gegenstände beschäftigt«, äußert sich Jürgen Vogel ungefragt zu dem Thema. »Ich kann euch aber schon jetzt mitteilen, dass die Plastikfolie neben der Holzkiste ausreicht, einen ausgewachsenen Menschen mehrfach darin einzuwickeln. Es handelt sich um eine handelsübliche Frischhaltefolie. Wir suchen momentan nach Hinweisen wie zum Beispiel Hautpartikeln, dass sie auch tatsächlich dazu verwendet wurde. Kann eine Weile dauern.«

»Was ist mit dem Auto?«, erkundigt sich Denise Malowski. »Hab ihr das schon auf Spuren untersucht?«

»Haben wir. Meine Leute haben die halbe Nacht damit zugebracht, jeden Quadratzentimeter abzusuchen. Die Auswertungen der Fingerabdrücke und DNA-Spuren werden ebenfalls einige Tage dauern. Was wir aber definitiv *nicht* gefunden haben, war Blut. Nicht der kleinste Spritzer war zu entdecken. Auch nicht im Kofferraum. Dort drin lag nur einer dieser neumodischen E-Scooter, die ja neuerdings für den Straßenverkehr zugelassen sind.«

»Der wurde am 4. Juni in einem Laden in Troisdorf gekauft«, wirft Chrissie Ohlsen ein. »Bezahlt mit Kreditkarte. Das gilt auch für die exakt hundert Kühlakkus, die in der Holzkiste lagen. Nur, dass die über einen Online-Shop geordert wurden. Und zwar ebenfalls am 4. Juni.«

»Daraus ergibt sich für uns eine brauchbare Theorie bezüglich des Tatverlaufs«, fasst Tobias Heller das bisher Gehörte zusammen und greift zum Marker, um die Fakten auf der Tafel festzuhalten. »Und zwar könnte es sich wie folgt zugetragen haben:

→ *09. Juni:* Braun lädt seine tote Frau in den Honda und fährt mit ihr und fünfzig Kühlakkus, die er in der Kühltruhe im Keller vorher ›aufgeladen‹ hat, zur Garage. Er umwickelt ihren Körper mit einer genügend dicken Lage Folie und legt sie zusammen mit den Kühlakkus in die Kiste. Zurück fährt er mit dem Roller, da das Auto ebenfalls in der Garage verbleibt. Am nächsten Morgen wird es so aussehen, als sei es zusammen mit seiner Frau ›verschwunden‹.

→ *10. Juni:* Braun inszeniert auf eine noch unbekannte Weise den Anruf eines erfundenen Entführers und vertraut sich seinem Nachbarn, unserem Chef, an.

→ *10./11. Juni:* Jeweils kurz vor Mitternacht fährt er zur Garage, um die Kühlakkus gegen frisch aufgeladene Zellen auszutauschen.

→ *13. Juni:* Braun begibt sich ein letztes Mal in den frühen Morgenstunden zur Garage, wickelt die perfekt konservierte Leiche aus und fährt mit ihr zum Michaelsberg, um sie dort im Morgengrauen abzulegen. Den Honda stellt er anschließend auf dem ›Mauspfad‹ in Troisdorf ab, wo er später von uns gefunden wurde. Für den Rückweg zu seinem eigenen Auto nimmt er wieder den E-Scooter.«

»Die Kaufdaten für die Akkus und den Roller lassen auf eine exakte Planung schließen«, kommentiert Müller die Ausführungen Hellers. »Aber wie passt Richard Lohmeier in das Puzzle?«

»Das ist eine Frage der Logistik, Wolfgang. Jemanden zu töten, ist einfach. Sehr viel schwieriger ist es, die Leiche anschließend loszuwerden. In dieser Hinsicht versagen die meisten Mörder und werden daher früher oder später überführt. Deshalb fasste Braun den Plan, uns *seine* Leiche von Anfang an öffentlich zu präsentieren, und zwar als Opfer einer Entführung. Dazu benötigte er DNA-Material eines der vorgeblichen Kidnapper. Die beschaffte er sich von dem Obdachlosen Richard Lohmeier, den er unter einem Vorwand an einen einsamen Ort lockte und ebenfalls umbrachte. Leider sind wir momentan nicht in der Lage, ihm dies nachzuweisen.«

»Aber wer schrieb die SMS bezüglich der Lösegeldübergabe? Braun stand während der gesamten Zeit unter Beobachtung. Wer druckte den Erpresserbrief aus? Braun war nachweislich zu dieser Zeit nicht zu Hause«, lässt Müller nicht locker.

»Das ist mir ebenfalls ein Rätsel«, muss Tobias Heller zugeben. »Ich hoffe aber darauf, dass Amara auf der Festplatte etwas findet, das Licht in das Dunkel bringt. Wir müssen eben Geduld haben. Entwischen kann uns Thomas Braun ja vorerst nicht, da der Haftbefehl es uns erlaubt, ihn für die Dauer der Ermittlungen festzuhalten.«

»Ich hätte eventuell noch einen Ansatz bezüglich Lohmeier!«, meldet sich Chrissie Ohlsen wieder zu Wort, nachdem sie die Kreditkartenabrechnungen Brauns erneut überflogen hat. »Ich habe hier einen Posten, der mir in Zusammenhang mit den anderen Fakten zumindest fragwürdig erscheint. Und zwar mietete Braun am 5. Juni einen Leihwagen! Was, wenn er die Leiche gar nicht mit dem eigenen Auto fortgeschafft hat, sondern damit?«

»Die Rechtsmedizin gibt uns für den Tod Lohmeiers ein Zeitfenster zwischen dem 4. Juni und dem 10. Juni vor«, überlegt Tobias Heller. »Es könnte demnach hinkommen. Das ist ein guter Gedanke, Chrissie! Ich werde auf der Stelle einen weiteren Beschluss beantragen, der uns die forensische Untersuchung des gemieteten Autos erlaubt. Wenn wir Glück haben, finden unsere Spezialisten auch jetzt, volle zwei Wochen später, noch etwas. Ein einziger Blutstropfen oder ein Haar Lohmeiers im Kofferraum genügt, denn es würde eindeutig beweisen, dass er lange vor der angeblichen Entführung getötet wurde und seine DNA-Spuren in Brauns Garage und in der Sturmhaube ein Fake sind!«

»Er muss aber mindestens einmal in dem Honda gesessen haben«, gibt Horst Weiland zu bedenken. »Denn dort hat Lohmeier Fingerabdrücke auf der Beifahrerseite hinterlassen!«

»Was spricht dagegen, Horst?«, gibt Tobias Heller achselzuckend zurück.

* * *

Vier Tage später

Montag, 24. Juni, 14:02 Uhr

»Packen wir's an?«, fordert Denise Malowski ihren Partner auf, nachdem sie ihre umfangreiche Fallakte zur Hand genommen und im Stehen den letzten Schluck Kaffee heruntergestürzt hat. »Ich wäre jedenfalls soweit!«

»Ich schon lange!«, grinst Tobias Heller und greift ebenfalls zu seiner Akte. »Lassen wir die zwei also nicht unnötig warten.« Seite an Seite verlassen die Kommissare ihr Büro in Richtung Vernehmungsraum, wo Thomas Braun gemeinsam mit einem Rechtsanwalt auf seine Vernehmung wartet.

Nachdem seit heute Mittag endlich sämtliche Auswertungen der Forensik vorliegen, sollen jetzt, nach exakt vierzehn Tagen, die Ermittlungen im Fall ›Die Entführung der Alma Braun‹ in einer lückenlosen Beweiskette gegen ihren Mann ihr Ende finden.

Denise und Tobias haben keinen Zweifel daran, dass ihnen dies gelingen wird, da sie und ihre Kollegen in den vergangenen Tagen hervorragende Arbeit leisteten und alle Fakten und Indizien zu einer unwiderlegbaren Beweiskette schmiedeten, wie Staatsanwalt Dr. René Stein es vor einer Stunde ausdrückte.

Und er hat recht: Alle offene Fragen konnten in gemeinschaftlicher Arbeit geklärt, und der Tatverlauf lückenlos rekonstruiert werden. Ein Geständnis des überführten Täters wäre nach Lage der Dinge nur noch eine Formsache. Denise Malowski atmet noch einmal tief durch, bevor sie energisch den Vernehmungsraum betritt. Tobias Heller folgt ihr auf dem Fuße.

* * *

Denise Malowski nimmt die Aufzeichnungsgeräte in Betrieb und nennt für das Protokoll den Grund für das Verhör sowie Datum, Uhrzeit und die Namen und Dienstgrade der vernehmenden Beamten. Anschließend kehrt für einige Sekunden Stille ein, nur unterbrochen vom leisen Rascheln von Papier, als die Kommissare stumm in ihren Akten zu blättern beginnen.

»Ich bin beauftragt, im Namen meines Mandanten eine Erklärung abzugeben«, meldet sich Reinhard Mundorf, seit vergangenem Freitag offizieller Rechtsbeistand Brauns, mit einem Räuspern zu Wort. Der Anwalt trat aber bisher nicht direkt in Erscheinung, da für seinen Mandanten Untersuchungshaft angeordnet wurde und eine erneute Vernehmung bislang nicht zweckdienlich schien.

»Nur zu!«, ermuntert ihn Tobias Heller, ohne den Blick von den Unterlagen zu nehmen. Dies übernimmt Denise Malowski für ihn, indem sie den Kopf hebt und Rechtsanwalt und Mandant auffordernd ansieht.

»Herr Braun legt großen Wert darauf, mit der Polizei zusammenzuarbeiten«, eröffnet der Rechtsanwalt ihnen. »Er bedauert die Fehleinschätzung Ihrer Behörde, die ihn in den Fokus einer Mordermittlung brachte, beteuert jedoch nach wie vor, am Tode seiner Ehefrau unschuldig zu sein. Er wird sich daher heute und in Zukunft nicht zu dem Tatvorwurf äußern.«

Thomas Braun sitzt während der Rede des Anwalts mit betont unbeteiligtem Gesicht daneben, allerdings vermeint Tobias Heller, der seine Lektüre mittlerweile beendet hat, den Hauch eines siegessicheren Lächelns darauf zu erkennen. »Das bleibt Ihnen selbstverständlich unbenommen, Herr Braun«, wendet er sich daher jetzt an den Beschuldigten, der offenbar die Tatsache, seit vier Tagen nicht mehr polizeilich vernommen worden zu sein, vollkommen fehlinterpretiert.

»Sie sollten dennoch über ein Geständnis nachdenken, es würde sich vor Gericht nicht zu Ihrem Nachteil auswirken!«, ergänzt Malowski. »Heute jedoch reicht es uns durchaus, wenn Sie genau zuhören, was wir zu sagen haben. Wir werden nämlich im Folgenden den Tathergang exakt rekonstruieren und alle Ihnen zur Last gelegten Taten nachweisen!«

* * *

Auf der anderen Seite des Spiegels haben sich Christina Ohlsen, Wolfgang Müller und Horst Weiland versammelt, um der Vernehmung beizuwohnen. Es hat eine jahrelange Tradition, den hoffentlich krönenden Abschluss wochenlanger Ermittlungsarbeiten live mitzuerleben.

»Der denkt immer noch, dass er damit durchkommt!«, kommentiert Chrissie den nach wie vor überheblichen Gesichtsausdruck Brauns nach der Eröffnung Denises, ihm sämtliche Straftaten nachweisen zu können.

»Damit kommt er aber nicht durch, Chrissie!« Wolfgang Müller ist, wie sie alle, zuversichtlich. »Wir haben in den vergangenen Tagen sämtliche Hinweise, Indizien und Beweise nahezu minutiös zusammengetragen und eine praktisch unwiderlegbare Beweiskette daraus gebildet. Das sagt sogar der Staatsanwalt.«

»Still, es geht weiter!«, meldet Horst Weiland und drei Augenpaare richten sich wieder auf das Geschehen im Verhörraum.

***

»Kennen Sie diese Garage?«, schießt Tobias Heller seine erste Frage ab und schiebt Thomas Braun ein Foto zu, auf dem deutlich die Holztruhe und der große Haufen Plastikfolie daneben zu erkennen sind. Mit Genugtuung nehmen die Kommissare die ersten Risse in seiner selbstsicheren Fassade wahr.

»Wir fanden zwar in Ihren Unterlagen keinen schriftlichen Mietvertrag dazu«, ergänzt Denise Malowski, »aber dafür einen passenden Schlüssel im Handschuhfach Ihres Autos. Außerdem haben wir den Eigentümer ausfindig machen können, und dieser bestätigte uns, besagte Garage Anfang Juni an Sie vermietet zu haben!«

»Und was hat diese Garage nun mit der Entführung und dem Mord an Frau Braun zu tun?«, wendet der Rechtsanwalt ein. »Wurde sie dort etwa festgehalten?«

»Warten Sie ab«, bittet Heller den Anwalt um Geduld. »Sie werden gleich erfahren, wie alles zusammenhängt!« Mit einem Kopfnicken fordert er seine Partnerin auf, fortzufahren.

»Wir werden beweisen, dass Alma Braun sich in der Tat mindestens drei Tage lang in dieser Garage aufhielt«, erklärt sie vage. »Aber kommen wir zunächst zu einem anderen Thema: Und zwar fanden unsere Forensiker am Montag, dem 10. Juni bei der von Ihnen, Herr Braun, autorisierten Hausdurchsuchung anlässlich der Entführung Ihrer

Ehefrau einige Kopfhaare, die in der Folge einer Person zugeordnet werden konnten.«

Denise legt eine kurze Pause ein, bevor sie fortfährt: »Es handelt sich um einen Richard Lohmeier. Seine DNA fanden wir ebenfalls auf der Innenseite einer Sturmhaube, die im Umfeld der ersten, fehlgeschlagenen Lösegeldübergabe am Dienstag, dem 11. Juni, gefunden wurde.« Ihr entgeht das kurze Zusammenzucken Brauns bei der Namensnennung ebenso wenig wie Tobias Heller. Beide quittieren es mit einem zufriedenen Lächeln.

»Und worin besteht jetzt der Zusammenhang mit der Beschuldigung meines Mandanten?«, wölbt Mundorf indigniert die Augenbrauen. »Da haben Sie doch Ihren Täter!« Braun dagegen beginnt, unruhig auf seinem Stuhl herumzurutschen.

»Das will ich Ihnen gerne sagen«, übernimmt Tobias die Antwort. »Es gibt jemanden, der gesehen hat, wie Richard Lohmeier eine Woche zuvor ein Umschlag zugesteckt wurde. Ich bin mir sicher, dass dieser Zeuge bei einer Gegenüberstellung in dem anderen Mann Ihren Mandanten wiedererkennen wird!«

»Ein Penner!«, entfährt es Thomas Braun verächtlich.

»Die politisch korrekte Bezeichnung lautet ›Obdachloser‹ oder ›Mensch ohne festen Wohnsitz‹«, belehrt Denise Malowski ihn nachsichtig. »Ich frage mich allerdings, woher Sie das wissen, Herr Braun? Der Status des Zeugen und auch der von Richard Lohmeier wurde bisher mit keiner Silbe erwähnt!«

* * *

»Die Fassade beginnt langsam zu bröckeln!«, kommentiert Horst Weiland im Nebenraum die steigende Unruhe Brauns. Er reibt sich in stiller Vorfreude die Hände. »Jetzt dauert es nicht mehr lange, und Tobias und Denise verpassen dem Kerl einen Blattschuss!«

»Jede Wette, die reiben ihm als Nächstes das Todesdatum Lohmeiers unter die Nase«, nickt Chrissie Ohlsen, die es sich zur Aufgabe gemacht hat, die Verhörmethoden ihrer erklärten Vorbilder zu analysieren.

* * *

»Sie fragen sich, woher wir den Namen eines Obdachlosen kennen?«, hilft Malowski Braun auf die Sprünge. »Nun, er hinterließ seine Fingerabdrücke auf der Beifahrerseite im Honda Ihrer Frau. Wussten Sie, dass Richard Lohmeier vorbestraft war? Dummerweise ist es aber praktisch *unmöglich*, dass er seine DNA und Fingerabdrücke am Tag der Entführung oder an den Tagen danach irgendwo zurückließ!«

»Bergungstaucher der DLRG zogen am Freitag, dem 14. Juni, eine männliche Leiche aus dem Rhein«, übernimmt Tobias Heller. »Anhand besonderer Merkmale konnte der Tote als Richard Lohmeier identifiziert werden. Getötet wurde er laut Autopsiebericht durch einen Messerstich von hinten ins Herz, und zwar zwischen dem 4. Juni und dem 10. Juni. Am 11. Juni, dem Tag der ersten

Geldübergabe, kann er demnach nicht dort anwesend gewesen sein!«

»Aber am Tag zuvor kann er aus einem einleuchtenden Grund ebenfalls nicht in Ihrem Haus gewesen sein, um Ihre Frau zu entführen«, legt Denise Malowski sogleich nach. »Weil er nämlich zu diesem Zeitpunkt ebenfalls nicht mehr unter den Lebenden weilte!«

Sie schiebt eine weitere Aufnahme über den Tisch. »Ist Ihnen dieser Wagen bekannt, Herr Braun? Es handelt sich um exakt denselben Leihwagen, den Sie laut Kreditkartenabrechnung am 5. Juni für einen ganzen Tag anmieteten. Und was fanden unsere Forensiker im Kofferraum? Blut, Haare und Hautschuppen, die eindeutig dem von Ihnen getöteten Richard Lohmeier zugeordnet werden konnten! Das Auto war zum Glück innen noch nicht wieder gereinigt worden. Die von Ihnen gelegten Spuren sind ebenfalls einfach zu erklären: Sie rissen Ihrem Opfer einige Haare aus, bevor Sie es im Rhein versenkten. Und die Wollmütze, die Lohmeier Tag und Nacht trug und somit innen mit seiner DNA förmlich getränkt war, mussten Sie nur kräftig auf der Innenseite der Sturmhaube reiben, bevor Sie sie am späteren Fundort deponierten.«

»Und damit kommen wir zu Ihrer vorhin geäußerten Frage, was denn die Garage mit der Sache zu tun hat«, wendet sich Tobias Heller an den Rechtsanwalt und tippt auf das Foto vor ihm auf dem Tisch. »Ihr Mandant war etwas zu sorglos und nahm sein Handy mit, als er sie aufsuchte. Und zwar war dies laut Funkzellenauswertung zwischen dem 9. Juni und dem 13. Juni jeden Tag der

Fall, und immer in den späten Abendstunden. Sie sehen den großen Berg Folie dort in der Ecke? Wir waren in der Lage, DNA von Alma Braun daran nachzuweisen. Und in der Truhe fanden wir genügend Kühlakkus, um eine Leiche mehrere Tage lang frisch zu halten, sofern die Akkus täglich ausgetauscht wurden!«

»In den frühen Morgenstunden des 13. Juni fuhren Sie ein letztes Mal zu dieser Garage, wickelten die Leiche aus der Folie und transportierten sie zu dem Wäldchen am Fuße des Michaelsbergs, wo man sie wenige Stunden später fand«, fügt Denise Malowski an. »Es wird Sie vielleicht interessieren, dass Sie dort Schuhabdrücke im weichen Untergrund hinterließen. Schuhe mit einem identischen Profil und er richtigen Größe fanden wir in Ihrem Schuhschrank, Herr Braun!«

»Sie übersehen einen äußerst entscheidenden Sachverhalt!«, wendet Mundorf in einem überlegenen Tonfall ein. »Mein Mandant kann sich nicht selbst angerufen haben! Als er den Anruf eines der Entführer erhielt, war er nachweislich zwei Kilometer von zu Hause entfernt. Das wird Ihre Funkzellenauswertung doch ebenfalls belegen, nehme ich an?«

»Natürlich! Aber das beweist gar nichts.« Heller legt ein weiteres Beweisstück auf den Tisch. Es ist Brauns Mobiltelefon. »Uns war im Nachhinein aufgefallen, dass Sie sich zwar weigerten, uns Ihr eigenes Telefon zur Untersuchung mitzugeben, uns aber das Wegwerfhandy, auf dem buchstäblich jederzeit eine Nachricht der Kidnapper hätte eingehen können, bedenkenlos überließen. Sie mussten erst ›aufräumen‹, nicht wahr? Sie gaben sich zwar große Mühe, die verräterischen Spuren zu beseitigen, aber man kann durchaus auch gelöschte Apps und Einstellungen von Handys rekonstruieren, wussten Sie das? Und wir fanden höchst interessante Dinge darauf. Da wäre beispielsweise die Einstellung, mit der ankommende Anrufe vom Handy Ihrer Frau selbstständig angenommen werden, sofern Ihr Telefon an einer Freisprecheinrichtung angeschlossen ist. Oder die App, die ein Gespräch automatisch aufzeichnet, allerdings mit einigen Sekunden Verzögerung, damit es so aussieht, als hätten Sie die Aufnahme eigenhändig gestartet. Und nicht zu vergessen die App, die Ihr Telefon exakt zwei Sekunden vor dem Anruf wieder online schaltete. Sie selbst hatten es in den Flugmodus versetzt, als Sie die für Ihr Haus zuständige Funkzelle verließen. Auf diese Weise verschleierten Sie die Tatsache, dass Ihr Wagen schon etliche Minuten *vor* dem Anruf des angeblichen Entführers dort an der Ampel stand.«

»Sie parkten Ihren Wagen im Bereich besagter Verkehrsampel am Straßenrand und fuhren mit dem E-Roller, den Sie im Kofferraum mitführten, etwa einen Kilometer zurück. Das nahm nicht mehr als zwei oder drei Minuten in Anspruch. Sie befanden sich jetzt wieder an der Grenze zum Einflussbereich der heimischen Funkzelle und riefen von dort aus mit dem Telefon Ihrer Frau das eigene im Wagen verbliebene Handy an. Für die exakte Abfolge sorgte ein Timer Ihrer Armbanduhr, den Sie entsprechend programmierten. Das Signal konnten unsere Techniker einwandfrei aus der aufgezeichneten Sprachnachricht extrahieren. Es stellte für Sie überhaupt kein Problem dar, die exakten Zeiten, vornehmlich die der Ampelschaltung, in den Tagen zuvor auf die Sekunde genau zu ermitteln. Nach dem Telefonat hatten Sie genügend Zeit, mit dem Roller zu Ihrem geparkten Auto zurückzukehren.« Denise Malowski lehnt sich siegessicher zurück und blickt in das kalkweiße Gesicht des beinahe überführten Täters.

»Der letzte Punkt der Beweiskette verlangte uns einiges ab«, gesteht Tobias Heller. »Wie war es Ihnen möglich, den Erpresserbrief auf dem heimischen Drucker auszudrucken, während Sie nachweislich zur selben Zeit einen halben Kilometer entfernt telefonierten? Und wer schrieb die vielen SMS mit den Forderungen der Entführer, während Sie mit uns gemeinsam unterwegs waren?«

»Im Browserverlauf Ihres Rechners fanden wir nicht nur eine Abfrage der öffentlichen Datenbank zu den genauen Standorten der für Ihren Plan äußerst wichtigen Funkzellen«, fährt Denise Malowski fort, »sondern ebenfalls den Zugang zu einem Internetdienst, der es erlaubt, anonyme Textnachrichten zeitgesteuert zu verschicken. Sie verfassten einfach alle Nachrichten im Voraus und ließen diese zu den entsprechenden Zeiten versenden. Ihre diesbezüglichen Eingaben sind beim Anbieter in ihrem Profil gespeichert.«

»Der Rest gestaltete sich ebenfalls verblüffend einfach, sofern man einigermaßen fit mit dem Betriebssystem eines Computers ist«, schließt Heller die Beweisführung ab. »Einen Rechner zeitgesteuert hochzufahren, stellt überhaupt kein Problem dar. Das ist eine Standardfunktion des *BIOS* auf dem Motherboard. Herunterfahren kann man ihn dann mit einer Einstellung im sogenannten Taskplaner unter Windows, der auch den Ausdruck des Erpresserbriefs zum rechten Zeitpunkt erledigte. Das war auch der eigentliche Grund dafür, dass Sie so spät bei Ihrem Nachbarn aufschlugen: Sie mussten erst die verräterischen Spuren im System beseitigen. Und weil Sie fürchteten, dies könne nicht genügen, vernichteten Sie anschließend kurzerhand den ganzen Rechner!«

»Wobei Sie jedoch nicht mit der Gründlichkeit unserer IT-Spezialistin rechneten«, fügt Malowski hinzu. »Sie erstellte nämlich im Rahmen der Untersuchung Ihres Laptops eine exakte Kopie der Festplatte, weil Sie fürchtete, durch eigene Unachtsamkeit versehentlich wertvolle Daten zu vernichten. Und diese Kopie erlaubte uns nun eine umfassende Auswertung ihrer Aktivitäten. Es ist nämlich nicht möglich, Daten rückstandsfrei zu löschen!«

Rechtsanwalt Reinhard Mundorf ist mit jedem der Worte Malowskis und Hellers immer nachdenklicher geworden und nickt jetzt mit verkniffenem Gesichtsausdruck mehrfach vor sich hin. »Wäre es möglich, dass ich mich zunächst mit meinem Mandanten unter vier Augen unterhalte?«, stellt er dann die längst erwartete Frage.

Malowski und Heller greifen nach ihren Unterlagen und erheben sich von ihren Stühlen. »Sie haben eine halbe Stunde!«, informiert Tobias den Anwalt, bevor er mit Denise den Raum verlässt. Beide tragen ein Lächeln auf den Lippen.

* * *

Später

»Ich bin fix und alle«, seufzt Denise Malowski und lässt sich in ihren Schreibtischsessel fallen. Ihr sehnsuchtsvoller Blick geht zur Kaffeemaschine, die aber leer und zudem ausgeschaltet ist. »Aber es hat sich gelohnt, wir haben sein Geständnis im Kasten!«

Nach der Beratungspause überraschte Thomas Braun sie mit der Bereitschaft, ein umfassendes Geständnis ablegen zu wollen. Er gab zu, die Ermordung seiner Frau geplant und durchgeführt zu haben, wobei alles im Wesentlichen so abgelaufen sei, wie die Kommissare es zuvor darlegten. Er habe hohe Spielschulden, gab er als Grund für die Tat an. Er fürchtete um sein Leben, da er die von den Geldeintreibern geforderte Summe nicht besaß.

Sein Konto bei der Volksbank sei bis zum Limit überzogen und sein Haus mit einer hohen Hypothek belastet. Die 250.000 Euro ›Lösegeld‹ waren in seinem Kreditrahmen so gerade eben noch drin, die geschuldete Summe sei aber wesentlich höher gewesen. Und so fasste er einen perfiden Plan. Die Lebensversicherung seiner Frau sollte sein eigenes Leben retten, die Knochenbrecher des Kredithais hielt er mit der Aussicht auf eine erheblich höhere Summe hin, die er später zahlen könne.

Er suchte im Obdachlosenmilieu einen geeigneten Kandidaten aus, den er mit der Aussicht auf einen lukrativen ›Nebenverdienst‹ köderte. Er fuhr ihn im Honda seiner Frau zu einer einsamen Stelle, wo er ihn mit einem Stich in den Rücken tötete. So kamen Lohmeiers Fingerabdrücke in den Wagen. Dann lud er die Leiche in den dort vorher bereitgestellten Leihwagen um, fuhr damit zum Rheinufer und versenkte sie im Fluss. Seine Frau erstickte er im Schlaf mit einem Kissen mit Synthetikbezug, sodass keine verräterischen Rückstände in den Atemwegen entstanden. Er klebte ihr den Mund mit einem Klebestreifen zu, den er später wieder entfernte, damit es so aussah, als sei sie infolge ihrer Asthmaerkrankung erstickt, die er aber erfunden hatte. Anschließend brachte er die Leiche noch in derselben Nacht zur vorher angemieteten Garage, wo er entsprechende Vorkehrungen für eine vorübergehende Konservierung getroffen hatte. Dies war der Grund dafür, dass sein Nachbar, der am Tattag während der gesamten Zeit vor dem Haus auf einer Bank saß, nichts von einer Entführung mitbekam.

»Sein ganzer Plan fußte auf dem Instrument der Handyortung, welches er gezielt einsetzte, um sich ein nahezu perfektes Alibi zu verschaffen«, fasst Horst Weiland das in den letzten beiden Stunden gehörte zusammen. »Warum ist er dann so dämlich, sein Telefon mit zur Garage zu nehmen, als er dorthin fuhr? Wir hätten sie in hundert Jahren nicht gefunden! Und ohne sie wäre es schwer gewesen, ihm etwas zu beweisen!«

»Wie ich schon sagte: Ein perfektes Verbrechen gibt es nicht!«, erwidert Tobias Heller. »Irgendwann macht jeder einen Fehler. Aber seiner war nicht die Sache mit der Garage, sondern der Kofferdiebstahl! Hätte Klaus Holm ihm nicht den Koffer mit dem

GPS-Transponder geklaut, wären wir ja überhaupt nicht auf Braun als Täter gekommen. Das hat ihm letztendlich das Genick gebrochen!«

»Ihr dürft Richard Lohmeier nicht vergessen«, gibt Wolfgang Müller zu bedenken. »Wäre der nicht vorbestraft gewesen, hätten wir seine Identität womöglich niemals aufgedeckt. So kam eins zum anderen.«

»Ihr müsst aber zugeben, dass die Idee mit dem doppelten Koffer nahezu genial war«, meint Chrissie Ohlsen. »So konnte er uns glauben machen, die Kidnapper hätten das Geld genommen und den leeren Koffer in der Tiefgarage zurückgelassen. Als ›Beweis‹ garnierte er ihn mit einer Haarlocke seiner Frau. Und die Vorstellung, die Braun während der drei Tage ablieferte, die wir mit ihm verbrachten, war absolut Oscarreif.«

»Na, ich weiß nicht, welches kranke Hirn sich so etwas ausdenkt«, bringt Denise Malowski die Diskussion zum Abschluss und schaut auf ihre Armbanduhr. »Ich weiß nur, dass *ich* jetzt Feierabend mache!«

»Wir werden *alle* gehen«, beschließt Tobias Heller. »Morgen ist auch noch ein Tag und der nächste Mörder wartet garantiert irgendwo schon auf uns. Bevor ihr jetzt aber alle hinausstürmt, möchte mich zuerst noch bei euch allen für eure herausragende Arbeit bedanken, ihr seid ein Spitzenteam!« Dem ist nichts mehr hinzuzufügen.

Malowski und Heller kommen wieder!

Liebe Krimifreunde, verehrte Leser!

Ich hoffe, der vorliegende Fall für Denise Malowski und Tobias Heller und ihres Ermittlerteams hat Ihnen gefallen und ich konnte Ihnen einige spannende und unterhaltsame Stunden damit verschaffen, denn zu diesem Zweck wurde das Buch ja geschrieben!

Wenn dies der Fall ist, habe ich eine persönliche Bitte an Sie: Ich würde mich freuen, wenn Sie den Krimi auf der Produktseite von Amazon bewerten und dort ein kurzes Feedback hinterlassen. Sie müssen sich gar nicht in epischer Breite über den Inhalt auslassen, einige wenige Sätze reichen vollkommen aus.

Falls Sie auf Leserplattformen wie *Lovelybooks*, *Goodreads* usw. aktiv sind, einen Buchblog betreiben oder Ihre Leidenschaft für Bücher auf *Facebook*, *Instagram* oder *Twitter* teilen, würde ich mich auch hier über eine Rezension freuen und bedanke mich schon jetzt herzlich für Ihre Unterstützung.

Im Anschluss an diese Seite finden Sie die bereits erwähnten Kurzbeschreibungen der Protagonisten, soweit sie aus Gründen der Vermeidung von Wiederholungen für Stammleser im Text keinen Platz fanden.

Ihr René Falk

Das Ermittlerteam

Denise Malowski, Jg. 1981, begann ihre Laufbahn als Kriminalkommissarin bei der Kripo Köln und wechselte später zur Siegburger Kriminalpolizei. Dort ist sie seit 2009 die Partnerin von Tobias Heller. In ihrer kargen Freizeit macht Denise Taekwondo und besitzt den schwarzen Gürtel für den 3. Dan. Sie ist 1,70 Meter groß, schlank und hat grasgrüne Augen, deren Farbe je nach Stimmung oder Lichteinfall in ein helles Braun zu wechseln scheint. Das lange, hellbraune Haar ist meist aus Bequemlichkeit zu einem Pferdeschwanz gebunden. Ihr ganzer Stolz ist ein himmelblaues Smart Cabrio, von ihrem Partner oft als Spielzeugauto bespöttelt. Verheiratet ist sie seit 2015 mit dem Steuerberater Sven Leuchner, die gemeinsame Tochter Leonie wurde 2016 geboren.

Tobias Heller, Jg. 1979, studierte nach dem Abitur einige Semester Kriminalpsychologie an der Universität Bonn, brach dann aber bald das Studium ab und bewarb sich bei der Kriminalpolizei. Dort bildete er zunächst ein Ermittlungsteam mit der damaligen Kriminalkommissarin Melanie Klein, die er bald darauf heiratete. Die Ehe scheiterte jedoch zunächst, im Jahr 2016 ging das Paar aber eine zweite Ehe ein. Heller ist 1,85 Meter groß und hat eine sportliche Figur. Das dunkelblonde lockige Haar trägt er schulterlang. Seine bevorzugte

Kleidung besteht aus Jeans, Turnschuhen und Lederjacke, was einen krassen Gegensatz zur immer modisch korrekt gekleideten Kollegin Malowski darstellt.

Horst Weiland, Jg. 1988, besuchte das Gymnasium in Troisdorf, wo er im Alter von zehn Jahren seinen Klassenkameraden Wolfgang Müller kennenlernte. Die Freunde sind seit ihrer Schulzeit beinahe unzertrennlich und gingen nach dem Abitur gemeinsam zur Polizei. Seit 2013 bildet Weiland mit Müller ein Ermittlungsteam beim Kriminalkommissariat 1 in Siegburg, wo sie den Hauptkommissaren Malowski und Heller unmittelbar unterstellt sind. Horst Weiland ist 1,80 Meter groß und sportlich. In der Freizeit nimmt er oft an Marathonläufen teil. Er ist seit 2012 verheiratet und hat mit der Grundschullehrerin Birgit Weiland einen gemeinsamen Sohn, der 2014 geboren wurde.

Wolfgang Müller, Jg. 1988, macht mit seinen knapp hundert Kilogramm Körpergewicht, einer Körpergröße von 1,89 Metern, breiten Schultern und einer tiefen Bassstimme auf den ersten Blick einen eher behäbigen Eindruck, weswegen seine Freundin ihn liebevoll Brummbär nennt. Mit einer hohen Intelligenz, einer raschen Auffassungsgabe und einem Abiturzeugnis mit Bestnoten punktet er aber in jeder Hinsicht. Seit 2016 ist der bis dahin als überzeugter Junggeselle bekannte Ermittler mit Kriminalkommissarin Christina Ohlsen liiert, mit der er fest zusammenlebt.

Christina Ohlsen, Jg. 1991, ist seit 2016 im Team, wo sie zunächst die Stelle einer Kommissaranwärterin bekleidete und aufgrund überragender

Leistungen schon ein Jahr später zur Kommissarin befördert wurde. Ebenso wie Tobias Heller studierte sie nach dem Schulabschluss an der Universität in Bonn, wo sie Rechtswissenschaften belegte, aber schon nach kurzer Zeit aus einer inneren Überzeugung zur Polizei ging. Die nur 1,62 Meter große, zierliche Christina wird von den Kollegen meist Chrissie gerufen. Als Haustiere hält sie sich zwei zahme Frettchen mit den Namen Quasimodo und Esmeralda. Sie ist Ju-Jutsu Meisterin mit schwarzem Gürtel für den 2. Dan und ist eine ausgezeichnete Schützin mit einer konstanten Trefferquote von 100%.

Peter Donner, Jg. 1967, ist der Leiter des Kriminalkommissariats 1. Der Erste Hauptkommissar regiert das Kommissariat mit strenger, aber gerechter Hand. Er ist bei allen Mitarbeitern beliebt und überlässt die Ermittlungsarbeit meist seinen Leuten. Verheiratet ist er seit 1994 mit Adelheid Donner. Er ist 1,77 Meter groß und von untersetzter Gestalt, was ihn kleiner erscheinen lässt. Sein schütteres Haar besteht im Wesentlichen aus einem dunkelblonden, leicht angegrauten Haarkranz. Seine Laufbahn begann er bei der uniformierten Polizei, wo er während einer Tatortsicherung dem leitenden Ermittler durch eine ausgezeichnete Beobachtungsgabe und einen analytischen Verstand auffiel. Wegen akuter Personalknappheit wurde er daraufhin kurzerhand zur Kriminalpolizei versetzt.

Melanie Heller, Jg. 1980, begann ihre Laufbahn bei der Kripo zur selben Zeit wie ihr späterer Ehemann Tobias. Nach ihrer ersten Eheschließung wechselte sie zum Kriminalkommissariat 2, welches sie seit 2016 auch leitet. Die 1,75 Meter große Polizistin fällt durch ihre kräftige, dunkle und vor allem laute Stimme auf, wobei sie in der Regel kein Blatt vor den Mund nimmt. Die feuerroten Haare trägt sie lang bis auf den Rücken und meist sieht man sie in körperbetonter Kleidung und Stiefeln mit mörderisch hohen Absätzen, wodurch sie ihren Ehemann leicht überragt.